내 청춘, 시속 370km

내 청춘,
시속
370km

이송현 ★ 장편소설

사□계절

이 땅의 전통문화 수호를 위해
애쓰시는 모든 분들께

그리고 나의 아버지 이인노 님께

차 례

1

바람 속을 달려

일찍이 안중근 의사는 이렇게 말씀하셨다.

"형제들이여, 지금은 앉아 있을 때가 아니다."

"크림빵 둘, 소보로 셋, 초코파이 하나, 콜라 셋, 포카리 둘! 됐지?"

"야, 내 새우깡은?"

"오케이! 새우깡 추가. 빵셔틀 출발!"

나는 반에서 내 이름 송동준보다 '빵셔틀'이란 별명으로 곧 잘 불린다. 그렇다고 흔히들 생각하는 주먹들의 똘마니는 절대 아니다. 힘없는 왕따에게 빵 심부름을 시키는 빵셔틀의 시대는 갔다. 나로 말하자면…… 자발적인 빵 운송 캐릭터라고나 할까?

"남는 돈 700원은 내가 먹는다."

빵셔틀에는 원칙이 있다. 잔돈은 일종의 운반비 내지는 수고

비 정도로 생각하며 꿀꺽한다. 남는 100원으로 라면 사 먹으라
는 어이없는 작태는 내게 통하지 않는다.

"야, 송동준. 너 악착같이 모아서 뭐하게? 닭 사게?"

심부름 시키는 녀석 중 하나가 흰소리를 했다.

"장난하냐? 700원으로 닭을 사? 닭대가리 같은 소리 하네.
계란 사서 쪄 먹으려고 그런다, 왜!"

바지 주머니에 지폐를 구겨 넣으며 앞자리 의자를 발로 걸
어찼다. 영어 사전 속으로 빨려 들어갈 듯 단어를 외워 대던 반
장이 매섭게 나를 쏘아봤다. 눈동자가 안경알을 뚫고 나올 것
같다. 나는 겁먹은 시늉을 해 보이며 과장된 포즈로 뒷걸음질
쳤다.

"계란 사 먹지 말고 그 돈 모아서 닭 사. 겨울 오잖냐. 너희
아버지 생각해야지."

똠양꿍이 끼어들었다. 나는 녀석을 향해 씩 웃으며 재빠르게
가운뎃손가락을 들어 보였다.

"이거나 먹어라!"

억만장자가 되든 평범한 소시민이 되든, 나는 절대 닭은 사
지 않겠다.

이른 아침부터 내 기분을 망쳐 버린 아버지. 등교 준비를 하
는 내내 아버지가 내게 한 말은 "오늘은 수업 마치자마자 바로
튀어 와. 닭 사러 가야 하니까"였다.

아버지는 닭에 죽고 닭에 산다. 그냥 닭 말고 튼실하고 때깔

좋은 닭에 집착한다. 가족의 건강과 안녕을 위해서? 절대 아니다. 순전히 아버지의 꿈과 이상을 위해서다. 나는 그런 이유로 닭 비린내를 뒤집어쓸 수 없다. 그래서 닭 사러 가는 일에 동참하지 않기로 결심했다.

나는 오늘 날 것이다. '야자'를 가뿐히 제끼고 닭 대신 지구 끝까지 쌩쌩 날아 볼 생각이다. 벌써부터 엉덩이가 간지럽다.

닭은 아버지가 사수하시라구요! 꼬끼오, 꼬꼬댁!

바람을 가르는 데는 우리 동네 중국집 만리장성의 100cc짜리 시티백도 할리 데이비슨이나 로드스타 못지않다. 하지만 만리장성의 만년 배달맨 중근이 형에게 갖은 아양 떨어 가며 매번 시티백 열쇠를 구걸하는 짓과도 이제 작별해야 하지 않을까 싶다. 정해진 시간 안에 쫓기듯 바이크를 타느라 스피드도 제대로 즐기지 못하는 내 신세가 처량하기 그지없다. 올겨울에는 무슨 수를 내서라도 나만의 바이크를 손에 넣으면 좋으련만. 내게 그런 기적이 일어날까.

새로 부임한 젊은 교장은 겨울방학까진 아직 보름이나 남았다며 "열공!"을 외쳐 댔다. 당연히 학교에서도 방학이 코앞이라 해서 '야자'를 중단할 리 만무했다. 더군다나 새 교장은 서울 이남 지역권 중 서울대를 가장 많이 보내겠다고 큰 소리를 쳤다. 월요일 전체 조회 때마다 교장의 훈화에서 절대 빠지지 않고 등장하는 세 단어는 '서울대', '명문', '파이팅'이었다. 그것도 결국 '특별 자율학습'이라는 명목 아래 월요일 전체 조회 시간을 보충수업으로 돌리면서 더 이상 들을 수 없게 되었지만.

일찍이 안중근 의사는 이렇게 말씀하셨다.

"형제들이여, 지금은 앉아 있을 때가 아니다."

절대적으로 옳은 말씀이다. 특히 오늘처럼 정신이 어수선한 날엔 더더욱.

나는 민족의 영웅 안중근 의사의 말씀에 따라 자리를 박차고 일어나 야자 시간에 땡땡이를 치기로 결심했다.

등굣길에 만난 중근이 형이 오늘은 사장인 오씨 아저씨가 처가에 가느라 일찍 문을 닫을 것 같다고 귀띔해 줬다. 오씨 아저씨가 가게를 비우는 날이면 나는 중근이 형에게 간식거리를 제공하고 시티백을 빌려 타곤 한다.

나는 당당히 자리에서 일어났다. 땡땡이를 친다고 해서 주위의 눈치를 보며 가방을 싸는 건 아마추어나 하는 짓이다. 모름지기 프로란 자신감 충만한 필로 화장실에 가는 척하면서, 교실문을 나서야 하는 법이다. 가방 따윈 쿨하게 포기한다. 지갑이라도 들고 갈라치면 바로 들키고 만다.

"송동준, 어디 가?"

아니나 다를까, 반장이 물었다. 얘는 자기 공부하기도 바쁠 텐데 오지랖도 참 넓다. 하긴 자율학습을 진짜 자율적으로 실행하려는 참교육자 담임을 둔 덕분에 야자 감시자 역할까지 해야 하니.

"똥 누러. 너도 갈래?"

"됐어. 빨리 갔다 와. 3초 내로 갔다 와."

1등은 맡아 놓고 하는 놈이 시간 개념은 영 제로다.

"오우, 임파써~불! 롱 똥 싸러 간다."

몇몇이 킥킥대며 웃었다. 교실 뒷문 앞에 앉은 전택근이 까무잡잡한 얼굴로 나를 돌아봤다. 이국적으로 생긴 놈이다. 택근이 어머니는 필리핀 사람이다. 쌍꺼풀진 눈이 자신의 매력 포인트라며 여자애들에게 어필해 보려고 늘 안간힘을 쓰지만, 내가 보기에는 그냥 느끼한 소 눈 같다.

택근이는 우리들 사이에서 '똠양꿍'으로 통한다. 생김새만큼이나 별명도 이국적이고 남달라야 하지 않을까 싶어서 지어줬다. 다들 택근이의 별명을 마음에 들어 했지만 정작 본인은 그다지 좋아하지 않는다. 뭔가 꿍꿍이가 있어 보이는 별명이라나, 뭐라나. 그렇다면 정말 딱 들어맞는 별명이다. 녀석은 꿍꿍이가 많은 놈이니까.

"튀냐?"

똠양꿍이 소리 내지 않고 입 모양으로 내게 물었다. 나는 씩 웃으며 야자 시간에 먹으라고 오른 주먹을 불끈 쥐고 감자를 날려 줬다. 그러고는 녀석이 반격을 가하기 전에 교실을 빠져나왔다. 지금 내 답답한 기분을 화끈하게 날려 버릴 수 있는 것은 바람 속을 달리는 일뿐.

엄마가 집에 왔다 가는 매달 첫째 주말 저녁은 늘 부부싸움

12

으로 마무리된다. 보통 집들은 주말 부부 하면 아버지가 타 지역에 가서 돈을 벌어 온다지만 우리 집은 반대다. 벌이가 시원찮은 아버지 대신 엄마가 용인에 있는 친구네 음식점에서 일을 한다. 몇 차례 방송을 탄, 제법 유명한 한정식 집이다. 워낙에 음식 솜씨가 좋아 취직은 어렵지 않았다. 하지만 가정주부인 엄마가 한 번에 취직할 수 있었던 결정적인 이유는 주인 아줌마가 엄마의 고등학교 때 '절친'이기 때문이었다. 대한민국에서 살려면 인맥이 가장 중요하다는 것쯤은 코흘리개도 안다.

아무튼 이번 주말도 '돈 문제' 때문에 산통 다 깨졌다. 엄마가 바닥을 기다 못해 땅굴까지 파고 있는 내 기말고사 성적을 보고 과외를 시키겠다고 선언한 것이 화근이었다.

"과외라니? 당신, 돈이 그렇게 많아? 돈이 똥구멍에서 튀어? 죽 쒀서 개 주는 거야. 그 돈 있으면 응방에 있는 매들 식대나 좀 대 줘. 내가 우리 새끼들 밥값 때문에 아주 허리가 꼬부라지는 것도 모르고, 우이씨."

아버지의 말에 엄마는 목에 핏대를 세워 가며 대응했다.

"하! 내 자식이 개야? 당신은 아들한테 투자하는 돈이 아까워? 아들이 그깟 매보다 못해?"

"아니, 그러니까 내 말은…… 돈도 대상을 봐 가면서 투자를 하자는……."

"시끄러워! 동준이가 밖에서 낳아 데리고 온 자식이야? 당신 자식 아니야, 하나밖에 없는 당신 아들!"

13

엄마에게는 내가 최고일지 몰라도 아버지는 아들보다 매가 더 소중한 사람이었다.

아버지는 응사다. 매잡이, 매사냥꾼이다. 매사냥 전통문화의 수호자이자 무형문화재이기도 하다. 겉으로는 그럴싸해 보이지만, 엄마와 내겐 한낱 무능한 가장일 뿐이다. 현실감각이 뒤떨어진다고나 할까. 세상에는 두 종류의 아버지가 존재한다. 돈 잘 버는 아버지와 돈 못 버는 아버지.

지극히 현실주의자인 엄마와 달리 아버지는 이상을 좇는 몽상가에 가깝다. 가족의 배고픔보다는 매의 배고픔을 더 안타깝게 여기는 사람. 엄마의 표현을 그대로 옮기자면, '마누라 등골을 돼지 등골인 양 빼먹는 위인'이었다. 한마디로 정신 못 차리는 가장이라고나 할까.

엄마가 내 과외비 운운한 것까지는 평소 수준의 다툼이었다. 그런데 아버지가 정부에서 나온 문화재 전승 보조비 70만 원을 모조리 매 사룟값으로 쓴 사실이 들통났다. 그것도 모자라 엄마가 준 생활비 중에서 50만 원을 매사냥에 관한 자료를 구하는 데에 썼다는 것까지 알아 버렸다.

"니 애비 철들기 전에 내가 이 집구석에 들어오나 봐라!"

엄마는 선언을 하고 용인으로 떠났다. 당분간 엄마 얼굴 보기 힘들 것이다. 한번 내뱉은 말은 무슨 일이 있어도 지키는 게 우리 집안 내력. 쇠심줄 같은 부모 고집 덕에 인생 깜깜해진 사람은 결국 나다. 덕분에 문턱이 닳도록 만리장성을 드나들며

씨티백 열쇠 빌리는 일만 빈번해질 것 같다.

나는 당당하게 학교 건물을 나섰다. 그리고 교문이 아닌, 개구멍을 향해 죽어라 뛰었다. 학교 시계탑이 오후 6시를 가리키고 있었다.

중근이 형의 성은 공교롭게도 '안'씨다. 형은 한국을 빛낸 위인 명단에서 늘 빠지지 않는 안중근 의사와는 아무 관계없는 사람일뿐더러, 그분의 발뒤꿈치도 못 따라갈 인사다. 하지만 시티백 열쇠를 손에 쥐고 있다는 사실 하나만으로 내 위에 군림한 사나이다.

"형, 무슨 빤쓰 고무줄도 아니고 왜 툭하면 타는 가격이 늘었다 줄었다 해요?"

"배울 만큼 배우고 있는 녀석이 유가 파동도 모르냐? 기름값이 금값이야. 그러니까 바이크 타는 가격도 당근 올라야지. 그게 예의고 상도야. 너, 싸가지가 바가지니?"

이깟 말도 안 되는 엄포에 물러설 수는 없다.

"중근이 허어엉. 형, 그런 사람이었어요? 대 만리장성 배달의 기수가 고작 돈 몇 푼에 고딩이랑 실랑이나 벌이고. 사장님은 형이 이런 사람인 거 아시나 몰라."

오씨 아저씨를 들먹거리는 건 페어플레이 정신에 어긋나는 짓임을 뻔히 알지만 어쩔 수 없었다.

"좋아, 30분에 만 원. 그 밑으로는 안 돼. 내가 달리 안중근

15

이냐? 내 이름이 김중근이나 박중근이었다면 어림도 없을 일이다. 안중근이니까, 이 형이 특별히 싸게 쳐주는 거야."

더럽게 생색내는 꼴이 얄미웠지만 겉으로는 싱글벙글 웃어 주었다.

"그럼요. 형이 대인배인 거 내가 알고 세상이 다 알죠. 열쇠, 플리즈."

"사장님이 알면 내 월급 다 날아간다. 말 안 해도 알지? 알아서 적당히 땡겨 타."

한차례 잔소리를 들은 뒤에야 열쇠를 받아 들 수 있었다. 내가 바람에 몸을 맡기는 동안 안중근은 고린내 나는 문어발을 쭐쭐 빨면서 맥주나 마시겠지.

쪼잔한 새끼. 형이라고 부르기도 창피하다. 진짜 안중근 의사였으면 그깟 고물 시티백, "청년이여, 빛나는 청춘을 위해 쓰시오!"라고 말하며 무상으로 내주었을 것이다.

시원한 바람이 복잡한 머릿속을 말끔히 정리해 주는 기분이란! 스피드의 매력에 빠져 보지 못한 자들은 결코 이해할 수 없다. 역시 바이크는 손맛이다. 스피드를 내기 위해 액셀을 당길 때 손끝으로 전해지는 느낌이란 이루 말할 수 없이 짜릿하다.

눌린 파마머리를 한 채 쌩하니 집을 나서던 엄마의 뒷모습. 그 순간에도 새로 들어온 매에게 달아 줄 시치미를 가다듬는 아버지의 투박한 손. 바람 속을 달리면 다 깨끗이 잊을 수 있었다.

16

'기분 좀 띄워 볼까나?'

심호흡을 한 뒤 손에 착착 감기는 핸들의 감촉을 느끼며 묘기 행진을 벌여 보기로 결심했다. 무게중심을 뒤로 옮기면서 순간의 타이밍을 놓치지 않고 앞바퀴를 들어 올렸다. 무한의 스피드가 주는 흥분과 함께 모든 게 멈추어 버린 것 같은 느낌이 온 신경을 자극했다. 날개라도 단 것처럼 내 몸이 한없이 가벼워지는 기분이었다.

나는 진짜로 날아오를 것처럼 고개를 한껏 젖혀 하늘을 올려다보았다. 뭉게구름, 양떼구름, 높쌘구름, 털쌘구름, 새털구름, 털층구름……. 아! 왜 자꾸 털이니 새니 하는 것들만 떠오르는 걸까? 서당 개 삼 년이면 풍월을 읊고 뭐 눈에는 뭐만 보인다더니, 과학 시간에 배운 수많은 구름의 종류 중에서 왜 하필이면 털쌘, 새털, 털층구름 따위만 머릿속에 콕 박혀 있느냔 말이다.

구름 뒤에 숨은 티 없이 맑고 푸른 하늘을 보고 싶었다. 구름 무리를 털어 버리기라도 하듯 고개를 흔드는 찰나, 내 엉덩이는 시티백 안장에서 벗어나 새털처럼 쭉 미끄러졌다.

요란한 굉음 속에서도 빵셔틀을 뛰고 챙긴 돈 700원이 아스팔트 위를 떼구르르 구르는 소리가 선명하게 들렸다.

무게중심이 완전히 뒤로 넘어갔다. 나만의 비행은 끝났다. 와장창, 모든 것이 박살 나는 소리가 온몸을 두드려 댔다.

경찰서는 생각보다 활력이 넘치는 곳이었다. 내가 경찰서에 들어섰을 때에는 이미 대여섯 사람이 큰 소리로 실랑이 중이었다. 단순한 싸움 같기도 했고, 교통사고로 시비를 가리는 중인 것도 같았다. 뭐 그런 건 아무래도 상관없었다. 내 코가 석 자였다.

꽥꽥거리며 다투는 사람들 틈에서 나는 용케도 경찰의 말을 조사 하나 안 빠뜨리고 알아들을 수 있었다.

"부모님 동의서 있어야 풀려날 줄 알아. 전화번호?"

"……."

"어머니?"

"안 계세요."

거짓말은 아니다. 엄마는 돈 벌러 용인에 가 있으니까. 그리고 당분간 우리 집 근처엔 얼씬도 안 할 테니까.

"아버지?"

"없어요."

이것 역시 틀린 말은 아니다. 아버지가 계시지만, 아버지를 아버지라 부르지 못하는 지금 내 상황을 어찌 설명해야 하나? 귀찮다. 응방에 틀어박혀 하루 종일 매와 씨름하는 아버지를 아버지라고 부를 시간이 있어야 말이지.

"뭐? 없어?"

"……."

"너…… 고아야?"

차라리 고아이고 싶다. 뭐 사실, 지금의 내 처지란 것이 고아나 다름없지 않은가. 나는 탁자 유리 아래 깔려 있는 범죄자 수배 전단지를 뚫어져라 보았다. '당신들은 여기 잡혀 들어오면 누구한테 연락할 건가요?' 묻고 싶었다.

"그럼 학교 대!"

담임은 절대 안 된다. 이 일이 담임 귀에 들어가는 날에는 욕 들어 먹는 것은 기본이요, 화장실 청소에 야자 빼먹은 괘씸죄, 경찰서에서 전화를 건 뻔뻔죄, 기타 등등의 죄목이 붙을 게 분명하다. 그래서 나는 결정했다.

"010 87××에, 0······."

"87××에 0, 뭐?"

"112요."

"뭐? 112?"

"네."

경찰의 손이 전광석화처럼 내 머리를 쥐어박았다.

"잘한다. 경찰서에서 112로 전화하게 하고."

그러게나 말이다. 아버지는 왜 하필 끝자리를 112번으로 골랐을까. 어릴 적엔 경찰이라도 되고 싶었나?

술을 마시다 옆 테이블과 시비가 붙어 붙잡혀 온 아저씨가 고래고래 소리를 질렀다.

"아, 이 사람아! 어디서 반말이야. 이래 봬도 내가 고등학생 아들이 있어!"

고개를 숙여 다시 한 번 범죄자 수배 전단지를 찬찬히 살폈다. 어떤 사내의 얼굴에는 빨간 잉크로 '검거' 도장이 찍혀 있고 어떤 사내의 얼굴은 온전했다. 잡힌 자와 잡히지 않은 자들의 얼굴. 똑같이 무표정이다.

　이런 무표정한 사내들도 청소년기에는 부모의 품에서 지냈겠지? 이들도 나처럼 사고 치고 경찰서에서 부모님 중 누군가가 데리러 오기를 기다린 적이 있었을까? 특히 왼쪽 상단 두 번째, 붉은 검거 도장이 찍힌 사내가 눈에 띄었다. 쭉 찢어진 눈매가 왠지 모르게 나와 비슷한 것 같았다. 이 사람 엄마도 아버지의 벌이가 시원찮아 타지로 돈 벌러 갔던 적이 있을까?

　"아니, 저게 뭐야?"

　"아이쿠야, 설마 여기로 들어오려는 건 아니겠지?"

　사람들의 시선이 일제히 출입구 쪽으로 쏠렸다.

　"실례합니다."

　아버지였다. 그리고 아버지의 왼팔에는 마루가 위풍당당한 자태를 뽐내며 앉아 있었다. 낯선 장소에 들어선 탓인지 마루는 당장이라도 날아오를 기세로 날개를 활짝 폈다. 날카로운 부리를 쫙 벌리더니 큰 소리로 울었다. 사람들이 웅성거리자 아버지는 녀석의 뒷머리를 살살 긁어 주었다.

　아버지와 나 사이에는 언제나 매가 존재했다.

　경찰서 안은 아버지의 등장으로 일대 혼란에 빠졌다. 경찰들은 업무를 보다 말고 다들 넋이 나간 표정으로 아버지와 아

20

버지 팔에 앉아 있는 참매, 마루를 보느라 정신이 없었다.

"송동준 아버집니다."

내 이름 석 자가 귀에 꽂히는 순간, 나는 고개를 돌려 아버지를 외면하고 말았다. 마루가 나를 알아보고 날갯짓을 했다. 푸드덕! 저 잡스러운 짐승을 내 언젠가는 꼬치구이 해 먹고 말리라.

아버지가 구석에 찌그러져 있는 나를 발견하고 천천히 걸음을 옮겼다. 슬쩍 얼굴을 보니, 화가 단단히 난 모양이다. 화가 나면 아버지는 표정이 완전히 없어진다. 차갑고 뜨겁고 열 받고 울화 터지는, 뭐 그런 표정 자체가 얼굴에서 싹 사라지고 마는 것이다. 사이보그 같다고나 할까.

고개를 숙이고 있는데 흙투성이가 된 아버지 장화가 내 시야에 들어왔다. 들판에서 매를 훈련시키다 말고 급하게 온 모양이었다.

"잘하십니다, 어~르신."

뭔가 불쾌하고 못마땅할 때 아버지가 나에게 쓰는 반어적인 성격이 강한 표현이다. 일종의 욕이라고 할 수 있다. '어르신'을 발음할 때 아버지는 '어' 자를 길게 끌며 발음하고 '르신'을 재빨리 내뱉는다. 그래야만 경쾌하고 발랄하다나? 욕을 두고 경쾌하고 발랄하다는 사람은 아버지가 처음이었다. 심지어 그 느낌이 마음에 든다며 나에게 종종 사용해야겠다고 다짐까지 했다. 엄마는 그런 아버지를 두고 상대하고 싶지도 않은 위인이라고 했다.

"벌금이…… 얼마라고요?"

"30만 원입니다. 헬멧 미착용에, 무면허, 교통신호까지 어기고. 더 말씀 안 드려도 되겠죠?"

아버지의 입이 쩍 벌어졌다. 잠자코 있던 마루까지 날갯짓을 했다. 마루를 받치고 있는 아버지의 팔이 떨렸나 보다. 마루가 날카로운 눈매로 나를 주시했다. 마치 작은 초식동물을 사냥할 때의 그것과 흡사해서 기분이 나빠졌다. 벌금 30만 원 소리에 놀라기는 사람이나 날짐승이나 매한가지인 모양이다.

"이놈, 없는 아들로 치겠습니다."

단호한 목소리. 당황한 경찰이 아버지와 나를 번갈아 보았다. 기가 막혀 할 말을 잃은 듯했다.

"아버지!"

"아버지이? 아버지라고 부르지도 마라."

담임이 알면 죽는다. 담임도 담임이지만 무엇보다 엄마가 문제다. 담임은 이 일을 틀림없이 엄마한테 얘기할 것이다. 그러면 엄마는 용인에서 심야 버스를 타고 내려와 신세 한탄을 하며 내 등짝을 후려치겠지. 맞는 건 괜찮은데, 엄마는 때리고 난 다음에 꼭 운다. 그냥 울면 어떻게든 참겠는데, 꼭 미안하다고 하면서 운다.

"아버지! 30만 원 안 내면 저, 여기서 못 나가요. 못 나가면 엄마 와야 해요."

아버지 팔에 앉아 있는 마루가 자꾸만 날갯짓을 했다. 경찰
서 안이 답답하다는 것인지, '너, 내 날개로 한번 정신 번쩍 차
리게 맞아 봐' 그런 의미인진 몰라도 녀석은 잠시도 가만히
있지 않았다.

"쉬쉬."

아버지가 갓난아기 달래듯 마루를 달랬다. 매번 느끼는 거
지만 정말 못 봐 주겠다.

"아버지."

"먹고 죽을 돈도 없다. 널 팔아."

열일곱 살짜리 고딩 남학생을 팝니다! 단돈 30만 원에 모시
겠으니, 제발 좀 사 가세요! 목이 터져라 외친들 누가 관심이
나 가질까?

마루가 까만 눈동자를 고정시킨 채 나를 빤히 봤다. 그 눈빛
이 마치 '벌금 낼 능력도 없는 녀석이 스피드라니, 용썼다' 비
아냥거리는 것 같았다.

아버지는 말했다. 매가 사냥할 때의 속도는 말로 표현할 수
없을 만큼 빠르다고. 최고 시속 370킬로미터로 하강하며 꿩이
나 토끼를 낚아채는 모습 앞에선 그 어떤 스피드 스포츠도 명
함을 못 내밀 거라고 말이다. 하지만 나는 아랑곳하지 않겠다.
시속 370킬로미터 따위 관심 없다. 매가 아무리 빠르다 한들
매잡이는 그저 구경꾼에 지나지 않으니까. 매사냥을 백 번, 천
번 본들 복잡한 내 마음을 정리해 줄 스피드는 결코 경험할 수

없을 테니까.

마루 녀석이 나를 보고 입을 쩍 벌렸다. 날카로운 부리 사이로 검은 혀가 보였다.

맹금류의 것이라고 하기에는 적합치 않아 보이는 가늘고 섬세한 혀. 마치 난을 연상케 했다. 끝이 가지런하고 고르게 정리된 서예 붓 같기도 했다. 새하얀 화선지에 천천히 새겨지는 난과 그 난을 치는 가늘고 날렵한 붓 끝이 마루의 주둥이 속에 콕박혀 있는 것 같았다. 왠지 모르게 마루의 입속으로 빨려 들어가는 것 같아 나는 고개를 돌려 버렸다. 고작 날짐승의 먹이가될 수는 없지. 기분, 더럽다.

응식이 삼촌한테서 전화가 왔다. 무슨 일인지는 모르겠지만, 응방으로 빨리 와 달라는 전화였다. 결국 눈엣가시 같은 매덕분에 나는 경찰서에서 풀려날 수 있었다. 인생 참 아이러니하다.

어느덧 해가 지고 있었다. 우리는 가로등이 켜진 거리를 걸었다. 땅바닥에 그림자가 길게 드리워졌다. 아버지와 나란히걷고 있는 건 아들인 내가 아니라, 참매 마루였다. 나는 아버지의 그림자에서 두어 발자국 떨어져 걸었다.

아버지와 내 그림자 사이에 매가 있었다. 나는 좀처럼 그 거리를 좁히지 못했다. 고작 두어 발자국인데 쉽지 않았다. 언제나 일정한 거리를 두고 움직이는 그림자. 아마도 아버지와 내

24

그림자가 하나로 뭉쳐지는 순간은 영원히 오지 않을지도 모르겠다.

"너는 어리석기가 보라매와 같아."

"어리석다니요? 그게 무슨 소리예요?"

한적한 도로변에 접어들었다. 50미터 정도 더 가면 두 갈래 길이 나올 것이다. 나는 오른쪽 길을 택해 집으로 갈 것이고, 아버지는 왼쪽 길을 따라 응방으로 갈 터였다.

"물불 안 가리고 덤벼들잖아. 좋게 말해 패기가 넘치는 거지, 내가 보기엔 어리석어. 경험도 없는 게 까부는 거잖냐. 딱 보라매들이 하는 짓이야."

나는 아버지의 말을 이해할 수 없었다. 새로 들인 보라매 얘기를 하는 건가.

아버지는 참매 세 마리와 송골매 한 마리를 키웠다. 각기 이름까지 지어 주고 뭐라 부르는 것을 듣기는 했는데 요상하기 짝이 없는 이름들이었다. 어쨌든 나에게 매는 귀찮은 존재다. 참매든, 송골매든 꼴도 보기 싫은 짐승일 뿐이다. 그런데 설상가상 얼마 전에는 어린 보라매까지 응방에 합세했다.

"응식이가 할 말이 있나 보다. 얘기하다 보면 늦을 거야. 문 단속 잘하고 반성하고 있어."

저 멀리 빌라가 보였다. 공터 한가운데에 덩그러니 한 동만 서 있는 빌라. 우리 집이다. 아버지가 회사에 다닐 때는 2천 세대가 넘는 대단지 아파트에 살았다. 하지만 매를 키우겠다고 선언한 그날부터 우리 집 형편은 사냥하는 매의 낙하 속도만큼이나 빠르게 곤두박질쳤다. 그리고 결국 아파트에서도 나와야만 했다.

보일러는 틀어 놨을까? 11월 말인데 겨울 이불은 꺼내 놓으셨나? 며칠 전부터 겨울 이불 꺼내 놔야 한다고 몇 번을 말했는데. 아마도 까맣게 잊었을 것이다. 매와는 전혀 상관없는 이야기니까. 나에게도 존심이란 게 있다. 매번 날개 자락이나 풀썩거리는 녀석에게 밀릴 순 없다.

갈림길 앞에서 나는 아버지를 따라잡았다. 그러고는 옆에 바짝 붙어 서서 물었다.

"난 매보다 못한 자식이에요?"

숨을 몰아쉬며 아버지를 매섭게 노려보았다. 딱! 찰나의 순간에 부처는 득도를 했고 아버지는 눈에서 불이 번쩍 튈 만큼 세게 내 머리통을 가격했다. 매가 앉지 않은 아버지의 오른손을 잊고 있었다.

"그럼 니가 매보다 낫냐? 바쁜 애비 경찰서 구경 시키는 놈이?"

"……."

"너, 내가 겨울에는 다치지도 말고 사고 치지도 말랬지?"

겨울이 왔다. 진짜 겨울이다. 아버지에게는 1년 365일이 겨울이었다. 그중에서 매사냥을 하는 11월 말부터 2월까지가 아버지의 '진짜 겨울'이었다. 매와 동고동락하며 매를 훈련시키

26

고 함께 사냥할 수 있는 진짜 겨울이 온 것이다. 특히 이번 겨울은 아버지에게 매우 중요하다. 매사냥을 보여 주는 시연회를 준비하고 있기 때문이다. 문화재 관계자와 대학교수, 기자들을 불러 전통문화재로서 매사냥의 가치를 재평가받겠다고 호언장담한 아버지였다.

올겨울에도 엄마와 나의 자리는 없을 것이다. 목구멍에서 뜨거운 것이 치밀었다.

"사고 치는 데 봄, 여름, 가을, 겨울이 어딨어요? 계절이 어딨냐구요!"

내 고함 소리에 마루가 푸덕, 큰 날갯짓을 했다. 참매 마루, 아버지와 7년 넘게 응방을 지킨 놈이다.

참매가 산에서 자라 어른이 되면 '산지니', 사람 손에서 자라 어른이 되면 '수지니'라고 부른다. 마루는 아버지의 첫 수지니였다.

"왜 없냐? 여깄다! 너 이놈 자식, 내가 분명히 경고하는데 올겨울에 또 한 번 사고 치면 내 아들 아닌 줄 알아."

아버지는 홱 등을 돌리더니 나와는 다른 갈림길을 택해서 어둠속으로 사라져 갔다. 접착제라도 붙여 놓았는지 마루는 휘적대며 걸어가는 아버지의 발걸음에도 흔들림 하나 없이 꼿꼿이 앉아 있었다.

아버지는 돈키호테였다. 세상 그 누구도 관심 가지지 않는 전통이란 놈에게 마음을 죄다 빼앗겨 가족이고 현실이고 다

내려놓은 채, 자신의 꿈만 좇는 돈키호테.

가슴이 또다시 답답해진다. 바람 속을 달리고 싶다.

나는 집을 향해 전력 질주했다. 내 방에 붙어 있는 사진 속 '로드스타'라도 보면 가슴이 뻥 뚫릴 것만 같았다.

2

기막힌 계약

"내가 할게요. 내가 해 볼게요."

"뭐……, 뭘?"

"매요. 매사냥 전수자, 내가 하면 되잖아요."

"……."

얘가 미친 게 아닐까, 하는 아버지의 눈초리. 하긴 내가 생각해도

지금 내 행동은 정상이 아니다. 아버지는 내가 매를 죽어라 싫어한다는

사실을 그 누구보다 잘 알고 있었다.

"내가 무슨 복이 많아서 한량, 한량, 저런 상 한량이랑 사는
지 모르겠다."

엄마는 매에 죽고 못 사는 아버지를 보며 항상 분통을 터뜨
렸다.

"한량들의 인생삼락 중 첫 번째가 여자라는 말, 다 헛소리라
니까. 한량들이 최고로 치는 게 매사냥이지!"

엄마한테 아버지는 자랑스러운 전통문화의 수호자가 아니
었다. 그저 매사냥에 혼을 빼앗긴, 책임감이라곤 눈곱만큼도
없는 한량에 불과했다.

그런 아버지가 아들인 나한테 이렇게 말했다.

"너 한량이냐? 대체 오토바이는 어디서 나서 타는 거야?"

30

"신경 쓰지 마세요."

"뭐가 어쩌고 어째? 신경을 쓰지 마? 내 아들한테 내가 신경 안 쓰면 누가 써?"

아버지가 패스 한 장을 내밀더니 왼쪽 어깨를 내 앞에 들이 밀었다. 겨울이 오고 본격적으로 매들을 훈련시키느라, 매를 앉혀 놓는 왼쪽 어깨가 성할 리 없을 것이다. 나는 가만히 아버지의 어깨를 노려봤다.

아버지는 내 방 벽에 붙어 있는 로드스타 사진을 쓱 한번 훑어보더니 끌끌 혀를 찼다.

"어디 즐길 게 없어서 스피드야. 오토바이가 밥 먹여 주냐?"

'그러는 아버지는요!' 하고 대거리를 하고 싶었지만 꾹 참았다.

아버지는 늘 자랑처럼 강조했다. 송골매는 고도 700미터까지 올라가 수직 낙하할 때는 시속 370킬로미터로 내려온다고. 그건 우주선의 낙하 속도와 맞먹는 어마어마한 스피드라고. 매의 스피드에 흠뻑 빠져 사는 아버지가 아들에게 하는 훈계라니! 아버지에게 나의 로드스타는 기껏해야 고삐리들이나 침 흘리는 위험한 장난감에 지나지 않는다.

내가 초등학교에 들어가기 전, 그러니까 아버지가 본격적으로 응사 노릇을 하기 전까지 우리 가족은 행복했다. 아버지는 어땠는지 모르겠지만 적어도 엄마와 나는 그랬다. 아버지의 팔에는 언제나 매 대신 내가 매달려 있었다. 하지만 지금은 나와 팔씨름을 하던 손으로 매를 훈련시키고 나를 안던 팔로 매에게 먹이를 준다. 목말을 태워 주던 아버지의 어깨도 매의 차지가 된 지 오래다.

"우리 개구쟁이."

아버지는 나를 그렇게 불렀다. 그때마다 심장이 간질거렸다. 셔츠 안주머니 속에 메뚜기를 넣은 것처럼 가슴이 팔딱팔딱 뛰었다. 여름방학이면 우리는 곤충채집을 하며 놀았다. 하지만 아버지가 갑자기 다니던 회사를 그만두고 매를 기르기 시작하면서 우리의 여름은 사라져 버렸다. 아버지에게 계절은 오직 겨울뿐이었다.

"동준아, 파스 안 붙이고 제사 지내냐?"

"응방 가서 매한테 붙여 달라고 하시죠, 왜?"

"아주 효자 났다. 얼른 못 붙여?"

나는 아버지의 어깨에 소리 나게 파스를 붙였다. 철썩! 오늘따라 어깨가 유난히 작아 보인다. 뭐랄까, 힘이 좀 빠진 느낌이라고나 할까.

간밤에 아버지는 술이 떡이 돼서 집에 들어왔다. 자는 척하다가 슬며시 나가 봤더니, 어느새 마루에서 곯아떨어져 있었다. 그 정신에도 왼팔에는 버렁이*를 끼고 있었다. 설상가상

*매를 팔에 앉힐 때, 매 발톱으로부터 살을 보호하기 위해 토시처럼 끼는 가죽. 목이 긴 장갑처럼 생겼다.

매 끈까지 팔목에 꽁꽁 묶어 놓은 채였다. 술에 취해 정신을 놓으면서도 행여나 매 끈을 잃어버릴까 묶어 놓은 게 분명했다.

"어제 무슨 일 있었어요?"

"어른들 일에 애는 모르는 척하는 거다."

"저, 열일곱이에요. 어린애 아니구요. 그리고 아는 게 있어야 모르는 척도 하죠."

바른 소리만 줄줄 읊어 대는 내 말주변에 놀랐나, 아버지는 한동안 말이 없다가 나를 한 번 쓱 훑어보더니 한마디 건넸다.

"너, 거시기에 털 났냐?"

"아버지!"

거시기에 털 안 난 고삐리도 있나? 날 뭘로 보고.

"지각하겠다. 얼른 학교나 가."

아차차, 늦겠다. 자리를 박차고 일어나 가방을 챙겨 나가려는데 등 뒤에서 아버지가 말도 안 되는 소리를 했다.

"지각할 때 하더라도 북엇국은 끓여 놓고 가!"

"마루한테나 끓여 달라고 하세요!"

마루는 아버지의 왼쪽 어깨에 파스를 붙이게 만든 장본인이다. 나에게서 아버지의 왼팔을 빼앗은 참매다. 참 나, 그깟 매 따위한테 밀리다니 쪽팔려서 못 살겠다.

툭.

똠양꿍 자식, 뭐가 그리 궁금하다고 쪽지질인지. 간이 배 밖으로 나온 새끼다. 한 성깔 하는 문학한테 걸리면 지옥의 문턱까지 갔다 온다는 것도 모르나.

똥준, 너 어제 야자 째고 날랐다며? 안중근이 그러더라, 아주 아작을 냈다고. 진짜야? 의리 없게 혼자 질주나 하고. 너, 새끼 줄똥이다!

뒤를 돌아보자, 똠양꿍이 나를 향해 혀를 내밀며 마구 감자를 날린다. 약이 올라 받은 쪽지를 꼬깃꼬깃 뭉쳐 총알처럼 쏘려는 찰나!

"거기, 두 어린이! 앞으로 나옵니다."

문학한테 딱 걸렸다. 아이들이 킥킥거렸다. 앞으로 불려 나간 똠양꿍과 나는 고개를 숙이고 문학의 처분만 기다렸다. 교탁 앞에선 왜 자동적으로 고개가 숙여질까. 죄를 짓지도 않았는데 판사 앞에 서면 괜히 쫄게 되는 것과 마찬가지일까.

문학이 소리 내어 쪽지를 읽더니 우리 둘을 번갈아 쳐다봤다.

"안중근이 누구냐? 설마 독립운동 하시던 분은 아니겠지?"

"그분은 돌아가셨습니다."

똠양꿍, 바보 같은 새끼.

"너, 똥을 즐겨 싸서 똥준이냐?"

"······."

대답할 가치도 없다고 생각한다. 설마 문학, 이걸 농담이라

34

고 한 건 아니겠지? 웃자고 던진 말에 아이들은 죽자고 안 웃었다. 갑자기 교실에 엄숙한 분위기가 흘렀다. 자신의 유머를 이해하지 못하는 열일곱 청춘들에게 열이 받았는지, 문학은 사뭇 진지한 얼굴이 되어 나와 똠양꿍에게 가까이 오라는 손짓을 했다.

"딴짓하느라 고생했다. 자, 선생님이 우리 어린이들 혈액순환 증진을 위해 수고 좀 해 줄게. 준비!"

말 끝나기가 무섭게 양말을 벗으려는데, 앞줄에 앉은 아이들이 킥킥대고 웃었다. '뽀로로'였다. 노점에서 두 켤레에 천 원 주고 산 양말 속에서 뽀로로가 앙증맞은 표정으로 뜀박질하는 포즈를 취하고 있었다.

"다 큰 녀석이…… 뭐어? 뽀로로오? 끝까지 큰 웃음 주는구나."

문학의 말에 웃음을 참던 아이들이 대놓고 웃기 시작했다. 똠양꿍은 내 쪽을 흘낏 쳐다보더니 긴 한숨을 내쉬었다. 나는 잽싸게 양말을 벗어 바지 주머니에 구겨 넣었다.

"이 자식들, 발바닥으로 청국장 끓이냐? 어이쿠야."

문학이 회초리로 발바닥을 신 나게 두들겼다.

"앗, 따가워!"

"따갑긴, 짜식. 니 혈액순환을 위해 내가 팔이 떨어져라 수고를 하는데."

발바닥에 열이 확 올랐다. 발바닥이 불에 타면서 공중으로 날아오를 것 같았다.

"인사 시작!"

회초리가 발바닥을 때릴 때마다 목이 터져라 외쳤다.

"고맙습니다!"

"옳지. 네엣!"

"고맙습니다아!"

제자의 혈액순환까지 걱정하는 문학 덕분에 나는 고맙습니다, 라는 마음에도 없는 말을 자동으로 내뱉었다. 잠시 뒤 문학은 똠양꿍과 나에게 반으로 정확히 자른 쪽지를 입에 물렸다.

"증거 인멸에 들어갑니다. 꼭꼭 씹습니다, 어린이들."

염소띠도 아닌데 종이를 씹자니 입이 썼다. 매처럼 게워 내는 습성이라도 있으면 좋으련만, 아쉽게도 나는 사람이다.

아버지가 참매를 밖으로 데리고 나갈 모양이다. 솜 밥을 만들고 있다. 솜 밥은 페이크다. 속임수란 소리다. 얇게 저민 고기를 솜뭉치 겉에 두른다. 바보 같은 매는 아버지의 솜 밥을 덥석 받아먹는다. 매사냥을 나갈 때면 아버지는 매를 굶기는 대신 솜 밥을 먹인다. 배가 부르면 사냥하지 않는 매의 습성 탓이다.

"새한테 솜이나 먹이고. 동물 보호 단체에서 이 사실을 알면 가만두지 않을걸요?"

"동물 보호 단체에서 이걸 우찌 아냐?"

아버지는 솜 밥 만드는 손을 멈추지 않는다. 상처투성이 주름진 손이, 나뭇등걸 같은 투박한 손이 얇게 저민 고기를 참 섬세히도 다룬다.

"내가 신고할 거거든요."

"무식하면 가만히나 있어. 매들이 사냥을 하려면 포만감을 없애야 해. 그렇다고 생짜로 굶길 수는 없지. 이렇게 솜 밥 먹이면 적은 양의 쇠고기는 삼키고 솜은 게워 내니 아무 문제없다."

아버지는 킁, 코를 들이마시더니 계속 솜 밥 만들기에 열중했다.

"나도 배고파요. 성장기에는 잘 먹어야 큰다는데. 난 고기 구경도 못했다구요. 이래 갖고 어떻게 커요? 똠양꿍은 180이 넘었다구요. 아버지!"

그러나 아버지는 코도 찡긋하지 않았다.

"무슨 고기를 1년에 손꼽을 정도로 먹냐구요! 정 안 되면 국경일마다 고기 먹어요, 네? 이러다가 저 빈혈로 쓰러져요."

다시 한 번 압박을 가하려고 입을 떼는 순간, 아버지가 한마디 했다.

"미치다 똥 쌀 놈. 헛소리 말고 네놈 등 뒤에 숨겨 놓은 쇠고기나 내놔."

한 팩 슬쩍한 것을 어떻게 알았을까? 저녁에 혼자 구워 먹으려고 했는데, 다 틀렸다. 자식한테는 닭고기 한 점 주지 않으면서 매한테는 쇠고기라니, 가당키나 한가! 팔자도 이런 팔자는 없을 거다. 생을 마감하는 날, 분명 내 몸에서는 풀 향기가 진동할 것이다.

내 키는 175센티미터로 끝났다. 똥양꿍 자식도 물 먹은 화초처럼 무럭무럭 자라고 있는 마당에 긴장하지 않을 수 없다. 녀석의 유전자 조직엔 뭔가 특별한 비밀이 숨겨져 있는 게 분명하다. 필리핀 어머니에게 우월한 유전자를 받았는지도 모른다.

"반찬 투정 하지 마. 고기 탓도, 풀 탓도 아니다. 니 엄마가 아담 사이즈라 그래."

끝까지 식단 개선의 가능성은 차단한 채 모든 것을 엄마 탓으로 돌리는 아버지 때문에 나는 더욱더 허기졌다.

"참매는 결코 인간에게 길들여지지 않는다. 배고픔에 반응할 뿐이지."

어처구니가 없다. 죽어라 정성을 다하지만 그런 것 따위는 안중에도 없는 참매에게 아버지는 대체 무엇을 바라고 자신의 삶까지 던져 가며 희생을 하는가. 죽었다 깨어나도 모르겠다. 아버지는 참매 때문에 청춘을 버렸고, 가정을 버렸고, 사랑을 버렸으며, 미래를 버렸다.

아버지는 참매에 마음을 빼앗겨 바이크를 향한 아들의 열정을 이해하지 못하는 촌스럽고 고지식한 꼰대로 전락했다. 동시에 세계적인 바이크 라이더가 되겠다는 아들의 꿈을 무시함으로써 훗날 아버지에게 쥐꼬리만큼의 용돈도 주지 않겠다는 나의 결심을 단단히 굳히게 만드는 큰일을 초래했다. 내가 세계를 주름잡는 바이크 라이더가 되어 유명세를 떨칠 때쯤에서야 아버지는 '왜 내가 하나밖에 없는 아들놈의 꿈에 대고 콧방귀를 뀌어 버렸을까?' 하며 후회하겠지.

"참매에게 온 정성을 다 쏟는 인간에겐…… 서글픈 현실이지."

아버지는 당장에라도 눈물을 쏟을 것처럼 코를 킁킁거리더니 과로로 터진 입술을 혀로 한 번 쓱 훑었다. 그러고는 사뭇 진지한 말투로 덧붙였다.

"배고프다, 라면 끓여라."

아버지의 '라면' 소리에 방 한구석 나무 기둥 위에 앉아 있던 마루가 날갯짓을 했다. 푸드덕 소리와 함께 먼지가 일었다. 유리창으로 비쳐 들어오는 겨울 햇살에 드러난 뽀얀 먼지가 엄마의 부재를 여실히 느끼게 해 주었다.

마루는 아버지의 배고픔을 이해할 수 있을까?

"이따 저녁에 동네 갈빗집으로 나와."

"택근이 만나기로 했는데요."

"잔말 말고 나와. 밥은 먹어야 할 것 아냐? 먹고 가."

하긴 얼마만의 갈비인가. 사 준다고 할 때 배 터지게 먹는 게 상책이다. 날이면 날마다 오는 갈비가 아니니까.

아버지는 점심은 간단히 때우자며 라면에 공기 밥 한 그릇까지 마파람에 게 눈 감추듯 말아 먹었다. 아무래도 이따가 돈 아끼려고 그러는 모양이다. 나는 라면을 먹는 둥 마는 둥 하며 저녁에 몇 인분이나 해치워야 할까 골똘히 생각했다.

술잔이 오고 간다. 오고 가는 것까지는 좋은데 응식 삼촌이 랑 아버지는 꿀 먹은 벙어리마냥 말이 없다. 그냥 계속 주거니 받거니 술잔만 비운다. 두 사람 사이에 뭔가 있다. 수상한 냄새가 난다.

"하이고, 이렇게 고기 다 타도록 뭐 하고 있었노? 불판 갈아 달라 얘기 좀 하지."

갈빗집 여사장이 불판을 갈며 혀를 찼다. 우리들이 고기 탄거 먹고 암이라도 걸릴까 걱정돼서 그런 것 같지는 않고, 새까맣게 탄 불판 닦을 일이 짜증 나는 눈치였다.

"니도 술 펐나? 불판 좀 보지?"

난 갈빗집 종업원 아닌데요, 하는 말이 목구멍 끝까지 올라왔지만 잠자코 있었다. 삼촌과 아버지의 분위기가 아무래도 심상치 않았기 때문이다.

"가서 잘하고."

"예. 그동안 고마웠습니다."

"내가 뭘. 응식이 니가 고생 많았다. 내가 더 고맙지."

응식이 삼촌이야 워낙에 인사성이 밝은 사람이라서 그렇다 치지만, 아버지가 누군가에게 고개를 숙여 가며 고맙다고 인사를 하다니, 별일이다. 그나저나 가서 잘하라니, 이건 또 무슨 소리지?

"동준아, 웅식이 삼촌 군대 간다."

사람을 놀래어도 유분수지, 나이 서른이 다 되어서 군대라니. 군대에서 이렇게 늙은 젊은이도 받아 준단 말인가? 민웅식, 나이 스물여덟, 아버지의 유일한 수제자이자 전통 매사냥 전수자.

삼촌이 군대 간다면 매사냥 전수자는 또다시 0, 제로 상태가 된다. 웅식이 삼촌이 응방에 들어오기 전, 아버지의 수제자를 자처하는 전수자들이 몇 있었지만 모두들 두 해를 넘기지 못하고 떠났다. 솔직히 달아났다고 해야 맞다. 아버지에게 인사를 건네고 떠난 사람보다는 빚쟁이에게 쫓기듯 야반도주한 사람들이 더 많았으니까.

그때마다 아버지가 괴로워했냐? 그렇지 않다. 아버지는 쿨한 남자였다. 오는 사람 막지도 않았지만 가는 사람 붙잡지도 않았다. 평소와 다름없이 일어나 응방으로 향하고 매와 하루를 보내고 밤이면 훈련 일지를 정리하고 집으로 돌아와 잠을 잤다. 아마 꿈속에서조차 매를 날리고 들판을 신 나게 뛰어다녔을 거다.

소주 한 병이 더 추가되었다. 깨끗이 비운 소주병이 다섯 개나 되었다.

안 오냐?

똠양꿍이었다. 녀석의 부모님이 지방에 사는 친척 상갓집에 가는 바람에 오늘 함께 자기로 약속했다.

아버지가 이상해.

나는 식어 버린 고기 한 점을 우물거리며 문자를 보냈다. 드르륵. 주머니 속에 휴대전화를 넣기도 전에 진동이 울렸다.

너네 아버지 원래 이상했잖아. 빨리 와. 끝내주는 거 받아 놨어. 눈 돌아갈 거다. ㅋㅋ

화끈한 야동을 받아 놓고 기다릴 똠양꿍의 모습이 눈에 선했다. 평소였다면 당장 달려갔겠지만, 지금은…… 지금은 정말 아버지가 이상하다.

"한 잔 하자."

웅식이 삼촌이 아버지가 건네는 술잔을 받지 못하고 운다. 사나이는 태어날 때, 부모를 여의었을 때, 그리고 만취했을 때 운다고 했던가. 삼촌은 급기야 꺼이꺼이 소리까지 냈다. 옆 테이블 사람들이 쳐다봤다. 내 눈에도 이상한데, 그들 눈에도 당연히 이상하겠지. 후줄근한 생활한복을 입고 수염까지 지저분하게 기른 늙은 남자와 깔끔한 댄디보이 스타일의 젊은 청년, 그리고 추리닝 차림의 잘생긴 청소년. 두 사람은 아무 말 없이 술만 푸고 나머지 하나는 일행이 아니라는 듯, 다 식은 고기를 집어먹기만 하니…… . 뭐 저런 조합이 다 있나, 싶겠지.

아버지는 소주 다섯 병의 기록을 깨고 여섯 병 하고도 반 병을 더 마신 뒤에야 테이블에 머리를 박고 쓰러졌다. 잠들었다고 해야 옳을 것이다. 놀랍게도 응식이 삼촌은 아직 멀쩡했다. 삼촌의 풀린 동공이야 내 소관이 아니니 어찌할 수 없지만, 적어도 아버지처럼 의식을 잃고 된장 종지에 코를 박는 짓은 하지 않았다.

"동준아, 아버지를 잘 부탁한다."

이건 또 무슨 소린가. 분명한 건 삼촌이 말하는 아버지는 내 아버지지, 삼촌의 아버지가 아니다. 그런데 왜 자기가 남의 아버지를 부탁한다는지 도통 모르겠다. 어디 죽으러 가는 사람처럼, 평생 안 볼 사람처럼 구는 삼촌이 어색했다.

매사냥을 전수받겠다고 아버지를 찾아왔던 날부터 삼촌은 우리에게 남이 아니었다. 가족이었다. 우리 집에 수저가 몇 벌인지, 엄마랑 아버지가 싸우면 무엇 때문에 싸웠는지도 훤히 알 정도였다.

"왜 그래? 삼촌, 어디 죽으러 가?"

"하아…… ."

대한민국 군대가 사람을 죽이는 곳도 아닌데, 삼촌은 진짜 죽으러 가는 사람처럼 비장했다.

"군대 갔다가 안 올 사람처럼 그러네."

나는 마지막 고기 한 점을 된장에 찍었다.

"안 올 거야."

된장에 푹 빠진 고기. 무진장 짤 텐데.

"안 온다고? 어디? 설마…… 아버지 응방?"

삼촌이 고개를 끄덕였다. 하나도 안 귀여운데, 왼쪽 뺨에 볼우물까지 만들어 가며 입에 힘을 잔뜩 준 채 고개를 끄덕였다.

아버지가 왜 술을 쉬지 않고 마셨는지, 왜 평생 새벽밥을 해바친 엄마한테도 안한 '고맙다'는 말을 삼촌에게 했는지, 왜 된장 종지에 코를 박고 잠들어 버렸는지 그제야 납득이 갔다.

"잘 가."

세상에. 나는 아버지보다 의연한 인간이었던가. 잘 가, 란 나의 인사에 이제껏 멀쩡했던, 아니 멀쩡한 상태에 가까워 보였던 삼촌이 남부끄럽게 두 손을 얼굴에 파묻더니 토하기 시작했다.

바닥으로 거침없이 주르륵 떨어지는 삼촌의 속엣것들을 보면서 나는 할 말을 잃었다. 살면서 보지 말아야 할 것들이 있음을 깨닫고 있었다.

집으로 돌아가는 내내 아버지의 가슴은 누군가 들쑤셔 놓아 엉망이 된 벌집이었다. 응식이 삼촌은 그 벌집을 들쑤셔 놓은 누군가인 셈이었다.

"내 가슴 벌집처럼 만들어 놓았잖아. 그래 놓고 가 버렸나. 이렇게 내 가슴에 불 질러 놓은 채로 도망가듯 떠나갔네……."

"하! 가수 났네, 가수 났어."

한껏 자신의 목소리에 심취한 아버지가 왼손으로 가슴팍을 부여잡고 목 놓아 노래를 불렀다.

"매달리며 잡지 못한 후회스런 내 마음. 이 술잔을 높이 들고……."

아버지는 이 부분에서 술에 취해 비틀거리면서도 술잔을 들어 올리는 모션을 잊지 않았다. 탤런트도 울고 갈 연기력이었다. 안 그래도 목청 좋은 아버지의 노랫소리는 자정을 넘긴 골목길 담장을 훌쩍 뛰어넘었고 결국에는 누군가의 단잠을 깨워 놓았다.

어디선가 날카로운 목소리가 어둠을 가르고 튀어나왔다.

"이 양반아! 술 처먹었으면 곱게 들어가 잠이나 자!"

아버지가 걸음을 멈추고 허공을 향해 고래고래 악을 썼다. 어지러운지 시멘트 담장에 몸을 기댄 채 대거리를 했다.

"싸바랄! 곱게 안 처먹었으니까 이러지! 더럽게 처먹었다, 왜!"

아버지의 그림자가 다시 움직이기 시작했다. 비틀비틀, 위태로워 보였지만 결코 넘어지지 않았다. 아버지는 집으로 가는 길을 잘 알고 있었다. 언제나 아버지 자신이 가야 할 길을 잘 알고 있었다. 술 마시고 단 한 번도 집을 못 찾은 적이 없었으니까. 저렇게 취하고도 집 찾아오는 걸 보면 신기하다. 의식을 잃더라도 집에 들어와서 양말까지 벗고 난 뒤였다. 언제나 그랬다.

문주란의 노래가 또다시 이어졌다. 아버지의 십팔번, '내 가슴 벌집 됐네'. 노래 제목 한번 구리구리하다. 달빛이 아버지의 어깨를 비췄다. 뒤에서 바라보니, 왼쪽 어깨가 오른쪽보다 아래로 처져 있었다.

아버지는 삶의 반을 매와 함께한 사람이었다. 내가 태어나기 전부터 아버지는 매를 키웠다. 소유할 수 없는 그 날짐승을 짝사랑하고 보살피고 떠나보내기를 수백 번 반복했을 것이다. 학교를 다니면서도, 심지어 직장을 다니면서도 아버지의 매 사랑은 멈추지 않았다. 주말이나 공휴일이면 매를 쫓아 들판을 뛰어다녔다. 결국 매에 대한 열정은 사직서를 제출하게 했고 평범한 가정주부로 살던 엄마를 직업전선으로 내몰았다. 그리고 결국 우리 가족은 아파트에서 쫓겨나 이사까지 하게 됐다.

아버지는 웅식이 삼촌을 만나기 전까지 한동안 혼자 들판을 뛰어다녔다. 기댈 곳도 없었고 함께 이상을 이야기할 사람도 없었다. 외로운 매잡이가 되는 것에 익숙해질 무렵 웅식이 삼촌이 나타났다. 삼촌은 말수도 적었고 부끄럼도 많았다. 삼촌이 일을 배우겠다고 왔을 때 엄마는 아버지 몰래 삼촌을 불러

내어 설렁탕을 사 줬다. 뜨거운 국물을 마시고 속 차렸으면 하는 바람이었을 것이다.

"내 아들 같아서 하는 소리인데, 이거 먹고 이 일 그만둬요. 춥고 배고픈 일이야. 부모님이 아시면 기절해요."

엄마의 나긋한 설득에 웅식이 삼촌은 뜨거운 설렁탕 국물을 한 수저 뜨더니 이렇게 대꾸했다고 한다.

"이해하실 거예요."

"이해라니? 세상에 그런 부모가 어디 있어? 그러지 말고 잘 생각해 봐."

엄마의 채근에 삼촌은 수저를 놓았다. 그리고 엄마를 불편하게 만들 정도의 시간을 끌며 침묵을 지켰다. 엄마는 자신을 바라보는 웅식이 삼촌의 시선이 불편해 애꿎은 설렁탕 국물만 후루룩 마시다가 입천장을 다 데었다.

"저기요, 어머님. 저희 아버지는 도자기 굽는 일을 하시다가 돌아가셨어요."

"······."

"평생을 한자리에 앉아 흙을 만지고 굽고 다듬다가 말년에 디스크로 고생이 심하셨어요. 제가 이 일을 하겠다고 하니까 저희 어머니가 뭐라고 하신 줄 아세요?"

당연히 알 턱이 없었다.

"다행이다. 적어도 넌 네 애비처럼 한자리에 고대로 꼬부라져 앉았다가 인생 하직하는 일은 없겠구나. 그저 산으로, 들로

경중경중 뛰어다니는 일이니 됐다, 라고 말씀하셨지요."

엄마는 응식이 삼촌을 아버지의 응방에서 내보내는 데에 실패했다. 그리고 응식이 삼촌은 돌아가신 자신의 아버지를 대신하듯 아버지를 대했다. 물론 입에 단내가 나도록 입도 뻥긋하지 않았다는 응식이 삼촌 아버지와 매를 날려 보내고 기다릴 때 빼놓고는 종일 이런저런 이야기를 늘어놓는 아버지 사이에 공통점이라고는 없었지만 말이다.

응식이 삼촌은 아버지의 반쪽이었다. 반쪽이나 다름없었다고 생각한다. 적어도 나보다는 응식이 삼촌이 아버지의 일에 큰 도움이 된 건 사실이니까. 동이 트기 전에 응방을 함께 여는 사람도, 동상에 걸려 가면서도 매를 날리고 언 들판에서 함께 기다린 사람도, 불어 터진 라면을 먹거나 간혹 끼니를 거르면서도 매 이야기를 할 때면 얼굴 가득 미소를 짓고 열에 들떠 목소리를 높이던 사람도 모두 응식이 삼촌이었다.

자신의 열정을 위해 앞만 보고 달리는 아버지가 밉냐? 누군가가 물으면 나의 대답은 "물어야 아냐?"다. 나의 기억 속에 아버지와의 추억은…… 뭐랄까, 한마디로 매로 얼룩진 무엇이었다. 매가 등장하지 않고 아버지는 없었으며, 아버지가 있는데 매가 등장하지 않은 적이 없었다.

만취한 아버지를 부축해서 집에 데리고 가는 건 참매가 아닌 난데, 아버지는 왜 당신의 곁을 내가 아닌 매들에게 주었을까. 내 왼쪽 어깨를 아버지의 오른쪽 겨드랑이에 밀어 넣어 부축했다. 왼쪽 어깨가 빠질 듯이 저려 왔다.

"망할 군대에서 뭘 배워 오는지, 다들 제대만 하면 때려치운
다."

돌아오지 않을 거라고 말하던 삼촌의 얼굴이 떠올랐다. 말
간 얼굴로 눈시울을 붉히던 응식이 삼촌.

"아버지 군대 안 갔다 왔어요? 군대에서 뭘 배우는지 알 거
아니에요."

깊은 한숨 소리가 귓가에 스쳤다.

"방위."

금시초문이었다. 아버지는 신체 건장까지는 아니더라도 사
지 멀쩡한 대한민국 남자였다.

"나, 홀어머니에 삼대 독자잖냐."

이럴 땐 독자가 벼슬이 될 수도 있구나, 속으로 생각했다.

응식이 삼촌은 정직한 사람이었다. 다른 전수자들에 비하면
말이다. 매사냥에 호기심을 갖고 달려들었던 이름 모를 전수자
들은 하나같이 돌아오겠다는 약속을 뒤로 한 채 응방을 떠났
다. 물론 대부분은 소리 소문 없이 도주했다. 그중엔 매 사룻값
을 들고 튄 인간도 있었다. 사룻값이 모자라 엄마한테 손을 벌
리면서 아버지는 하루 종일 잔소리를 들어야 했다. 전수자고
수제자고 사람 봐 가면서 들이라는 엄마의 똑 부러지는 한마디
에 아버지는 참고 있던 속말을 꺼내며 폭발하고 말았다.

"뭐? 전수자를 봐 가면서 들여? 배부른 소리 하고 있네! 이

사람아, 누가 매사냥에 목을 매고 뛰어들어? 그나마 배우겠다
고 오는 사람이 있으니 다행인 거지. 힘들고 돈 안 된다고 아무
도 안 하는 일을 하겠다는데 사람을 가려? 골라서 쓰라구? 아
주 호강에 똥 튀기는 소리 하고 있네!"

힘들고 돈 안 된다고 아무도 안 하는 일을 아버지는 평생 떠
안고 살고 있다. 그리고 응식이 삼촌은 전수자가 없어서 고심
하는 아버지에게 제 발로 찾아와 온갖 궂은일을 도맡아 한 사
람이었다. 그리고 그 일을 6년 동안이나 한 최초의 사람이기도
했다.

만취한 아버지와 아버지를 부축한 미성년의 아들이 집에 돌
아와도 반겨 줄, 아니 잔소리할 엄마가 없는 집. 쓸쓸하다. 서운
하기도 하고 춥기도 하다. 나는 아버지를 짐 부리듯 마루에 눕
혔다. 풀썩, 아버지는 낡은 가방처럼 힘없이 바닥에 쓰러졌다.

냉수를 마시고 오니 아버지가 벽에 기대어 앉아 있었다. 나
는 그런 아버지를 말없이 바라보았다.

가슴이 답답해진다. 바람을 가르고 싶다. 바이크를 타고 달
밤을 질주하면 이 답답함이 좀 나아지련만.

겨울바람이 창문에 꽂힌다. 덜컹거리며 창문이 요란하게 몸
을 떤다. 그 소리가 마치 엔진 소리 같다. 바람과 일심동체가
되는 기분. 바이크는 차와 다르게 온몸으로 스피드를 느낄 수
있어 좋다. 세상에 나만큼 신 나고 즐거운 자가 없는 듯한 기분
이 들게 해 준다. 두려울 것도, 괴로울 것도, 힘겨울 것도 없이

마냥 짜릿하다.

야마하 제작, 로드스타. 실버라도 1150만 원, 워리어 950만 원. 모두 중고 가격이다. 내가 타고 싶은 바이크다. 할리 데이비슨은 바라지도 않는다. 로드스타를 타고 바람 속을 질주해 봤으면, 그러면 세상 모든 일이 만사 오케이일 것 같은데.

"이제 어찌할꼬? 전수자 하나 없는 전통이라니…… 흑흑…… 싸바랄…… 우리 것은 소중한 것이여!"

아버지는 웃다가 울다가 소리를 질렀다. 타고난 연기자가 따로 없다. 전수자, 덜컹대는 낡은 창문, 바람, 달리고 싶다, 바이크…… 바이크…… 바이크.

똠양꿍이 야자 때 보여 준 사진 한 장이 머릿속을 스쳤다.

"대림 데이스타 중고 가격이 150이야. 해볼 만하지 않냐?"

야마하의 로드스타에 비할 바는 아니지만, 국산 데이스타는 로드스타의 기분을 흉내 내고 싶은 청소년들에게 나쁘지 않은 가격이었다.

"아버지!"

아버지가 붉게 충혈된 눈으로 나를 바라봤다. 피로와 서글 픔과 허탈함이 얼룩진 눈빛이었다.

"내가 할게요. 내가 해 볼게요."

"뭐……, 뭘?"

"매요. 매사냥 전수자, 내가 하면 되잖아요."

"……."

애가 미친 게 아닐까, 하는 아버지의 눈초리. 하긴 내가 생각해도 지금 내 행동은 정상이 아니다. 아버지는 내가 매를 죽어라 싫어한다는 사실을 그 누구보다 잘 알고 있었다.

"대신 나도 응식이 삼촌처럼 월급 줘요. 깎을 생각 말아요. 퉁 쳐도 안 돼요. 계약서 쓸 거니까."

사실 응식이 삼촌의 월급은 말이 월급이지, 그냥 차비 수준이었다. 그런 열악한 환경 속에서도 삼촌은 바보처럼 6년을 새똥 냄새 나는 매한테 바쳤다. 그런 일을 내가 하려고 한다. 하지만 난 다르다. 내 청춘을 새똥 치우기에 바치는 바보짓은 결코 하지 않을 거다. 150만 원만 모으면 보란 듯이 털고 나갈 것이다. 로드스타를 대신해 데이스타를 몰고 국도를 신 나게 달릴 거다. 날짐승을 돌보는 일은 딱 거기까지다.

아버지는 잠시 생각하는 눈치였다. 헛기침을 두어 번 하더니 냉수를 갖고 오라고 했다. 냉수를 벌컥벌컥 쉬지 않고 들이켠 아버지는 호탕하게 웃었다. 그러고는 빛바랜 종이 한 장을 집어 '계약서'라고 적었다. 크고 힘찬 필체였다.

아버지가 갈빗집에서 된장 종지에 코를 박고 쓰러졌을 때, 나는 삼촌에게 대들었다. 분명히 말하지만 나는 아버지도, 아버지의 매도 좋아하지 않는다. 하지만 아버지의 응방을 떠나는 삼촌이 마치 배신자처럼 느껴져서 한 소리 하지 않을 수 없었다.

"삼촌이 좋아서 시작한 거잖아요. 내가 왜 몇 살 차이도 안 나는 당신한테 형이라고 안 하고 삼촌으로 대우해 줬는데!"

내 말에 삼촌은 피식 웃기만 했다. 삼촌은 가장자리가 시커
멓게 탄 고기 한 점을 씹더니 입을 열었다.

"좋아서 했지. 좋아서 하긴 했는데, 날 행복하게 만들어 주
진 않더라."

"왜요? 좋아서 하면 당연히 행복도 따라오는 거 아니에요?
아님 뭣하러 개고생하면서 하는 건데?"

"현실이 그래. 이 땅의 현실이."

더 이상 할 말이 없었다. 행복하지 않다는 사람에게 아버지
곁에 남아 달라고, 가지 말라고 설득할 수 있는 언어는 이 지구
상에 존재하지 않았다.

취한 아버지를 부축하며 돌아오는 길, 가로등 아래서 삼촌
이 내게 말했다.

"선생님도…… 네 아버지도 행복하지 않을지도 몰라, 어쩌
면 말이야."

"……."

"당신이 행복하다면 이 좋은 일을 아들인 네게 왜 시키지 않
겠니?"

글쎄다. 아버지 속이야 내가 알 수 없는 것이 당연하지 않은
가. 이제껏 아버지는 아버지 뜻대로, 꿈대로 살았다.

밥줄도 안 되는 일을 세상 어느 아버지가 자신의 아들에게
시키겠는가. 아버지는 약은 사람이었다. 경제적인 이익이 되

지 않는 전통 매사냥 따위를 아들인 내게 결코 시키지 않을 만
큼은 약은 사람인 것이다.

나는 어둠 속으로 사라져 가는 삼촌의 뒤에 대고 냅다 소리
를 질렀다.

"삼촌 바보예요? 아버지가 나한테 매사냥 따위를 시킬 줄
알아요? 설사 시킨다 해도 난 절대 안 해!"

안 그래도 좁은 삼촌의 어깨가 한층 더 쪼그라져 있었다. 매
를 날릴 때면 꼿꼿한 자세로 쫙 펴 있던 어깨와 등이 잔뜩 움츠
러들어 당장에라도 가로등 그림자 속으로 꺼질 듯 위태로워
보였다. 빈약한 엉덩이 때문에 푹 꺼져 있는 청바지 뒷주머니
와 뒤축이 낡은 운동화가 꼭 지금의 삼촌 모습 같아서 가슴 한
구석이 짠했다.

'불쌍해할 거 없어. 자기가 사서 고생한 건데, 뭐.'라고 머리
는 이성적으로 판단하려 했다. 하지만 발을 질질 끌며 걷는 웅
식이 삼촌의 버릇이 눈에 들어오자, 나도 모르게 오른손으로
왼쪽 가슴을 쥐어뜯고 말았다.

"에이 씨, 그지! 오리털 파카라도 사 입고 다니지. 돈 없으
면 매 새끼 털이라도 뽑아 만들어 입든지."

달랑 바람막이 하나만 걸치고 사라져 가는 웅식이 삼촌의
뒷모습을 바라보며 나는 투덜거렸다. 오래도록, 아주 오래도
록 삼촌의 뒷모습을 잊지 못할 것만 같아서 불안했다.

계약서를 마무리 짓기도 전에 아버지는 맨바닥에 쓰러져 누

워 코를 골았다. 체했는지 속이 불편했다. 나도 아버지처럼 냉수 한 잔 들이켜면 아무 생각 없이 코를 골며 잠들 수 있을까.

베란다로 나갔다. 찬바람이 매서웠다. 코끝이 찡했다. 11월도 다 가고…… 이제 누가 뭐래도 겨울이다, 진짜 겨울.

엄마가 집에 있었다면 내가 북엇국을 끓이는 일은 결코 없었을 것이다. 냉장고 구석에 처박힌 북어를 찾아낸 것만도 용한데 아버지는 아들이 손수 끓인 북엇국을 한입 먹고는 음식 타박을 했다. 장하다, 네가 나 때문에 고생하는구나, 하는 낯간지러운 소리를 기대한 내가 바보지.

"다음부터는 북어를 방망이로 부드럽게 두들겨서 끓여. 이렇게 딱딱하게 조각난 북어는 맛없다."

"예."

"두부는 왜 안 넣었냐?"

"예."

"콩나물 상태가 별로다. 콩나물 대가리 색깔도 누리끼리한 게. 콩나물 꽁지도 시들시들하니, 축 처져서 매가리도 없어 뵈고."

"예."

"뭘 하나 하더라도 제대로 해. 해장국 하나를 끓이더라도 혼신을 다해서 끓이란 말이야. 북어고 콩나물이고 두부고 뭐든 작은 것 하나하나에 신경을 쓰란 말이다."

아들한테 해장국 얻어 드시면서 참 말씀도 많으시지, 우리 아버지.

아버지는 북어 조각 하나를 입에 넣고 잘게 씹더니 거실 통아리*에 앉아 있는 보라매를 향해 던졌다. 녀석은 요즘 아버지에게 특별 대우를 받는 어린 매다. 북어를 매에게 던져 주는 사람도 처음 봤거니와, 사람이 던져 준 북어를 받아먹는 매도 처음이다.

이번 겨울 응식이 삼촌이 길들이기로 한 어린 보라매다. 잿빛 깃털이 반지르르한 것이 참 말 안 듣게 생겼다. 나는 북엇국을 후룩후룩 소리 내어 마시며 생각했다.

'아, 삼촌은 새똥 냄새 나는 인생에서 벗어나는구나.'

냉장고에 오래 처박혀 있었던 탓일까. 북어에 이런저런 음식 냄새가 배어 있었다. 그래도 북엇국은 북엇국이다. 시원한 맛이 입안 가득 퍼졌다.

응식이 삼촌이 떠났다. 삼촌이 없는 응방은 더없이 허전했다. 엄마가 집을 떠날 때 아버지에게 했던 말이 떠올랐다.

"든 사람 자리는 몰라도 나간 사람 자리는 아주 또렷이 보일

---

* 매가 앉을 수 있게 하고 도망가지 못하게 매의 발을 묶어 두는 나무통을 뜻한다. 보통 소나무로 만들며, 높이 50센티미터, 지름 30센티미터의 통나무 위에 T자 모양의 받침틀이 있다.

게다."

주인이 떠나고 없는 자리에는 오디오만 덩그러니 남아 있었다. 삼촌의 손때가 묻어 있는 작은 오디오. 삼촌이 응방에서 고생한 세월만큼 오디오도 낡았다.

어린 보라매가 통아리에 앉아 호기심 어린 눈으로 나와 오디오를 바라봤다. 나는 삼촌의 자리에 앉아 재생 버튼을 눌렀다. 철컥, 고물이 된 오디오는 버튼 소리도 요란했다.

늘 듣던 노래. 삼촌의 십팔번이자, 단 한 번도 교체된 적이 없던 시디가 돌아가기 시작했다. 라디오 하나 없는 응방이 답답했던 것일까? 삼촌은 막일 아르바이트를 해서 번 돈으로 응방에 이 오디오를 들여놨다.

"패닉의 '로시난테'. 어때, 좋지?"

"로시……, 뭐요?"

"짜샤, 책 안 읽었어? 미겔 데 세르반테스의 『돈키호테』에 나오는 말, 로시난테."

응식이 삼촌 덕분에 나는 뒤늦게 『돈키호테』를 찾아 읽었다. 내가 돈키호테와 로시난테, 산초에게 끌려다닐 동안 삼촌은 쉬지 않고 노래를 흥얼거렸다.

"난 바람을 맞서고 싶었지. 늙고 병든 너와 단둘이서. 떠나간 친구를 그리며 무덤을 지키던 네 앙상한 등 위에서. 가자, 가자, 라만차의 풍차를 향해서 달려 보자. 언제고 떨쳐 낼 수 없는 꿈이라면 쏟아지는 폭풍을 거슬러 달리자."

삼촌의 노래는 순 엉터리였다. 음정, 박자, 제대로 맞는 건 하나도 없었다. 하지만 아버지는 삼촌의 노랫소리를 듣고 잔소리 한 번 하지 않았다. 아, 딱 한 번 언급을 한 적은 있다. 삼촌이 랩 부분을 중얼거릴 때였다.

"절대 포기하면 안 돼, 모든 걸 할 수 있는 바로 난데, 이제 와 너와 나 그만 멈춘다면 낭패."

그날의 훈련 일지를 쓰던 아버지는 삼촌을 보더니 피식 웃으며 이렇게 말했다.

"염불하네."

고요한 응방에는 아버지와 삼촌과 매들이 있었다. 삼촌의 작은 오디오가 있었고, 삼촌의 노래가 있었다.

나는 삼촌이 늘 앉던 자리에 앉아 노래를 불렀다. 내 노래 솜씨가 뛰어나다고는 할 수 없다. 그래도 응식이 삼촌보다는 낫다. 적어도 삼촌처럼 박자를 놓치지는 않으니까.

"하늘은 더없이 파래, 울리자 승리의 팡파르…… 너와 나 힘을 합해 지금이 저기 저 넓은 벌판을 향해 힘껏 달려 나갈 차례."

바이크를 탈 때처럼 내 몸 아주 깊숙한 곳에서부터 뜨거운 것이 울컥 올라왔다. 용암 덩어리를 삼킨 듯 속이 뜨겁게 타들어 갔다.

"라라라라 라라라 라라라라 라라…… 휘날리는 갈기 날개가 되도록!"

이제 아버지의 응방에는 삼촌의 고물 오디오와 매를 싫어하는 나와 이제 막 응방에 들어온 신출내기 보라매가 있다. 영원히 변치 않을 예전의 그 노랫가락 속에.

3

보
로
와
나

왼팔 전체를 묵직하게 누르는 무게감. 나는 그제야 내 한 팔을 차지하

고 앉은 생명체를 바라보았다. 이 짐승이 이렇게 따뜻했던가? 대체 이

온기의 정체는 무엇이기에 밥으로도 달랠 수 없었던 허기를 몽땅 채우

는 것일까?

아버지는 겨울에 선보이는 단 한 차례의 시연회를 위해 1년
을 산다. 매사냥이 무엇인지 보여 주는 시연회. 전통문화 수호
라는 명목 아래 매년 치러지는 아버지만의 행사이다. 응사라
는 직업이, 매사냥이라는 전통이 그토록 소중한 문화유산이라
면 왜 정부는 아버지를 무형문화재로 지정해 놓고 적극적인
지원을 하지 않는지 궁금할 따름이다.

아버지가 그토록 소중하게 여기는 전통이란 과연 무엇인가.
적어도 나에게 전통은 푸르뎅뎅하게 얼어 터진 아버지의 두
뺨이었고 볼썽사나운 동상 자국이었다. 추운 들판에서 끓여
먹던 불어 터진 라면이었으며 참매의 흔적이 가득한 아버지의
낡은 버렁이었다.

매를 창공으로 날릴 때면 아버지의 두 뺨은 얼음처럼 빛났다. 아버지는 늘 칼날 같은 겨울바람 속에서 한참을 홀로 서서 매가 돌아오기를 기다렸다. 하염없이, 지구가 두 쪽 나더라도 매를 떠나보낸 그 자리에서 평생을 기다릴 사람처럼. 그토록 말이 많던 아버지도 매를 기다리는 그 순간만은 조용했다. 벙어리처럼, 말을 한 번도 배우지 못한 사람처럼 입술을 꼭 다문 채 하염없이 기다리기만 하는 것이었다.

"열녀가 따로 없네, 따로 없어. 내가 이자 빚을 내서라도 열녀문 하나 세워 줘야겠다."

엄마는 아버지가 훈련을 하느라 하루 종일 한파를 견디고 현관문을 열 때면 신랄하게 비꼬았다. 그런 엄마의 얼굴에는 실은 아버지에 대한 서운함이 가득 담겨 있었다.

엄마는 오지 않았다. 오기로 한 주말인데도 문자 한 통 없었다. 아버지 탓이다. 사건의 발단은 지금 살고 있는 빌라를 내놓으면 어떻겠냐는 아버지의 어이없는 제안 때문이었다. 지난번, 내 과외 사건 때문에 쌓인 앙금이 풀리기도 전에 아버지는 또다시 엄마한테 폭탄선언을 한 셈이다.

엄마는 가슴속에 시뻘건 불덩어리밖에 남지 않은 사람처럼 길길이 날뛰었다. 하긴 살고 있는 집을 팔아 없애겠다는 남편에게 "예, 분부대로 하지요" 하는 아내가 세상천지 어디에 있을까.

아버지는 문화재 전승 보조비 70만 원으로는 응방을 꾸리기 힘들다고 했다. 매에게 한 달에 들어가는 돈만 해도 100만 원 이라고 했다. 그래서 빌라를 팔고 그 돈으로 응방을 보란 듯이 꾸리겠다고 했다. 그렇다면 살 집은? 나는 아버지가 사랑하는 매 새끼들과 한솥밥을 먹게 되었다. 살림도 응방으로 자동 이 동한다. 아버지가 입 밖에 내지 않았을 뿐이지, 엄마와 나는 언 제고 아버지가 응방과 살림을 한데 합치겠다고 선언할 날이 오리라는 것을 잘 알고 있었다. 그러나 아버지가 "밥 먹자, 배 고파"라고 말할 때와 다름없는 억양으로 툭 한마디 던지자 엄 마는 아버지를 몰아세웠다.

"당신! 그깟 매 새끼가 중요해, 사람 새끼가 중요해?"

"뭔 소릴 하고 싶은 거야? 이 사람이…… 진짜!"

악에 받친 엄마는 고래고래 소리를 질렀다.

"내 새끼도 제대로 건사 못하는데 살림을 합쳐? 왜, 아들도 새장에 넣어 키우게? 동준이가 새 새끼냐고! 내가 닭이야? 꿩 이야? 내가 사람 새끼 낳았지, 새 새끼 낳았어?"

"……"

불리한 자는 말이 없다. 아버지는 뜨뜻한 아랫목, 보일러가 들어오는 바닥에 누워 엄마의 화를 건성으로 받아 냈다.

"보일러가 쓸 만하구먼. 응방으로 살림 옮기면 거기도 보일 러 손 좀 봐야겠어."

느긋한 아버지의 말투에 엄마는 당장에라도 미쳐 날뛸 기세 였다. 그러나 아버지가 더 이상 이야기할 마음이 없다는 시늉으로 돌아눕자, 엄마는 얼음장 같은 표정을 하고서 입을 닫아 버렸다.

과외 사건은 엄마가 양보하는 것으로 일단락되었다. 그런데 하나밖에 없는 아들을 영양실조 걸리게 할 수는 없다는 이유로 집에 돌아온 엄마에게 아버지는 해도 너무했다. 결국 엄마는 "두 번 다시 이 집에 발을 들여놓으면, 내가 동준이 니 엄마가 아니라 딸이다!"라는 해괴망측한 소리를 내뱉고는 집을 떠났다. 엄마가 가 버리자, 집은 다시 지저분해졌다.

송동준 인생, 냄새나는 날짐승들과 똑같은 수준으로 전락하는구나!

당연히 빨래는 내 차지가 되었다. 똑같은 세탁기에 넣고 돌렸는데, 어째 찌든 때가 그대로다. 엄마는 다른 것은 몰라도 아버지의 입성에 대해서는 상당히 신경을 썼다. 밖에서 일하는 사람은 옷매무새를 단정하고 깨끗이 해야 한다고, 그래야 다른 사람으로부터 존경받고 산다고 했다.

"엄마 진짜 안 오려나?"

"오겠냐? 왔으면 진즉에 왔지."

아버지는 걱정 하나 하지 않는 눈치였다.

"엄마도 나름 아버지 걱정은 하겠죠?"

구멍 난 러닝셔츠를 머리 위로 훌렁 벗으며 아버지가 말했다.

"아마 나중에 나랑 같이 묻힐까 봐 지금부터 걱정할 여자다, 니 엄마."

"네?"

"한 이불 덮는 것도 지겨운데 죽어서까지 나랑 같은 무덤에 들어가고 싶겠냐?"

부부라는 게 뭔지……. 엄마는 아버지 욕을 해 대면서도 한 달에 한 번 집으로 올 때마다 아버지 속옷가지를 제일 먼저 챙겼고 아버지가 좋아하는 불고기를 제일 먼저 재웠다.

"따로 묏자리 봐 두고 있는지도 모르지."

사후 세계가 있다면, 글쎄…… 엄마는 그때도 아버지의 구멍 난 러닝셔츠를 챙기고 있을까.

문학은 인도의 문호 타고르의 시를 가르치다가 혼자 흥분을 하더니 묻지도 않은 자신의 인도 배낭 여행기를 늘어놓았다. 이야기 막판에는 "인도 하면 딴 것 필요 없다. 그저 타지마할이지"라며 간단하게 정리한 뒤 샤 자한과 뭄타즈 마할의 러브 스토리를 목에 핏대까지 세워 가며 쏟아 냈다. 딴 나라 사랑 이야기에는 눈곱만치의 관심도 없던 나는 수업 내내 콧속의 마른 코딱지를 파느라 여념이 없었다.

남녀 간의 지독한 사랑은 옛날옛적 바다 건너 인도 땅에서나 가능했던 일 아닐까? 결국 사랑도 돈이 있어야 하는 법이다. 샤 자한이란 작자, 돈이 많으니 마누라를 위해 입이 쩍 벌어지는 궁전 같은 무덤이라도 지은 거겠지.

여자애들은 문학의 다소 과장된 러브 스토리에 왕창 감동을 받았는지, '어머 어머, 어머머' 따위의 추임새를 넣어 주며 오버를 했다. 나는 고개를 돌려 나예리를 슬쩍 훔쳐보았다. 무표정한 얼굴이었다. 그렇다고 전혀 감동받지 않았다고 확신할 수는 없었다.

나예리랑 나는 타지마할 이야기처럼 절절한 사랑을 할 수 있을까. 적어도 난 아버지처럼 경제 개념 제로인 매잡이는 아니니까 가능할지도 모르겠다.

나예리는 우리 반에서 내가 가장 괜찮게 생각하는 여자애다. 나뿐 아니라 다른 남자애들한테도 꽤 인기가 많았다. 지나치게 쿨한 것이 탈이지만 얼굴이 예뻐서 봐준다. 예리 말로는 아버지가 직업 군인이라 여기저기 떠돌아다니던 탓에 세상에 대해 일찍 깨달음을 얻었나? 어느 한 곳에 정착해 적응을 하려고만 하면 또다시 짐을 싸야 하는 삶이 계속되다 보니 어떤 대상에 정을 붙이는 일에 대해 회의적이 되었다고 했다. 열일곱 살짜리 여자애의 입에서 나온 소리 치고는 너무 노인네 같다. 하긴, 그런 돌부처 같은 성격이 나예리의 매력이다. 더군다나 동갑내기 남자애에게 "우리 절이나 갈래?"라고 꼬시는 여자애라니.

아버지와 계약서를 쓰고 처음 응방으로 가던 날이었다.

"전수자가 생겼는데 그깟 돈이 문제냐!"

아버지는 호방한 사내의 기개를 뽐내기라도 하듯 계약서에 시원스레 사인을 했다. 하지만 그 순간의 아버지는 술과 잠에 취해 비몽사몽이었다.

1. 겨울방학 세 달 동안 인턴 기간을 갖는다.
   단, 인턴이라고 해서 보수를 깎거나 미루지 않는다.
2. 월급은 매달 첫날 지급한다.
3. 나, 송동준이 훈련을 맡을 매의 훈육 방법은 전적으로 송동
   준에게 일임한다.
* 매 훈련을 성공적으로 완수할 시, 보너스를 지급한다.
4. 이 계약을 지속적으로 이행할지, 그만둘지는 전적으로 나,
   송동준에게 달려 있음을 분명히 한다.

                    20XX. 0. 0

        송인태   송동준

다음 날 아침, 술이 덜 깬 정신으로 계약서를 읽는 아버지는
당황한 기색이 역력했다. 잠시 뒤 아버지는 내게 "해 볼 테
냐?"라고 짧게 물었다. 그리고 "예"라고 대답하는 내 등을 한
번 툭 치는 것이 전부였다.

종종 들르던 응방이었지만, 그날은 내가 응식이 삼촌을 대
신해 매사냥 전수자로 발을 들여놓는 첫날이었다. 시내의 끝
자락에 위치한 편의점 앞을 지날 때였다.

"야, 송똥준!"

"아이 씨, 어떤 게 똥준이……래."

나예리였다. 긴 생머리를 질끈 묶고 김이 모락모락 나는 호빵을 먹으며 서 있는 모습이 한 촉의 난처럼 청초해 보였다. 나예리는 다짜고짜 내게 이빨 자국이 난 야채 호빵을 내밀었다.

"먹을래?"

나는 병신처럼 고개만 가로저었다.

"어디 가? 너희 집, 청운 빌라 아니야?"

얘가 어떻게 우리 집 위치까지 파악했지? 나한테 관심이라도 있는 건가?

"응방 가는 길이야."

"응방?"

"매들 훈련시키고 보살펴 주는 집."

"아하."

알아들었다는 것인지, 관심 밖이라는 소린지 모르겠지만 어쨌거나 나예리의 '아하' 소리는 기분 나쁘지 않았다.

"너, 바쁘지 않으면 나랑 절에 갈래?"

"절? 왜?"

뜬금없이 절이라니. 내게 절은 스님이나 속이 헛헛한 어른들, 특히 나이 드신 할머니들이나 가는 곳이다.

"절에는 왜 가냐?"

"절하러 간다."

나예리가 날 보고 환하게 웃었다. 결국 그 미소에 내 전부를 걸었다.

내 발은 응방 대신 변두리에 자리한 산사로 향했다. 겨울로 접어드는 산은 온 천지가 회색빛이었다. 지금은 이렇듯 싸늘하고 우울해 보여도 봄이 오면 언제 그랬냐는 듯 시치미 뚝 떼고 지천에 미친 듯이 노란 개나리, 진달래, 새순 들이 돋아날 것이다.

나예리는 전생에 다람쥐였는지, 숨 한 번 몰아쉬지 않고 산을 탔다. 남자 체면 다 깎이게 나는 몇 번이고 멈춰 서서 헉헉거렸다. 벌건 얼굴을 감추기 위해 고개를 땅으로 처박느라 바빴다.

차디찬 불당에 엎드려 절을 하는 열일곱 살 여자애의 뒷모습을 보고 있자니 이상한 기분이 들었다. 다소곳이 두 손을 모으고 불상을 향해 정성을 다하는 예리의 손목에는 나무로 만든 염주가 끼워져 있었다.

어려운 수학 문제를 풀 때도 경쾌한 표정을 짓던 나예리가 무서울 만큼 무표정한 얼굴로 몸을 바닥에 수그렸다. 숨이 제법 찰 텐데 거친 숨소리는커녕 등 뒤에 배터리라도 넣은 인형처럼 일정한 속도로 쉬지 않고 절을 했다.

곱게 빗어 하나로 단정하게 묶었던 머리채는 어느새 흐트러져 나예리가 고개를 숙일 때마다 두 뺨과 귀를 가렸다. 사르르, 나예리의 뺨으로 쏟아지는 머리칼이 내 가슴을 설레게 만들었다.

절을 하려면 혼자 올 것이지, 왜 나를 데리고 왔을까. 참 희한한 애다. 그런데도 자꾸 관심이 가니, 나도 어지간히 미친놈이다.

"이걸 뭐라고 불러야 하나?"

산을 내려오며 나는 혼잣말로 중얼거렸다. 예리가 용케 알아듣고는 대답했다.

"데이트. 데이트라고 부르지, 뭐라고 부르냐?"

숨이 턱 막혔다. 산을 오를 때보다 호흡이 더 가빠졌다.

"송동준, 너도 고민 많아지면 절에 와. 절에 와서 절해. 그럼 좀 괜찮아져."

얘가, 얘가…… 자꾸만 부처님 같은 소리만 한다. 독특한 열일곱의 여자애는 나름 매력이 있지만, 자꾸 이러면 무서워진다.

몸이 내 말을 안 듣는다. 몸이 점점 뻣뻣해진다. 녀석의 눈빛은 내 심장을 파먹기라도 할 것처럼 날카롭다.

"무섭냐? 사내 녀석이…… 불알 떼라, 그러려면."

저질이다. 아버지는 툭하면 불알을 떼란다. 대거리할 가치도 없는 말이다.

매 한 마리와 시선이 마주쳤다. 아버지의 왼팔에 늘 앉아 있는 마루보다 작은 크기의 매다.

"보라매다. 어린 매라고 얕보지 마라. 매서운 놈이다. 이미 야생에서는 어미한테 생존을 위한 훈련을 받았기 때문에 충분히 사냥도 가능하다."

어린 매이건 늙은 매이건 상관하지 않는다. 나는 웅식이 삼촌 대신 이 겨울을 매들과 대강 보낸 뒤 차곡차곡 모은 월급으로 나만의 바이크를 살 것이다. 그런 다음 아버지와 쓴 계약서는 빠이빠이, 찢어 버리면 그만이다. 왜 아버지를 속이냐, 계약 위반이다, 그 누가 뭐라고 해도 나는 상관하지 않겠다. 계약은 상호 신뢰가 있는 사람들에게 이행되는 약속이 아니던가. 아버지와 나 사이에 더 이상 신뢰는 존재하지 않았다. 계약서에 잉크가 마른 지 얼마나 되었다고 아버지는 내 월급을 깎으려 들었다. 게다가 나의 훈련 방법에도 계속 태클을 걸었다.

"맹금류는 기본적으로다가 유전자에 사냥 본능이 내재돼 있다. 다만 나이가 어리다 보니 경험이 부족해 성공률이 낮은 게지. 네가 잘 받아서 참한 놈으로 키워 봐."

"예."

시큰둥한 내 반응이 마음에 들지 않았던지 아버지가 계속 말을 이었다.

"보라매라도 순한 놈은 잘 풀리고, 산지니라도 엉성한 놈은 망나니나 다름없다. 그래서 옛날에는 길이 잘 들어 꿩을 잘 잡는 매는 황소 한 마리 값과 맞먹는다고 그랬다."

황소고 나발이고 어린 것이 통아리에 앉아서 나를 내려 보는 것이 아주 건방지단 말씀이야. 녀석이 사람이라면 '야, 나 껌 좀 씹어 봤거든' 딱 그 포즈다. 녀석은 내가 제 먹잇감이라도 되는 듯, 빤히 쳐다보았다.

"뭘 봐?"

입 모양으로 녀석에게 위협을 가하는데, 아버지가 내 머리
에 딱밤을 먹였다.

"헛짓거리 한다. 이제부터 정신 똑바로 차려. 이 응방에 들
어서는 순간, 넌 내 아들이 아니라 매사냥을 이어갈 전수자란
사실을 잊지 마라."

"이제 뭐 해요? 매 데리고 나가서 훈련시키면 되는 거예
요?"

내 말에 아버지가 대놓고 콧방귀를 뀌었다.

"내 아들이지만 넌 겁대가리가 없는 거냐, 개념이 없는 거
냐?"

"아마도 둘 다일걸요?"

"퐁당퐁당, 말대답은 잘한다. 자, 이거 받아라."

아버지는 나에게 커다란 달력 한 장을 건넸다. 달력의 날짜
를 멀거니 보고 있자, 호통을 친다.

"뒷장!"

커다란 여백이, 아무것도 그려지지 않은 새하얀 공간이 내
숨통을 조이는 듯했다.

"써라, 주야불이수하고 좌가측필하며 인중다처하라."

안 그래도 영어 점수가 바닥인데, 이건 또 무슨 외국어란 말
인가.

"뭔 소리예요?"

"내가 그럴 줄 알았다. 학교에서 뭘 하고 다니는 거냐? 네 엄마는 아들놈 상태가 이런 줄도 모르고 과외니, 뭐니……. 암튼 내가 그만하라고 할 때까지 쓰고 외워라. 그리고 가슴에 새겨."

차라리 가슴팍에 문신으로 새기고 말지. 나는 꼼짝없이 응식이 삼촌의 자리에 앉아 입으로 소리를 내며 글자를 적었다.

주야불이수(晝夜不離手), 밤낮으로 함께하며, 좌가측필(坐架側必), 좌대는 반드시 가까이 두고 안정시키고, 인중다처(人衆多處), 사람이 많은 곳에 데려가 낯설어하지 않도록 할 것!

이것이 매를 대하는 사람의 기본자세다. 아버지는 고도의 인내력과 집중력이 없으면 매를 길들일 수 없다고 거듭 강조했다. 아버지 자신한테 그렇게 인내력과 집중력이 있다면 그 전지전능한 능력을 매에게만 쏟지 말고 엄마와 나에게도 좀 쏟으시지. 그랬다면 엄마가 집을 나가는 일은 없었을 텐데……. 입안이 썼다.

"본능적으로 성질이 날카롭고 드센 데다 자연에서 생활하던 놈이 사람한테 잡혀 왔으니 얼마나 불안하겠냐? 내 가족같이, 혈육같이 지극 정성으로 대해야 한다."

기가 찼다. 날아가 버리면 그만인 매한테 신뢰를 얻으려고 정성을 다해야 한다는 아버지의 말에 코웃음이 나왔다. 당신의 가정이나 좀 돌아보시고 날짐승에게 신뢰를 얻든지 쌓든지 하시지요! 이 말이 목구멍 끝까지 올라왔지만 꿀꺽 삼켜 버렸다.

볼펜 똥이 오른손에 잔뜩 묻어 있었다. 어린 보라매가 여전히 나를 쳐다보고 있었다. 요 어린 꼬끼오 자식, 눈빛이 또랑또랑한 것이 영 마음에 들지 않는단 말이지. 아주 반항적인 것이 누구 닮았단 말이야…….

"뭐? 이름을 지어? 별짓을 다한다."

똠양꿍이 코를 파며 시답지 않은 짓을 한다고 비꼬았다. 아버지는 보라매를 나에게 전적으로 맡긴다고 했다. 그러면서 오늘 저녁까지 이름을 지어 오라고 명령을 내렸다. 동고동락하는 사이 운운하더니, 매의 주인으로서 이름을 지으라나? 어쩐지 앞뒤가 맞지 않는 말이었지만 귀찮다고 운을 띄웠다가 아침부터 욕만 한 사발 들이마셨다.

"똥준, 너희 아버지 진짜 킹왕짱이다. 매가 네 자식도 아닌데 뭔 이름까지 지어 오라고 하시냐? 아무거나 붙여."

"장난해? 안 그래도 그냥 '새'라고 불렀다가 맞아 죽을 뻔했다. 그럴싸한 걸로 지어 가야 해."

문학 시간 내내 나는 연습장에 낙서를 했다. '가나다라마바사'를 날려 쓰기도 하고 친구들의 이름을 하나, 둘 적기도 했다. 김종태, 곽진우, 박용준, 전택근…….

점심시간 뒤라서 그런지, 졸음이 몰려왔다. 공부도 안 하는 꼴통들한테는 난방비도 아깝다던 선생들도 12월 찬 기온 앞에 항복했는지, 교실 안이 훈훈했다.

문학은 박지원의 『허생전』을 우리의 머릿속에 집어넣으려고 목에 핏대를 올려 가며 책을 읽고 있었다.

"어허, 아직 책 읽기가 3년은 남았거늘……."

속 좋은 소리하고 앉은 허생의 대사 속에 아버지의 얼굴이 겹쳐 보였다. 허생의 아내는 글만 읽는 남편을 먹여 살리느라 손등이 나뭇등걸이 되도록, 보드라운 손바닥이 발바닥이 되도록 험한 일을 할 터였다. 마치 우리 엄마처럼.

"나쁜 새끼……."

"송똥준! 너, 인마. 뭐라고 씨부렁거렸어? 어?"

수업 시간 끝나는 종소리가 울리고 나는 그대로 문학의 손에 귀를 잡힌 채 복도로 끌려갔다.

"너, 요즘 아주 반항적이야. 집에 우환 있어?"

문학이 어울리지 않게 자상한 어투로 물어 왔다. 속이 답답하다. 답답한 이 속이 뻥 뚫리게 만리장성 안중근 형에게 가야겠다고, 나는 두툼한 문학의 입술을 보며 생각했다.

공터에 몰려 있던 녀석들의 머리 위로 저녁노을이 졌다. 복숭아 빛으로 물든 하늘은 주위에 있던 구름까지 하나둘 물들이고 있었다. 버려진 소파에 1, 2, 3, 마치 번호를 매겨 놓은 듯 나란히 앉아 있는 똠양꿍과 용준, 진우. 내가 다가가자 녀석들이 엉덩이를 조금씩 옆으로 이동해 자리를 만들어 주었다.

"그만 피워라, 냄새나."

똠양꿍과 용준이 담배 연기를 연신 뿜어 댔다. 빨간 말보로 담배갑이 소파 위에 나뒹굴었다. 돈도 없는 고삐리 주제에 폼 생폼사는…….

"똠양꿍, 꼴에 말보로가 뭐냐? 피우려거든 국산 피우든지."

내 말에 똠양꿍이 발끈했다.

"어차피 나란 인간 백 퍼센트 국산도 아닌데, 뭐. 그건 그렇고, 너 자꾸 똠양꿍, 똠양꿍 할래? 나, 전택근이야."

택근이는 엄마가 지어 주신 자신의 필리핀 이름을 언젠가 알려 주었는데 모두들 잊어버렸다. 녀석은 어린 시절, 유난히 큰 눈과 검은 피부 때문에 지겹도록 놀림을 받았다. 이제는 뭐 다 지난 일이니까, 라며 어깨를 으쓱해 보이지만 가끔씩 거리에 나부끼는 국제결혼 알선 플래카드를 볼 때면 얼굴이 급속도로 일그러졌다.

베트남, 필리핀, 태국, 기타 동남아 신부! 100% 숫처녀 보장!

코흘리개 시절에는 그 말이 무슨 의미인지 몰랐겠지만, 내일모레면 우리도 열여덟이다. 그런 것 정도는 알 만한 나이다.

"똠양꿍한테 똠양꿍이라고 부르는데 왜 발끈해? 필리핀 고유의 음식, 똠양꿍. 너한테 딱 맞는 별명이잖아."

용준이의 말에 똠양꿍은 진짜 뚜껑이 열리는지, 자리에서 벌떡 일어났다.

"야! 똠양꿍 필리핀 음식 아니거든!"

"됐어. 그만해, 똠양꿍."

"똥준 새끼, 너마저……."

"그럼 필리핀 전통 음식 이름 하나 대 보든가?"

나의 질문에 똠양꿍은 갑자기 과묵한 소년이 되어 버렸다.

"그냥 해. 똠양꿍 필리핀 음식 맞아."

잠자코 있던 진우가 사뭇 진지한 얼굴로 말했다.

"태국 음식 아닌가, 똠양꿍?"

나는 언젠가 음식 기행 프로그램에서 봤던 기억을 떠올리며 말했다. 그러자 똠양꿍이 나를 한 대 칠 기세로 고래고래 소리쳤다.

"야! 우리 엄마, 태국 사람 아니거든! 그리고 너, 태국 가봤어? 태국 가서 확인해 봤어?"

할 말이 없었다. 필리핀 엄마를 가진 똠양꿍이 더 잘 알겠지, 싶었다. 똠양꿍은 동남아 쪽 얘기만 나오면 밑도 끝도 없이 흥분했다. 갑자기 녀석들은 똠양꿍이 대체 어느 나라 음식인가에 열을 올리기 시작했다.

"중국 아닐까? 발음이 좀 거시기 한데? 똠. 양. 꿍. 쌀라쌀라, 우리 사람, 똠양꿍 매일 먹어해! 크하하하."

용준이 새끼, 지식수준 하고는……. 진우는 계속 진지한 얼굴로 똠양꿍 발음을 천천히 해 가며 아는 동남아 국가의 이름을 나열하고 있었다. 베트남, 말레이시아, 미얀마, 태국, 캄보디아…… 급기야 사우디아라비아를 동남아라고 우기기까지 했다. 진우는 똠양꿍이 어쩌면 카레에 밀린 인도 비운의 음식일지도 모른다는 유추까지 했다. 이 상태로 간다면 똠양꿍은 햄버거와 함께 미국의 전통 음식으로 지정될 가능성도 무시하지 못한다.

나는 티격태격 말다툼을 하는 녀석들 틈에서 담뱃갑을 주워 들었다. 빨간 포장지가 엄마의 립스틱 색깔 같았다. 아버지가 회사를 그만두기 전, 엄마는 종종 빨간 립스틱을 바르고는 했다. 그 붉은빛이 참 고왔다. 환하게 웃는 엄마의 부드러운 입매와 잘 어울리는 색이었다.

"담배 내놔. 내가 이 새끼들 무식한 짓거리에 열통 터져 죽겠다. 담배나 퐉퐉 피우다 일찍 죽어야지. 그래야 똠양꿍이니 뭐니 하며 남의 엄마 국적 갖고 지랄 안 하지!"

똠양꿍이 내 손에서 빨간 말보로 담뱃갑을 가로채 갔다. 매캐한 연기가 눈을 찔렀다. 아무래도 녀석들을 학주한테 찔러 줘야겠다. 금연 학교로 보내지 않고서는 내 폐가 온전하지 못할 것만 같다.

말보로, 말보로, 말……. 보로, 보로…….

"보로요."

보라매의 이름은 '보로'다. 이름 짓는 것을 깜빡 잊은 내게 아버지는 저녁 밥상머리에서 "보라매 이름은 뭐라고 지었냐?" 물었다. 얼떨결에 된장찌개 한 숟갈을 꿀꺽 삼켰다. 뜨거웠다. 아무래도 입천장 다 덴 것 같았다.

"뭐? 보로? 무슨 뜻인데?"

차마 보로가 녀석들이 피던 담배 '말보로'에서 가져온 이름이라고 설명할 수는 없는 노릇이었다. 아버지는 대답 없는 나를 보더니 혀를 찼다.

"개똥이나 소똥이나 매한가지라고 막 갖다 붙인 거냐? 국어사전 갖고 와."

국어사전을 건네자, 아버지는 '보로'를 찾았다. 아버지가 이름을 직접 지으려고 사전을 찾는 줄 알았는데 예상이 빗나갔다.

"보로, 어디 보자. 치마? 옛날에는 치마를 '보로'라고 불렀다고?"

응방에서 본 보라매의 생김새를 떠올려 보았다. 잿빛 날개에 반드르르 윤이 흐르던 녀석. 녀석이 날개를 접고 앉아 있는 모습이란…… 그래, 치마 입혀 놓은 여자처럼 다소곳하기도 했다.

"이제 곧 겨울방학이니 응방에서 지낼 생각해라. 당장 내일부터 매고투기 시작할 거다. 똑바로 해. 안 그러면 계약이고 나발이고 용돈 없다."

"용돈이 아니라 월급이요."

월급 소리에 아버지가 못마땅한 듯 헛기침을 했다.

야생의 매가 사람과 친해지는 첫 번째 단계, 매고투기. 밤낮으로 매를 보살피며 상전 모시듯 해야 한다는 뜻이다. 그래야 매가 자신의 곁을 준다나, 뭐라나. 좋아하는 여자의 눈을 24시간 바라보고 있어도 마음을 얻을까 말까 하는데 매 눈동자만 봐야 하다니. 벌써부터 눈이 몰리는 듯했다.

아, 인간 송동준! 이젠 날짐승 비위까지 맞춰야 하다니. 씁쓸한 인생이다. 그래도 월급 받는 날을 기약하자. 겨울방학 동안 꾹 참고 저 정 안 가는 날짐승 좀 데리고 놀다 보면 나만의 바이크를 소유할 수 있다. 참는 자에게 복이, 아니 '데이스타' 가 있을지니!

"바가지로 살짝 물을 뜨듯이 팔을 들어라, 가볍게."

나는 심호흡을 하고 다시 한 번 참매에게 다가갔다. 망할 보라매는 푸드덕 날갯짓을 하고 나무 기둥 뒤로 숨었다. 순간 매서운 손맛이 머리통에 느껴졌다. 아버지의 꿀밤이었다. 초등학교 때 받아쓰기를 20점 받아 온 이후로 단 한 번도 맞아 본 적 없는 꿀밤을 열일곱이 되어서는 시도 때도 없이 맛보고 있다니!

"넌 뇌가 있기는 하냐?"

"그럼요. 뇌가 없으면 머리는 왜 있겠어요?"

"무스 바르라고 있는 줄 알았지."

"무스가 아니라 왁스거든요? 언제적 무스 얘기를."

아버지의 꿀밤 때문에 스타일 구겨진 왼쪽 측면 머리카락을 살살 달래 가며 정리했다.

"측면으로, 끈을 짧게 잡으면서 몸을 튼 상태로 들어가. 알겠냐?"

나는 심드렁한 표정으로 보로의 발에 달린 끈을 짧게 고쳐 잡았다. 그러고는 왼쪽 어깨를 나무 기둥 아래쪽으로 밀어 넣 듯 다가섰다. 하지만 이 영악한 짐승은 나를 비웃기라도 하듯, 내 팔에 앉을 듯 다가왔다가 다시 제자리로 돌아가 버렸다.

"이런, 싸바랄. 봐라, 아들아. 내가 하는 것 잘 봐."

아버지가 몸을 틀었다. 무릎 관절이 안 좋다며 매일 밤마다 찜질을 하면서도 매 앞에서만큼은 서슴없이 무릎을 꿇었다. 아마도 덜 아픈가 보다, 라고 생각하기에는 잠자리에 들어서 도 끙끙대는 아버지의 신음 소리가 참……. 휴, 그놈의 매가 뭔지.

아버지의 왼쪽 어깨가 미끄러지듯 보로에게 다가간다. 팔을 서서히 들이미는 아버지를 쓱 쳐다보는 보로. 고개를 갸웃거 리더니 아버지를 다시 한 번 쳐다본다. 상대를 꿰뚫는 듯한 날 카로운 시선은 어린 매라고는 하지만 다 자란 매의 것과 다를 바가 없었다.

평소에는 말 많던 아버지도 매를 팔에 앉힐 때면 입도 벙끗 하지 않는다. 숨소리만이 작은 방 안에 맴돈다. 순간, 아버지가 재빨리 왼팔을 보로의 발 아래로 가져간다. 퍼덕, 커다란 날갯짓이 이어지기에 '실패다!'라고 확신하는 찰나 아버지는 보로를 당신의 팔 위에 앉힌다.

"제대로 봤냐?"

아버지는 자신의 팔에 얌전히 앉아 있는 보라매의 깃털을 익숙한 손놀림으로 쓰다듬으며 우쭐해했다.

"봤지? 이 정도는 해야 아~ 이 양반이 매 좀 만지는구나, 하지."

녀석은 통아리에 앉아 있을 때처럼 가만히 있었다. 마치 아버지의 손길을 즐기기라도 하는 것처럼.

"얌전하고 날개깃이 가지런한 모양이 여자들 치맛자락 같구나. 귀여운 놈. 이름값을 해, 이름값을. 보로야! 어이구구."

보라매는 칭찬을 알아듣기라도 하듯, 고개를 꺄우뚱거리더니 아버지의 주름진 얼굴을 한참 쳐다보았다.

능숙한 손과 서툰 손을 차별하는 오만한 짐승. 매는 그런 짐승이었다. 옹고집에 애교도 없는 녀석 같으니라구. 사람 차별하나? 뱃속에서 슬슬 부아가 치밀었다.

"동준, 이 보라매를 네 팔에 앉히는 데에 며칠이나 걸릴 것 같냐?"

"어떻게 알아요? 저놈 마음이지."

생각 같아서는 녀석의 대가리를 한 대 쥐어박았으면 싶다. 하지만 날카로운 부리와 발톱을 떠올리면 주춤거리게 된다.

"인응일체(人鷹一體)."

아버지가 또 알 수 없는 소리를 한다. 요즘 들어 아버지의 유식함에 혀를 빼물게 되는 날이 많다.

"사람과 매는 하나가 되어야 한다. 매의 생각이 너의 생각이고 매의 움직임이 너의 움직임이야."

아버지와 보라매가 클로즈업이 되어 내게 다가왔다. 매와 함께 서 있는 아버지. 아버지와 함께하고 있는 매. 그들에게는 거리가 없었다. 하나의 몸처럼 보였다. 하지만 아버지와 나 사이에는 언제나 거리가 존재했고 우리는 누가 봐도 서로 다른 두 사람이었다.

인응일체, 둘이지만 하나의 몸이라는 아버지와 매의 관계에 알 수 없는 서글픔을 느꼈다. 아버지와 나 사이에는 언제나 매가 있었다. 젠장, 아버지 속에서 나온 나는 왜 매보다도 먼 자리에 서 있게 되었나?

나는 사자성어에 약한 편이지만, '인응일체' 이 말 만큼은 결코 잊지 않을 것 같다. 그러나 내 입에서는 속마음과 다른 말이 튀어 나왔다.

"인응일체고 뭐고 사람인 내가 어떻게 똥만 싸 대는 새랑 같은 수준이 되겠어요?"

"너, 이 새끼. 넌 똥 안 싸냐? 너, 앞으로 똥 싸지 마. 똥 안 싸게 밥도 처먹지 마. 알겠어?"

두 눈을 부릅뜬 아버지의 눈가에 주름이 자글자글하다. 타이밍도 절묘하게 통아리에 앉아 있던 보로가 똥을 쌌다. 찍!

똠양꿍이 응방에 놀러 왔다. 어지간히 심심한 모양이다. 새 똥 냄새 진동하는 응방에 다 놀러 오다니. 찬바람이 매섭게 부는 마당에 서서 우리는 보로를 주시했다.

"야, 똥준. 말보로 씨가 너 씹는데?"

벌써 열흘째다. 아무리 보로를 손등에 올리려고 애를 써도 녀석은 막무가내였다. 말귀를 못 알아먹는 건지, 나의 훈련 방법에 무관심한 것인지 두 눈만 똑바로 뜨고 앉았다. 지금도 똠양꿍 앞에서 보기 좋게 무시당했다. 보로를 향해 내민 손등이 무안해졌다. 짜증이 몰려왔다.

"시끄러, 똠. 너, 자꾸 말보로, 말보로 할래? 아버지한테 걸리면 죽어."

"참 나, 자식. 똥준, 너 의외로 겁 많다. 형을 형이라 못 부르고 아버지를 아버지라 못 부르는 홍길동 모르냐? 말보로를 말보로라 부르지 못하고 보로라고 부르는 네 심정을 생각해서 내가 특별히 시원하게 불러 주는데……."

"됐어. 방해하지 말고 가라. 나, 애 제대로 길 못 들이면 월급 없단 말이야."

"월급? 오오, 능력자. 월급날 언제야? 쏴라, 시원하게."

떡 줄 놈은 생각도 안 하는데 녀석은 새로 생긴 고기 뷔페 집을 홍보하며 열을 올렸다.

"웃기지 마. 모아서 나만의 바이크 살 거야."

"어느 천 년에. 니 방에 걸린 로드스타가 100원, 200원인 줄 아냐? 그거 1200만 원이야. 그것도 중고 가격이라고."

"알아. 그래서 일단 데이스타 사려고."

"음…… 데이스타는 가능하겠네. 원래 150 정도인데 이리 치고 저리 치면 120만 원이면 사겠지? 중고 알아봐 줄까?"

똠양꿍이 마당 한구석에 놓여 있는 여분의 버렁이를 끼더니, 자신의 손등을 허공에 내민다.

"헤이, 말보로. 여기, 여기. 컴 온, 베이비!"

똠양꿍이 호들갑을 떨며 보로를 불렀다. 보로의 눈빛이 심상치 않았다. '똘아이 둘이 생쑈를 하는구나!' 하는 눈빛이었다.

"오두방정 떨지 말고 집에 가서 영어 공부 좀 해야 되겠다."

아버지였다. 놀란 똠양꿍이 손에 낀 버렁이를 냅다 벗어 꽁꽁 언 흙바닥에 내동댕이쳤다. 똠양꿍은 우리 아버지만 보면 긴장한다. 녀석, 똥 마려운 강아지마냥 낑낑거리는 꼴이 우습다. 녀석이 우리 아버지를 보고 긴장하는 데에는 나름의 이유가 있다.

똠양꿍은 전통 매사냥을 하는 아버지를 존경한다. 전통문화 전수자인 아버지야말로 완전한 대한민국 사람이라나, 뭐라나. 사실 똠양꿍은 겉으론 늘 실실대며 웃고 있지만, 속은 새카맣게 타들어 간 놈이다. 철없을 때 애들이 까맣다고, 눈알 튀어나오게 생겼다고 놀리는 바람에 그렇다. 가끔 동남아 노동자들을 생각 없이 비하하는 사람들을 볼 때면 똠양꿍은 미친 듯이 싸우고 자기 일도 아닌데 대신 나서서 대거리를 한다. 용준이나 진우는 그런 똠양꿍을 보고 피해 의식이 지나쳐서 그런 거라며 대수롭지 않게 여기지만, 나는 이해한다. 내가 똠양꿍이라도 왕창 열 받을 것이다.

반쪽짜리 한국인인 똠양꿍에게 전통문화 관련 일을 하는 우리 아버지는 순수 혈통의 백 퍼센트 한국인인 것이다. 하지만 그 이유 때문만은 아니다. 똠양꿍이 우리 아버지를 존경하는 이유는 따로 있었다.

중학교 2학년 때, 똠양꿍이 우리 아버지한테 자기를 제자로 써 달라고 한 적이 있다. 아버지의 대답은 '노'였다. 똠양꿍은 울고불고 난리를 피우며 자기가 반쪽짜리 한국인이라서 그런 거냐고 억지를 썼다. 아버지의 대답이 걸작이었다.

"반쪽이고 한판이고 간에, 넌 인내와 끈기가 없는 것은 물론이고 꿍꿍이가 많은 녀석이라 한 달 지나면 응방에 있는 매란 매는 모조리 엿 바꿔 먹을 놈이다."

"내가 엿 바꿔 먹을지 어떻게 알아요?"

"척 보면 안다. 이 녀석아, 반쪽이니 한판이니 하는 정신부터가 글러 먹었어."

아버지의 말은 사실이었다. 아버지는 매의 눈을 가지고 있었다. 똠양꿍은 돈이 될 만한 것은 뭐든 팔아넘기는 녀석이었다. 자기네 아버지의 배달용 자전거는 물론이거니와 엄마 브

래지어의 와이어까지 고물상에 넘긴 전적도 있었다.

　실제로 녀석은 겁도 없이 아버지의 마루를 훔쳐서 팔아먹으려다가 제대로 걸렸다. 혼혈이니 순수 혈통이니 하는 정신 상태가 글러 먹어서 절대 매사냥을 가르치지 않겠다는 아버지의 말에 화가 난 모양이었다. "이렇게 해서 못 배우나, 저렇게 해서 안 될 바엔 차라리 돈이나 벌려고 했지"란 녀석의 말에 아버지는 두 손, 두 발 다 들었다. 한바탕 똠양꿍에게 잔소리를 늘어놓거나 호통을 칠 것으로 예상했으나 아버지는 똠양꿍을 가슴 깊이 끌어당겨 안아 주었다. 그리고 딱 한마디만 남겼다.

　"이런, 최전방에 가서 호되게 굴러야 정신 차릴 녀석 같으니!"

　똠양꿍은 최전방으로 군대 가라는 아버지의 말에 감격을 했다. 도무지 이해되지 않는 엉뚱한 해석이었으나, 생김새 때문에 늘 자신의 정체성을 헷갈려 하던 녀석에게 아버지의 군대, 최전방이란 말은 최고의 격려였던 것이다.

　"아저씨, 저…… 흐흑, 저…… 군대 가거든 꼭 최전방에서 가슴팍에 태극기 달고 철책 근무 설게요. 비무장지대에서 참새 새끼, 아니 비둘기 한 마리라도 날아오를 때면 아저씨 생각할게요."

　비무장지대에 참새가 날든 뻐꾸기가 날든 내가 상관할 바는 아니었지만 아버지를 향한 녀석의 존경심은 밑도 끝도 없이 무럭무럭 자랐다. 아무튼 똠양꿍을 제자로 받아들이지 않았던 아버지의 선견지명에 박수를 보낼 따름이다.

아버지는 감격한 똠양꿍에게 쐐기라도 박듯 함께 만리장성에 갔다. 똠양꿍은 만리장성에서 당나라 요리를 얻어먹었는지 청나라 디저트를 얻어먹었는지, 그 사건 이후로 우리 아버지를 위인전 속 인물쯤으로 생각하는 눈치였다.

"아직도냐?"

"예."

"내가 칠순 잔치 할 때나 되어야 니 팔에 보로 앉히는 거 보겠구나."

모욕이다. 이깟 날짐승 하나를 팔에 못 앉혀서 별소리를 다 듣는다. 나는 버렁이를 아버지의 코앞에 들이대고 팔을 휘둘렀다.

"두고 보세요! 오늘 밤까지 무슨 일이 있어도, 반드시! 저놈의 닭대가리를 내 팔에 앉히고 말겠어요! 못 앉히면 이달 월급 반으로 깎아도 좋아요."

아뿔싸. 뒤의 말은 하지 말았어야 했다. 아버지가 묘한 표정을 지으며 웃었다.

"아버님, 이달 돈 세이브됐네요. 축하드려요."

똠양꿍이 아버지에게 아양을 떤다. 나는 의연하게 앉아 있는 보로를 노려보며 곁에 선 똠양꿍의 배에 펀치를 날렸다.

몇 번째인지 모른다. 이제 왼쪽 어깨와 왼쪽 무릎에 감각이 없다. 내 몸에서 감각이란 감각은 전부 사라졌다고 해도 오버가 아니다. 쭈그려 앉아 몸을 틀어넣고 왼팔을 조심스레 들이밀기를 수차례. 이 재수 없는 날짐승은 오만하기 짝이 없다. 한 번쯤 모른 척, 슬쩍 내 팔에 앉아 줘도 좋으련만. 내가 욕이라도 할라치면 내 눈을 똑바로 바라보기까지 한다. 반짝이는 새까만 눈동자는 밤의 어둠같이 은밀하기도, 순수해 보이기도 한다. 그러면서 한편으로는 바닥을 알 수 없는 위험하고 날카로운 느낌에 등골이 서늘해진다.

나는 죄짓다 들킨 사람처럼 소리도 못내고 '닭대가리' 하고 입만 움직였다.

"제발 날 좀 봐줘라. 이제 5분 뒤면 자정이야. 나도 존심이 있지, 쪽팔린단 말이야. 한 번만 앉아라, 응?"

잠시 보로가 날갯짓을 한다. 앉을 듯 말 듯 장난질을 치는 것 같다.

"야, 보로! 너, 나 간 보냐?"

에라이, 이젠 나도 모르겠다. 자포자기하는 심정으로 소파에 주저앉았다. 합성피혁이 너덜너덜해진 소파에 몸을 묻고 티브이 화면으로 시선을 옮겼다. 아버지가 참고로 보라던 매사냥 다큐멘터리였다.

광활한 벌판을 말을 타고 달리는 한 무리의 사내들. 그들의 팔 위에는 위풍당당한 자태의 매가 매달려 있었다. 말이 달리는 리듬에 맞춰 날개를 활짝 펴고도 주인의 팔에서 떨어지지 않는 매, 균형 감각으로 매잡이의 팔 근처에서 날갯짓을 하며 맴도는 매의 모습은 경이로워 보이기까지 했다. '적어도 새라면 저 정도는 되어야지!' 나는 수평으로 양 날개를 쫙 펴고 주인의 머리 위에서 맴도는 화면 속의 매에게 매료되었다. 주인의 눈빛, 손짓, 말 한마디에 즉각 반응하는 매라니! 보로 따위와는 비교할 바가 아니었다.

끼익! 보로가 울었다. 화면 속의 매를 가리키며 나는 보로에게 호되게 소리쳤다.

"너도 눈이 있으면 봐라. 저게 바로 네가 할 일이란 거야!"

하지만 보로는 금세 딴청을 부렸다. 어쭈? 이게 날 데리고 노네?

"딴짓 말고 잘 보라니까. 예습이야, 예습! 네 친구의 사냥 솜씨가 어떠냐? 완전 오줌 지릴 정도지? 보로, 넌 상상할 수도 없는 일일 거다. 오우, 뷰우티푸울 헌팅일세!"

보로 녀석, 돌처럼 꼼짝도 않는다. '넌 어째 그러냐? 질투심도 없냐?' 따끔하게 잔소리 좀 해 주고 싶었지만, 닭대가리한테 질투심을 기대하는 나도 미친놈이다.

이번이 진짜 마지막이다, 라는 심정으로 나는 보로를 주시하다가 녀석을 향해 묵념을 했다.

"니가 말보로라면 잡아먹을 듯이 쳐다보는데, 니 팔에 가서 앉겠냐? 미치지 않고서."

조언이랍시고 똠양꿍이 내게 했던 말을 떠올리며 나는 믿는 도끼에 발등 한번 찍혀 보지, 하는 심정으로 눈을 내리깔았다. 월급을 받고 못 받고를 떠나서 매 한 마리 책임지지 못하는 무능한 전수자가 돼서 아버지한테 무시당하고 싶지 않았다. 큰소리치며 아버지한테 떠안긴 계약서 앞에서 부끄러운 사내가 되는 것은 사절이다. 그리고 티브이 화면 속 매잡이들한테 지고 싶지 않았다.

눈을 내리까는 순간, 나는 저 먼 광야로 날아가고 있었다. 윤이 반지르르 흐르는 흑마를 타고 늑대 털로 만든 털모자를 쓰고 볼이 빨개지도록 찬바람을 맞으며 들판을 달린다. 온몸으로 짜릿한 스피드를 느끼며 내 팔에서, 내 어깨에서, 내 주위에서 벗어나지 않는 충직한 매와 함께 대륙을 호령하는 사내로 변신한 것이다. 나는 다큐멘터리 속에서 사내가 그랬던 것처럼 고개를 바짝 들고 팔을 힘차게 내밀었다.

"보로!"

매 한 마리 팔에 앉히지 못하는 열일곱 소년에게 연민이라도 느꼈는지 보로가 내 팔에 앉는다. 묵직하다. 뜨거운 열기가 심장으로 훅 하고 몰려들었다. 쿵쾅거리는 내 심장 소리가 확성기를 댄 것처럼 귓가에 울려 퍼졌다. 머리끝부터 발끝까지, 몸의 털이란 털은 모조리 바짝 곤두설 만큼 전율이 흘렀다. 감전을 당하면 이런 기분일까?

왼팔 전체를 묵직하게 누르는 무게감. 나는 그제야 내 한 팔을 차지하고 앉은 생명체를 바라보았다. 이 짐승이 이렇게 따뜻했던가? 대체 이 온기의 정체는 무엇이기에 밥으로도 달랠 수 없었던 허기를 몽땅 채우는 것일까?

샛노란 눈자위에 새까만 눈동자가 나를 쳐다본다.

"하아."

녀석을 팔에 앉히고 나온 말이 고작, 숨 내뱉는 소리라니.

보로를 팔에 앉히기까지 꼬박 열흘이 걸렸다. 아버지는 하루를 열흘같이 살라고 말했다. 오늘 하루는 열흘과 같은 삶이었다. 눈만 뜨면 팔을 들이밀었다. 생각이고 뭐고 없이 뇌가 움직이기 전에 몸이 먼저 움직였다. 보로를 보면 저절로 몸이 틀어지고 어깨가 들어가고 팔이 뻗어 나갔다.

나는 녀석을 다시 조심스레 나무 기둥 위에 앉혔다. 녀석이 벗어났음에도 불구하고 나의 왼팔에는 녀석의 무게가, 녀석의 온기가 남아 있었다. 심장이 터질 것만 같았다. 자동 펌프를 달아 놓은 것처럼, 성능 좋은 엔진을 붙여 놓은 것처럼 심장이 힘차게 뛰었다. 엔진의 진동을 고스란히 느끼면서 바람과 공기의 흐름만으로 샤워하는 기분!

아버지 얼굴이 떠올랐다. 아버지도 생애 처음으로 매를 당신의 팔에 올려놓았을 때, 나와 같은 기분이었을까.

앗싸, 어쨌거나 이번 달 내가 받을 월급은 온전하다. 벽에 걸린 시계는 자정을 가리키고 있었다. 졸린지 눈을 감는 보로를 향해 나는 슬쩍 홀리듯 중얼거렸다.

"이봐, 보로. 베리 땡큐일세."

4

날짐승 길들이기

LOVE

"니가 제정신이냐! 보로를 두고 어딜 갔다 오는 거야?

매가 얼마나 예민한 동물인지 몰라서 그래?"

고개가 돌아갔다. 뺨에 불이 붙는 듯했다. 방 안은 엉망진창이었다.

창밖으로 보이는 하늘로 날아오르려고 유리창에 머리를 계속 부딪친 모

양이었다. 멍청한 날짐승! 숲의 제왕이라더니, 꼴좋다.

겨울방학이 시작되었다. 종례가 끝나기 무섭게 다들 환호성을 지르고 책가방을 던지고 야단도 아니었다. 어차피 일주일 뒤부터 다시 학교에 나와야 하는데 뭐가 그리도 신 나는지 모르겠다.

"똥준. 우리 방학도 했는데 이대로 앉아 있을 수만은 없지 않냐? 무전여행 어때? 콜?"

똠양꿍이 척, 하니 내 어깨에 손을 올리며 물었다. 나는 종종 얘가 미치지 않았나 싶을 때가 있다. 지금만 해도 그렇다. 올해 겨울은 해방 이후 가장 춥다고 연일 일기예보에서 왕왕거리는데 무전여행이라니, 가당치 않다.

"젊음의 낭만, 무. 전. 여. 행!"

"똥양꿍."

"응? 왜?"

"추워. 입 돌아가."

똥양꿍이 과장된 포즈로 자신의 입을 두 손으로 막더니 안
그래도 커다란 눈을 똥그랗게 뜨고 날 바라봤다.

"너 여자랑 물리도록 뽀뽀해 보는 게 소원이라며? 무전여행
한답시고 한겨울에 돌아다니다가 입 돌아가면 뽀뽀고 뭐고 땡
이다."

나는 손등에 키스하는 시늉을 하며 몸을 배배 꼬았다. 키들
거리던 똥양꿍이 갑자기 표정을 굳혔다. 무언가 서늘한 기운을
감지하며 나는 천천히 뒤를 돌아보았다. 나예리였다. 아뿔싸,
이건 말도 안 되는 상황이다.

"송동준, 너 키스 솜씨가 제법인가 봐?"

예리가 나를 보고 웃었다. 비웃음 같기도 하고 호의 섞인 웃
음 같기도 하고, 아무튼 야릇하다. 부드러운 곡선을 그리고 있
는 예리의 붉은 입술이 예쁘다. 심장이 쿵쿵 뛴다. 영화나 드라
마에서 효과음으로 써도 좋을 만큼 강력하다.

"그만 보시지. 내 입 닳겠다, 애."

나는 바보같이 눈을 질끈 감고 말았다.

똥양꿍이 입방정을 떠는 바람에 나는 예리와 똥양꿍을 응방
에 데려올 수밖에 없었다. 예리는 모든 것이 마냥 신기한지 응

방 안을 둘러보느라 정신이 없는 눈치였다. 아버지는 배꾼*들과 함께 매를 데리고 들판으로 훈련을 나간 모양이었다.

"미친 새끼, 보로 얘기는 왜 꺼내 가지고."

나는 똠양꿍의 옆구리를 찔렀다.

"내가 뭘? 점수 따게 해 주려고 했지."

녀석이 작은 소리로 속삭였다. 벽에 걸린 참매 사진에 정신이 팔려 있던 예리가 갑자기 퓍 뒤돌았다. 서로에게 입 모양으로 욕을 하던 우리는 얼간이처럼 이를 드러내고 웃었다.

"얘들도 이름 있어?"

"그럼."

"얜 이름이 뭐야? 쟤는?"

예리가 의젓한 자세로 앉아 있는 참매 사진을 가리켰다. 놀란 똠양꿍이 예리에게 물었다.

"너, 저 매들이 다른 애들인 거 어떻게 알았어?"

"야, 전택근!"

예리가 입술을 쌜쭉거리며 똠양꿍의 이름을 불렀다.

"어?"

"너, 진짜 바보니?"

녀석은 영문을 모르겠다는 눈치다. 하긴 나도 예리가 왜 똠양꿍에게 바보라고 불렀는지 모르겠다.

* 매사냥에서 매나 꿩이 날아간 방향을 털이꾼에게 알려 주는 사람.

98

"눈이 있으면 봐 봐. 여기 사진 속의 매들, 전부 다른 매들이야. 깃털 무늬랑 색깔이랑 미세하지만 다 다르잖아. 맞지, 동준아?"

"어? 어어, 그러엄."

솔직히 나도 이제 안 시실이다. 녀석들의 사진은 내가 어렸을 때부터 벽에 걸려 있었으니까 전부 다른 이름의 매라는 것은 알지만, 녀석들에게 다른 빛깔의 깃털과 무늬가 있다는 것은 미처 생각지도 못했다.

"여기, 머리가 까맣고 눈가 주위에 하얀 라인이 그려진 매는 이름이 뭐야?"

"아라."

"아라?"

"바다란 뜻의 이름이야. 순우리말로 지으셨어, 아버지가."

"바다? 예쁘다. 쟤는? 옆머리의 흰무늬가 꼭 헤드폰 쓴 것 같다."

예리는 가슴팍이 눈처럼 새하얗고 등 뒤로는 짙은 잿빛 깃털을 자랑하는 참매를 가리켰다.

"걔는 마루야. 하늘이란 뜻이지. 응방에서 제일 잘 나가는 녀석이야. 아버지가 엄청 자랑하지."

아버지는 단 한 번도 내게 마루가 가장 소중하다느니, 최고라느니 라는 말은 하지 않았다. 매들에게도 감정이란 게 있으니까 누가 낫다, 못하다 하는 말을 들으면 마음이 상한다나 뭐라나? 황희 정승이 따로 없었다. 그러나 나는 마루를 대할 때 아버지의 표정을 보고 아버지가 마루를 얼마나 자랑스러워하는지 알 수 있었다. 녀석이 아버지의 팔을 떠나 하늘로 날아오를 때면 아버지의 콧구멍은 벌름거렸다. 두 눈에서는 광채가 났고 눈가에 얼핏 눈물이 맺히는 것도 같았다.

"마루랑 거기 그쪽에 있는 매들은 참매야. 아라만 빼고."

"아라는 매 아니야? 독수리야?"

예리의 말에 똠양꿍이 "독수리래! 푸하하하하!" 대놓고 비웃었다. 민망해하는 예리를 대신해 나는 똠양꿍의 엉덩이를 걷어찼다. 헉, 하는 소리와 함께 똠양꿍의 웃음소리가 멈췄다.

"아라도 매지. 그런데 얘는 송골매야. 마루 같은 참매들은 우리나라처럼 산이 많은 지형에 맞는 종이야. 반면에 아라 같은 송골매는 넓게 트인 데서 사냥을 잘해. 예를 들면……."

"몽골?"

"땡똥."

예리는 똑똑했다. 하나를 알려 주면 하나를 알았다. 하나를 알려 주면 둘을 아는 사람들과 달리, 정직하게 똑똑한 애였다. 하나를 알려 줘도 하나를 모르는 똠양꿍과는 차원이 달랐다.

"참매가 장군감이라면 송골매는 귀공자 스타일이라고나 할까? 아무튼 귀해."

그동안 아버지가 주절주절 떠드는 소리를 들어 놓길 정말 잘했다. 예리가 이렇게 매에 조예가 깊은 줄 몰랐다. 묻는 질문에 한마디라도 버벅댔으면 완전 스타일 구겼을 텐데.

똠양꿍도 존경심 가득한 시선으로 날 바라보았다. 나는 어깨를 으쓱해 보이며 '뭘 이깟 걸로' 하는 시늉을 했다.

"동준아, 네 매는 없어?"

"왜에, 있지. 보로라고……."

똠양꿍, 이 자식은 입에 모터를 달았나. 도대체 안 끼어드는 곳이 없다.

"보로? 보로는 무슨 뜻이야?"

"보로는 말이지……."

똠양꿍이 더 큰 사고를 치기 전에 나는 말을 가로챘다.

"치마란 뜻이야. 치마의 옛말이지. 여자의 치맛자락처럼 깃털이 가지런해서 내가 붙여 준 이름이야."

예리와 똠양꿍이 놀란 눈으로 나를 바라봤다. 아주 가끔이지만 보로 녀석이 얌전히 꼬리 깃털을 늘어뜨리고 앉아 있을 때면 엄마의 오래전 치맛자락이 언뜻 스쳐 보이기도 했다.

"동준이, 너 이렇게 유식하고 낭만적인 줄 몰랐어."

나도 내가 유식은 둘째 치더라도 낭만적이리라고는 꿈에도 생각 못 했다. 똠양꿍은 할 말이 많은 듯했다. 녀석도 놀랐겠지, 보로의 이름이 어떻게 만들어졌는지 아는 녀석이니까.

"송똥준, 치마는 무슨 얼어 죽을…… 말보……."

"그만해. 새 이름 따위가 뭐가 대단하다고."

나는 똠양꿍의 목에 헤드락을 걸었다. 아주 절친한 사이인

양, 나는 똠양꿍을 겨드랑이에 끼고 웅방을 나섰다. 예리가 작은 새처럼 종종걸음으로 뒤를 따라 나왔다.

예리는 나의 매, 보로를 보고 가겠다고 우겨 댔다. 이제 겨우 몇 번 내 팔에 앉혔을 뿐인데. 녀석은 종종 내가 팔을 내밀어도 보기 좋게 무시했다. 아직 우리 둘의 사이는 어색했다. 서로에게 완전히 익숙하지 않았다. 그런 내 모습을 예리에게 들킬 수는 없었다. 망신, 망신, 그런 망신이 없을 테니까.

다행히 아버지의 훈련은 늦어졌고 예리는 학원에 빠진 거냐고 야단하는 엄마의 휴대전화를 받고서야 아쉬운 발걸음을 돌렸다. 천만다행이었다. 나는 안타까운 표정을 지으며 다음을 기약하자고, 예리에게 사탕발림을 했다. 손까지 흔들어 가며 예리를 배웅하는 나를 보고 똠양꿍은 "너, 영화배우 해도 되겠다"라고 비아냥거렸다. 녀석은 아까 나에게 졸린 목을 문지르고 있었다.

"비밀로 해."

"뭘?"

"알면서 시치미 떼기야?"

"시치미는 매 똥꼬에 다는 깃털이라며?"

"헛소리 말고. 네가 빌려 달라던 리바이스 청바지 빌려 줄 테니까 예리한테 보로가 담배 이름에서 따왔다고 하면 죽는다."

녀석이 눈알을 굴렸다. 똠양꿍, 또 꿍꿍이가 있는 모양이다.

"리바이스 청바지에 나이키 후드 티셔츠. 한 달 빌려 줘. 콜?"

"콜!"

우리는 악수를 했다. 거래는 성사되었다. 악수한 손을 풀려 는데 똠양꿍이 물었다.

"그런데 똥준. 니네 집 그렇게 부자였냐?"

응방을 떠나면서 예리가 감탄을 했다. 이렇게 많은 매들의 주인이라면 부자겠구나, 라고. 마냥 똑똑한 줄만 알았는데 어 설픈 구석도 있었다.

"매 갖고 있다고 부자냐? 그러면 우리 엄마가 왜 남의 식당 일을 하러 집을 떠났겠냐? 머리 좀 굴려 봐라."

"하긴."

매는 천연기념물이다. 천연기념물 제323호로 지정된 맹금류 다. 개인의 소유가 결코 될 수 없는 동물이다. 사냥은 어차피 먹고 살아야 하니 죽을 때까지 하겠지만, 매들은 평생을 아버 지 밑에서 사냥하지 않는다. 길어야 3~4년, 그 이후에 아버지 는 다시 매들을 자연으로 돌려보냈다. 그것이 아버지의 원칙이 었다. 아버지는 매의 주인이었지만 매 역시 아버지의 주인이었 다. 서로를 소유할 수 없으니 말이다.

유일하게 예외인 녀석은 마루뿐이었다.

똠양꿍이 내 청바지와 티셔츠를 챙겨서 집을 나설 때, 아버지가 왼팔에 보로를 앉히고 돌아왔다. 거실 창가 앞의 통아리에 보로를 내려놓고 아버지가 가스레인지에 라면 물을 올렸다. 오늘 저녁도 라면이다. 쌀이 떨어졌기 때문이다. 그래도 엄마가 집에 있을 때는 쌀 떨어지는 일은 없었는데. 아버지가 무심한 탓일까, 아니면 쌀 살 돈이 없어서일까, 내가 보기엔 둘 다다.

"내일은 무슨 수가 있어도 쌀 배달시키마. 사내 녀석이 라면 먹는다고 심통은. 너, 인마. 어릴 때는 평생 라면만 먹으면서 살고 싶다고 했어, 알아?"

"그건 어릴 때죠. 라면을 어떻게 평생 먹어요. 그랬다간 나중에 죽어서 시체도 안 썩는대요!"

"누가 그러냐?"

누가 그랬는지 이름은 댈 수 없었지만, 방부제 운운하며 라면이 몸에 안 좋다는 말은 어디선가 들었다. 아무튼 하얀 쌀밥에 바싹 구운 김을 먹고 싶었다.

"물 끓는다. 씻고 나올 테니, 맛있게 끓여 놔. 파 있으면 송송 썰어 넣고. 내가 평가할 거야."

라면이 무슨 프랑스 요리라도 되는 양, 아버지는 매번 내가 라면을 끓여 낼 때마다 국물이 어떻고, 면발이 어떻고 해 가며 잔소리를 늘어놓는다.

나는 고춧가루를 냄비에 확 풀어 넣었다. 아마 아버지는 라면을 먹는 내내, 매워서 땀을 줄줄 흘릴 것이다. 보로가 통아리에 앉아 나를 빤히 보고 있었다. 짐승 주제에 인간을 관찰하겠다는 저 태도라니……. 저 짐승이 말을 할 줄 몰라서 다행이다. 말이라도 할 줄 알았으면 "쟤가 아저씨 죽이려고 고춧가루를 쏟아부었어요" 할 것이 아닌가.

아까부터 고개를 갸웃거리는 보로 녀석이 은근히 신경 쓰였다. 집 안에 들어앉아 우리 집 사정을 염탐이라도 하는 듯해서 마음 한구석이 찜찜했다. 가스레인지의 불을 약하게 조절하면서 나는 무심코 속엣말을 내뱉었다.

"매잡이 아버지, 어떤 거 같냐? 넌 좋겠지? 우리 아버지가 훈련도 시켜 주고 밥도 주고 하니. 새대가리, 뭐가 걱정이겠냐?"

보글보글 끓고 있는 라면을 보고 있자니, 나까지 허기졌다.

"돈벌이가 변변찮으니 우리 가족이 이 모양 이 꼴인 거라고. 그러니 엄마가 떠났지. 현실은 이렇게 무서운 거다."

나는 젓가락으로 라면 면발을 집어 들었다. 입안에 넣으려는 순간, 코끝을 톡 쏘는 매운 냄새에 젓가락을 도로 놓고 말았다.

"매운 현실에 당하지 않으려면 보로, 네 녀석도 꽁지 빠지게 날갯짓을 해야 할 거야."

나는 면발을 짧게 끊어 보로에게 던져 주었다.

약은 녀석이다. 내가 던져 준 면발을 한번 흘낏 쳐다보더니, 거들떠보지도 않는다.

"배고프다, 먹자."

아버지는 냄비 뚜껑부터 얼른 잡아챘다. 라면은 뚜껑에 먹어야 제맛이라나. 하지만 나는 알고 있다. 설거지 그릇 하나라도 줄이려고 하는 소리다. 엄마가 있을 때 아버지는 라면 한 그릇, 국수 한 그릇 먹을 때도 대접에 담고도 모자라 식혀서 먹는다고 앞 접시까지 사용하던 사람이었다.

"이제 방학이니 내 옆에 붙어 있어. 계약 지켜야지? 앞으로 보로는 전적으로 네 책임이다."

말을 마친 아버지가 라면을 한 젓가락 집어 들었다. 보로가 창밖으로 고개를 돌렸다. 해가 저물고 있었다.

"웩! 이게 뭐냐? 너, 대체 라면에 뭘 넣고 끓인 거야? 물, 물!"

아버지의 얼굴빛이 창밖 노을만큼이나 붉게 변했다. 나는 창가로 다가갔다. 물을 벌컥벌컥 들이켜는 아버지를 모른 척하며 나는 보로와 처음으로 같은 곳을 바라보았다.

"이 자식. 지 엄마 닮아 라면 끓이는 솜씨하고는! 그 어미에 그 아들이지."

"뭐 하는 짓이냐?"

엄마가 돌아왔다. 나는 보로를 왼팔에 매달다시피 하고 집 청소를 하던 중이었다.

방 안에 보로를 두고 몇 날 며칠을 함께 지내며 낯가림을 없애는 것이 훈련의 시작이었다. 보로를 왼팔에 앉히는 일은 성

106

공했지만, 완벽하지 않다는 것이 아버지의 결론이었다. 한방에서 자고 한방에서 밥을 먹고 한방에서 멀뚱히 서로를 지켜보며 생활하기 시작했다. 인터넷 서핑을 할 때도 음악을 들을 때도 녀석은 내 곁에 앉아 있다. 심지어 화장실을 갈 때도 아버지는 보로를 데리고 가라고 했다.

"더럽게 그게 뭐예요?"

"더럽긴 뭐가 더러워? 너나 보로나 똥 싸기는 매한가지인데. 한 몸같이 서로에게 익숙해져야 다음 훈련을 시작하지. 언제 손 밥 먹이고 줄밥 훈련할래?"

아버지의 협박에 본격적으로 발동이 걸렸다. 매사냥 전수자가 되겠다는 문제의 계약서가 내 발목을 잡을 줄이야. 손 밥 먹이는 훈련과 줄밥 훈련을 이달 안에 마스터하지 않으면 월급은 없을 줄 알라고 엄포를 놓았다. 덕분에 나는 어딜 가든지 보로를 뒤꽁무니에 달고 다녀야만 했다.

"너까지 매에 환장했구나. 아버지가 시켰니?"

"아…… 아뇨."

엄마는 말없이 청소와 빨래를 하기 시작했다. 어쩐 일일까? 구질구질한 이놈의 집구석, 소리를 지르고 떠났던 엄마가 대체 무슨 까닭으로 되돌아왔을까? 여자란 원래 그런 것일까?

"놔둬요. 내가 할게요."

"아버진 뭐 하고 네가 이런 걸 다 해? 공부하기도 바쁠 텐데."

"뭐, 아는 게 많아야 바쁘죠. 뭘 뇌에 집어넣을 것인가, 말 것인가 하면서."

엄마는 혀를 끌끌 차더니 빨랫감을 개키는 손길을 더 빨리 놀렸다.

"공부 못한다고 공부 안 해도 된다고는 생각하지 마. 나중에 후회해."

지극히 부모다운 말이었다. 하지만 아버지는 단 한 번도 내게 공부 안 하면 후회한다는 소리 따위는 하지 않았다. 그러고 보니 요즘 들어 아버지가 내게 가장 많이 한 말은 "매 똥 치워라"와 "보로, 챙겼냐?"였다.

"그 망할 놈의 짐승 저리 안 치울래?"

엄마가 소리를 꽥 질렀다. 그 바람에 놀란 보로가 날갯짓을 하더니 부엌 싱크대 위로 날아가 버렸다. 엄마는 매를 매라고 부르지 않았다. 언제나 '그 짐승'이라고 불렀다. 보로는 엄마에게 없는 존재나 다름없었다. 녀석이 왠지 모르게 가엾게 느껴졌다. 이래저래 너나 나나 배부르게 먹는 건 욕밖에 없구나.

"방학했지?"

"예."

"잘됐다. 엄마 따라 용인 가자. 거기서 방학 동안 학원 다니고 그래. 지금이라도 늦지 않았어. 죽을 결심으로 바짝 하면 하버드는 못 가겠니?"

빨래를 마저 개키더니, 엄마는 집 안을 둘러봤다. 청소를 아

무리 한들, 매가 집에 들어와 있는 이상 집 안은 결코 깨끗할
수가 없다.

"학교에서 보충수업 있어요."

"담임 선생님한테는 엄마가 얘기할게. 여기서 이러고 살 순
없다. 저 짐승이랑 한방에서 나뒹굴다간 병 걸려 죽어."

"아버지는요?"

언제부터 내가 효자였다고. 마음에도 없는 말이 입 밖으로
마구 튀어 나왔다.

"네 아버지 알 게 뭐냐? 병 걸려 죽거나 말거나. 그래도 좋
겠지. 자기가 좋아하는 짐승들이랑 뒹굴다가 죽으니."

엄마 역시 나처럼 마음에도 없는 말을 할 때가 있다. 지금이
바로 그때란 것을 나는 알고 있다. 아버지의 손수건을 주름이
안 펴진다는 이유만으로 다시 폈다, 접었다 반복하는 엄마의
손길만 봐도 알 수 있다.

"보로!"

나는 부엌에 있는 보로를 향해 왼팔을 번쩍 들어 보이며 큰
소리로 외쳤다. 엄마가 미간을 잔뜩 찌푸렸다. 어쩔 수 없었다.
반찬을 만들어 주겠다는 엄마를 위해 보로를 다시 내 방 안에
가둬야만 했다.

다시 한 번 "보로!" 부르며 녀석에게 다가가려는 순간, 보로
가 부엌에서 날아와 내 왼팔에 내려앉았다. 온몸이 떨렸다. 징
그럽게도 말을 듣지 않던 녀석이었다. 매를 죽도록 싫어하는

엄마 앞에서 녀석이 순한 양처럼, 애완견처럼 내 말에 고분고분 따랐다. 아버지 앞이었다면 우쭐했을 텐데……. 아버지 역시 뛸 듯이 기뻐했을 것이다. 하지만 엄마는 나와 보로를 보더니 묘한 표정을 지었다. 슬픈 표정이었다고 생각한다. 내 눈가가 자꾸만 뜨거워지려고 했으니까.

방 안에 들어와 보로를 내려놓았다. 나는 벽 앞에 앉아 있는 보로를 주시했다. 보로의 등 뒤로 내가 언젠가 꼭 사고 말 로드스타 실버로드의 대형 포스터가 눈에 들어왔다.

'그래, 조금만 참자. 돈만 모으면 너하고도 안녕이다. 엄마, 죄송해요.'

엄마에게 매를 훈련시키는 모습을 보여 주고 싶지 않았다. 매를 이용해 바이크를 사겠다는 사실도 알리고 싶지 않았다. 세상에는 온통 알리고 싶지 않은 일투성이였다. 열일곱의 나에게는 그랬다.

살짝 열린 문틈으로 전화 통화를 하는 엄마의 목소리가 들렸다. 잘못 들은 것일까? 엄마의 목소리가 평소와 달리 흔들리고 있었다.

나는 침대 위에 앉아 왼팔을 들었다. 그리고 "보로" 하고 불렀다. 보로가 왼팔을 향해 날아들었다. 녀석의 날갯짓 덕분에 목덜미에, 왼쪽 뺨에 바람이 일었다. 녀석의 체중 탓에 왼팔과 왼쪽 어깨가 묵직했다. 자세가 불편했는지, 녀석은 내 팔 위에서 날갯짓을 몇 번 더 해 댔다. '헤이, 이봐. 똑바로 받치라고.

110

네 팔은 날 편안하게 모시기 위해 달려 있는 거라구.' 나는 보로의 등을 반듯하게 부여잡고 녀석이 다시 팔 위에 자리 잡도록 도와줬다. 날카로운 발톱이 달린 발로 팔 위에서 걸음을 옮기는 보로. 평소에는 의식하지 않았던 녀석의 발톱이 위태롭게 느껴졌다.

용기를 내어 녀석의 작은 머리를 쓰다듬었다. 온기가 느껴졌다. 내 체온과 다름없는 온기였다.

아버지가 집으로 돌아온 것은 저녁 밥상을 거의 차렸을 때였다. 아버지는 배꾼 정씨 아저씨의 부축을 받으면서 집 안으로 들어섰다. 바지는 흙투성이였고 왼팔은 다쳤는지 띠를 매고 목에 건 채였다.

"마루가 오늘따라 말을 안 들어먹어서 형님이 쫓으시다 언 땅을 잘못 밟고……."

정씨 아저씨는 말을 끝마치기도 전에 서슬 퍼런 엄마를 발견하고 숨을 들이켰다. 아저씨는 담배 피우다 학주한테 걸린 뜸양꿍마냥 뒤도 돌아보지 않고 줄행랑을 치다가 엉덩방아를 찧었다.

"쯧쯧. 어째 하나같이 덜떨어진 사내들뿐이라니."

엄마의 비아냥거림에 아버지는 심기가 몹시 불편한 눈치였으나, 간만에 집에 온 엄마를 내쫓고 싶지는 않은지 딴청을 부렸다.

"동준아, 아버지 양말 좀 벗겨 다오."

바닥에 주저앉아 다리를 쫙 벌리며 아버지가 나를 불렀다. 쭈뼛거리며 아버지의 양말에 손을 대려는 찰나, 엄마의 날카로운 음성이 침묵을 갈랐다.

"미련 곰탱이 짓은 혼자 다 하고 돌아 다니는군."

"잔소리하려거든 가."

"아주 팔 병신이 되어야 정신 차릴 거야?"

"어떻게 알고 온 거야?"

"어떻게 알긴? 모르고 와도 당신이 매번 알아서 사고를 치는데. 지금 그게 중요해? 당장 수술이나 해."

엄마의 말에 아버지가 입을 굳게 닫는다. 늘 말이 많은 아버지는 매를 날릴 때와 더 이상 도망칠 곳이 없을 때면 말이 없어진다. 그나저나 수술이라니? 금시초문이다. 밥 잘 먹고 똥 잘 싸고 큰 소리 잘 내면 건강에 이상 없는 거라던 아버지가 수술이라니?

"별거 아냐. 그냥 어깨가 뻐근한 건데 의사가 유난을 떨어서……."

"그럼 유난스런 의사는 환자만 보면 무조건 수술하자고 해? 어깨랑 손목에 무리가 온 모양이니 헛소리 말고 그냥 수술해."

"어허! 됐다니까 그러네."

"그게 내 어깨야? 일부러 걱정해 주는데 못 이기는 척 치료하면 어디가 덧나냐구. 인대 파열이라는데……. 당신, 아직 덜 아프구먼."

엄마의 노골적인 공격에 아버지는 잔뜩 열 받은 모양이었다.

"그래, 덜 아프다. 인대가 끊어져도 내 인대지, 당신 인대
야? 쓸데없는 걱정 말라구!"

"좀팽이같이……. 말 그딴 식으로밖에 못해? 당신 인대 끊
어지면 내가 귀찮아지잖아. 꼴도 보기 싫은데 똥오줌 받아 낼
일 있냐구."

"뭐어? 똥오줌? 아니, 내가 중증 환자야? 똥오줌이라니!"

수술이 불가피한 상황이라면 빨리 하는 것이 상책이었다.
하지만 아버지는 당신의 매처럼 옹고집이었다. 당장 서로를
물어뜯기라도 할 것처럼 으르렁거려 놓고 침묵이라니. 다음
상황은 안 봐도 비디오다.

"이번 겨울 시연회 끝나면 바로 할 테니까, 걱정 말라구."

"뭐? 시연회? 겨울이 끝나고 한다구? 당신, 제정신이야?
그러다가 인대 완전히 못 쓰게 되면 어쩌려고?"

엄마가 드디어 폭발했다.

"아이참, 이 사람! 겨울에는 절대 안 돼! 잔소리하려거든 당
장 용인으로 돌아가!"

"그놈의 겨울, 겨울! 왜에, 아예 북극으로 가서 살지?"

아버지에게 매사냥 훈련 포기냐, 인대 포기냐, 둘 중 하나를
고르라고 하면 아버지는 당연히 후자를 택할 사람이었다. 고
질병인 치질까지 4년째 달고 사는 사람이 아버지가 아니던가.

113

10년을 넘게 아버지와 살고도 아버지에게 겨울인 지금 당장 수술을 하라고 제안한 엄마가 바보였다.

"이놈의 짐승들! 나중에 늙어서 나한테 당신 수족 노릇 하라고 시키기만 해 봐!"

방문이 벌컥 열렸다. 덕분에 방문 앞에 코를 바싹 대고 있던 나는 문에 세게 얻어맞고 말았다. 엄마는 코를 움켜쥐고 바닥을 구르는 나를 보고 혀를 찼다.

"아주 부자가 잘하는 짓이다. 하나는 팔 병신에, 하나는 코피나 터뜨리고! 남편 복 없는 년이 자식 복은 있으려고!"

아, 코가 쓰리다.

엄마가 떠났다. 그래도 저녁 밥상은 차려 놓고 떠났다. 오랜만에 아버지와 나는 제대로 된 밥을 먹을 수 있었다. 북어조림, 마른 김, 계란말이, 오징어 젓갈, 된장찌개, 고추장 불고기. 내가 좋아하는 반찬이 두 가지, 아버지가 좋아하는 반찬이 네 가지였다.

불도 켜지 않은 내 방에 보로가 남아 있다. 녀석은 자는지 아무 소리가 없다. 나도 자야지……. 보로를 데리고 청소를 하고 있을 때, 내 손에 들린 빗자루를 빼앗던 엄마의 손은 참 따뜻했다. 유난히 춥다는 올겨울, 엄마의 따뜻한 손이 아주 많이 생각날 것 같다.

하모니카를 샀다. 하모니카가 그렇게 비싼 악기인 줄은 처음 알았다.

"불 줄이나 알고 산 거야?"

"이제부터 배우면 돼."

"뭘 불려고?"

"피아노 맨."

빌리 조엘의 '피아노 맨'은 명곡이었다. 여자들이 껌뻑 죽을 노래라고 생각한다. 경쾌하면서도 왠지 모르게 외로운 느낌이 서려 있어 마음에 든다.

"미친 거 아냐?"

"뭐가?"

"피아노 맨이라며?"

"그래. 피아노 맨."

똥양꿍이 알 수 없다는 표정을 짓더니, 내 손에서 하모니카를 빼앗아 내 엉덩이를 때렸다.

"그런 놈이 하모니카를 부냐? 피아노를 쳐야지. 멍청한 새끼. 넌 그래서 안 돼."

목소리 한번 위풍당당하다. 똥양꿍, 녀석의 머리엔 대체 뭐가 들었을까? 나는 깊은 한숨을 한 번 쉬어 주고 똥양꿍에게 빌리 조엘과 그의 명곡에 대해 자세히 설명했다. 똥양꿍의 반응은 예상대로였다.

"빌리 자식, 누구 엿 먹이나? 제목을 그따위로 지어. 트릭 쓴 거야, 트릭. 젠장."

적어도 나는 한 가지 사실을 확신했다. 똠양꿍이 여자를 꼬시기 위해 하모니카를 불 일은 아마도 평생 없을 것이다.

팔자에도 없는 하모니카를 산 것은 순전히 예리 때문이었다. 한창 줄밥 먹이는 훈련을 하고 있는데 휴대전화가 왔다. 예리였다. "나올래?" 소리에 나는 두말 않고 밖으로 나갔다. 아버지한테는 오늘 저녁까지 보로에게 줄밥 먹이는 것을 완벽하게 마스터해 놓겠다고 큰소리를 쳤지만, 그 순간만은 예리를 보러 나가는 것이 급선무였다. 보로를 방에다 가두면서 마음 한구석이 찜찜했지만, 나의 연애사에 지장을 주는 날짐승이라니! 가당치 않다.

"네가 매로 태어난 걸 저주해라. 나, 간다."

예리와 나는 한적한 초등학교에서 만났다. 방학을 해서 운동장에 나와 노는 아이도 없었다. 우리는 나란히 정글짐 꼭대기에 올라앉아 먼 곳을 바라봤다. 나는 딱히 할 말이 없어서 입을 다물고 있었지만, 나를 불러낸 예리는 왜 조가비처럼 입을 꾹 다물고 있는지 이해가 되지 않았다. 오랜 침묵을 깨고 예리가 물었다.

"넌 가슴이 답답하면 뭐 해?"

곰곰이 생각했다. 솔직하게 대답해 주고 싶기도 했고 한편으로는 멋있게 보이고도 싶었다.

"바이크."

"바이크? 오토바이 타?"

"응."

"오오, 의왼데? 제법 범생이처럼 보이는 송동준이 바이크를 탄다. 흠."

땀을 흘린 것도 아닌데 예리는 코를 킁킁대며 내 곁을 맴돌더니 입을 열었다.

"범생의 일탈이라……."

나는 비록 우등생은 아니지만 공부도 그럭저럭하는 편이고 책도 적당히 읽고 크게 관심은 없지만 시사에 나름 관심을 두고 신문도 읽는다. 음악도 가요, 제이팝, 클래식, 재즈, 록, 메탈 가리지 않고 듣는다. 심심할 땐 영화를 보기도 한다. 하지만 뭐니 뭐니 해도 스트레스 받을 때 가장 큰 해소법은 바이크를 타고 스피드를 즐기는 것.

"범생이랑 바이크가 무슨 상관이라고. 그리고 나, 범생이 아니야."

다소 퉁명스럽게 들렸는지 예리가 나를 빤히 쳐다보았다. 범생이라고 바이크 타면 안 되고 노는 녀석이 도서관 가면 법에 걸리기라도 하나? 그리고 난 범생이도 완벽하게 노는 녀석도 아닌, 이런저런 것들에 호기심이 좀 있는 어중간한 열일곱이다.

예리가 눈을 가늘게 뜨고 나를 쳐다보았다. 바이크 타는 남자는 별로인가?

"스피드가 좋아. 여기가 답답할 때 미친 듯이 달리면 속이 뻥 뚫리는 것 같거든."

예리의 말 한마디에 발끈한 내가 철부지 같아서 멋쩍게 웃고 말았다. 오른손을 왼쪽 가슴께에 얹었다. 심장은 잘 뛰고 있었다.

"나도 나중에 태워 줄래? 기회가 된다면 말이야."

"그래. 네 가슴이 답답해서 도저히 못 견딜 것 같은 날에 말해."

나의 대답에 예리가 예쁘게 웃었다. 그렇게 환하고 예쁜 미소는 처음이었다. 바이크에 시동을 걸 때처럼 심장이 두근거렸다.

"넌 답답하면 뭐 해?"

나는 제법 진지한 어투로 물었다. 찬바람에 빨개진 예리의 볼이 유난히도 예뻐 보였다.

"하모니카."

예리와 함께 돌아오는 길에 나는 문구점에서 제일 비싼 하모니카를 하나 샀다. 살 당시에는 돈 아깝다는 생각이 들지 않았지만, 예리와 헤어져 홀로 걷고 있자니 서서히 후회되기 시작했다. 그냥 8천 원짜리를 사도 소리 내는 데에는 아무런 지장이 없었을 거다. 예리가 "그것보단 이게 더 소리가 좋아. 난 이거 쓰거든" 하고 말하지만 않았다면 오버하지 않았을 텐데 말이다. 차라리 피자나 한 판 시켜 먹을걸 후회가 밀려들었다. 배에서는 꼬르륵 소리가 요란했다. 그러고 보니 보로 녀석에

118

게 먹이 주는 것도 깜빡했다. 아버지가 알면 난리가 날 터였다. 하지만 그깟 난리야 나면 좀 어때? 지금은 예리와 하모니카가 나의 전부인 순간이다.

'나예리 〉하모니카 〉매'

천천히 걸음을 옮기며 하모니카를 불었다. 초등학교 음악 시간에 배운 실력이 남아 있어서 음계 익히는 것은 쉬웠다. 걸어가는 내내, '학교 종이 땡땡땡'과 '떴다 떴다 비행기'를 신나게 연주했다.

"빌리 조엘, 빌리 조엘. 어떤 자식인지 모르지만 예리는 빌리 조엘이 좋다네. 유후~ 빌리 조엘처럼 연주하고 싶다아."

도, 레, 미, 파, 솔, 라, 시, 그리고 또다시 도. 나는 예리의 빌리 조엘이 되고 싶었다.

멀리 빌라가 보였다. 나는 예리를 만나는 동안 꺼 놨던 휴대전화 전원을 켰다. 부재중 전화가 열 통이 넘게 와 있었다. 모두 아버지였다.

"니가 제정신이냐! 보로를 두고 어딜 갔다 오는 거야? 매가 얼마나 예민한 동물인지 몰라서 그래?"

고개가 돌아갔다. 뺨에 불이 붙는 듯했다. 방 안은 엉망진창이었다.

보로에게 문제가 생겼다. 묶어 두지 않고 방 안에 혼자 둔 것이 화근이었다. 창밖으로 보이는 하늘로 날아오르려고 유리

창에 머리를 계속 부딪친 모양이었다. 멍청한 날짐승! 숲의 제
왕이라더니, 꼴좋다.

나는 현관에 서서 한참 동안이나 집 안에 발을 들여놓지 못
했다. 죄스러움이나 미안함 때문이 아니었다. 반성이나 자책
감도 없었다. 그냥, 그냥 이 집이 내 집이 아닌 것 같았다. 여기
는 아버지와 매들의 보금자리일 뿐이라는 생각이 들었다.

"그렇게 서 있지 말고 들어와."

뭔가에 홀린 듯 나는 아버지의 말에 순순히 따랐다. 한쪽 뺨
이 화끈거렸지만 아프지 않았다. 아버지는 보로를 품에 안고
어르고 달랬다. 평소 모습 그대로 보로는 눈알만 굴리며 집 안
을 둘러보았다. 그러다가 나와 눈이 마주쳤다. 녀석은 가만히
나를 들여다보았다. 나는 녀석의 시선을 피했다. 마주치고 싶
지 않은 불편함이 가슴속에서 울컥 치밀었다.

아버지가 내 뺨을 슬쩍 훔쳐봤다. 나는 모른 척했다. 서로에
게 불편한 상황임에 틀림없었다. 아버지는 내게 결코 사과하
지 않았다. 나도 아버지한테 잘못했다고 빌지 않았다.

보로가 쇠고기를 먹는다. 저토록 호강하는 짐승이 또 있을
까 싶다. 나도 못 먹는 쇠고기를 녀석은 끼니때마다 야금야금
먹고 있다. 날카로운 발톱 사이로 고깃덩이를 움켜쥐고 먹는
다. 육회 먹어 본 지도 오래되었네, 라는 생각이 불현듯 들면서
엄마 생각이 났다.

육회 무치는 솜씨도 끝내줬지만 엄마는 특히나 육개장 끓이

는 솜씨가 일품이었다. 엄마는 육개장에 늘 쇠고기를 큼직하게 썰어 넣었다. 입안에 침이 고였다. 더 생각할 것도 없이 고속버스를 타기로 결심했다.

육개장이 생각났고 외로웠고 엄마 냄새가 그리웠다. 겨울 방학이었고 용인은 그리 먼 곳이 아니다. 아버지에게는 일언반구 하지 않았다. 어디, 나 없이 혼자 밥도 좀 끓여 드셔야 아들 귀한 줄 아실 거다.

고속버스 차창 밖으로 해가 지고 있었다. 가만히 노을을 지켜본 적이 언제였던가. 기억이 가물거린다.

"너, 어쩐 일이야? 무슨 일 있어? 왜 그래?"

엄마는 같은 질문을 다른 말로 세 번이나 물었다.

"그냥. 아들이 엄마 보러 오는데 이유가 있어야 하나? 방학도 했고 그냥 엄마가 끓여 준 육개장 먹고 싶어서."

"그것뿐이야? 육개장이 전부야?"

"응. 배 무지하게 고파."

뭔가 더 묻고 싶은 듯한 표정이었지만 엄마는 일단 밥상을 차려 주었다. 엄마의 친구 분이 경영하는 한정식 식당은 옛날 한옥을 개조해서 만든 곳이었다. 마당의 작은 연못에는 잉어들이 한가롭게 노닐고 있었다. 크고 작은 조명들이 한옥의 지붕과 기둥, 정원을 비추고 있었다. 엄마는 나를 부엌 뒤편의 작은 방으로 데리고 갔다. 창고 방 같은 곳이었다. 이부자리가

121

한쪽 구석에 반쯤 접힌 채로 놓여 있었고 식당에서 쓰는 식기구들이 쌓여 있었다. 그 사이로 엄마의 낡은 짐 가방이 눈에 띄었다. 고단한 엄마의 인생을 엿본 것 같아서 마음 한구석이 아렸다.

한참 지난 뒤에 엄마가 밥상을 들고 방 안으로 들어왔다. 마른 반찬과 함께 흰쌀밥, 그리고 육개장 한 그릇이 놓여 있었다.

"엄마가 끓인 거야?"

"그러엄. 식기 전에 어서 먹어."

"육개장을 이렇게 빨리 만들 수 있어?"

숟가락을 내 손에 쥐여 주며 엄마가 말했다.

"여기 식당이잖아. 끓여 놓은 거 데운 거야. 많이 먹어. 더 갖다 줄게."

왠지 모르게 서운했다. 엄마가 끓인 육개장이라고 할지라도 식당에서 팔기 위해 만든 것을 데워서 준 것이라는 말 대신, "아들, 네가 먹고 싶다고 했잖니. 그래서 엄마가 지금 막 끓인 거야"라는 대답이 듣고 싶었는지도 모른다.

국그릇 안에서 쇠고기 한 점을 찾아내 입안에 넣는데 엄마가 내 뺨을 쓰다듬었다. 나도 모르게 몸을 움츠렸다.

"너, 무슨 일 있지? 바른대로 말해 봐. 아버지랑 싸웠어?"

"일은 무슨. 아무 일 없다니까 그러네. 그냥 엄마가 집에 안 오니까, 엄마 밥 먹고 싶어서 왔어. 나, 여기서 자고 갈까?"

엄마가 내 얼굴을 빤히 본다.

"그럴래?"

나는 말없이 고개를 끄덕였다. 배가 부르니, 만사가 다 귀찮았다. 엄마는 내 머리를 쓰다듬더니 평소와 어울리지 않게 조용한 목소리로 말했다.

"동준아, 엄마가 많이 미안해."

누군가 밖에서 엄마를 찾았다. 음식점은 바쁘게 돌아갔다. 주말, 평일 할 것 없이 바닥에 엉덩이를 대고 있을 겨를이 없는 것 같았다.

"조금만 기다릴래? 엄마, 일 마치고 올게. 먼저 이부자리 깔고 누워 있어."

자리를 폈다. 하얀 요를 바닥에 깔고 장미 무늬가 요란하게 그려진 두꺼운 이불을 덮고 누웠다. 붉은 장미 꽃무늬 이불을 덮고 누워 있자니, 꽃밭 위에 몸을 누인 기분이 들었다. 향기 없는 꽃밭이 따로 없다는 생각이 들었다. 폭신폭신하고 아늑한 이부자리라⋯⋯. 잠이 몰려오려는 찰나, 휴대전화 진동이 울렸다.

보로똥치우고줄밥훈련검사바다라.

아버지였다. 눈 침침하다고 문자는 보내지 않는 아버지였다. 필시 이 문자를 보내기 위해 돋보기를 썼을 것이다. 띄어쓰기조차 이뤄지지 않은 문자. 할 말이 많았거나 투박하고 뭉툭

123

한 손으로 문자를 쓰기가 힘들었거나, 둘 중 하나였으리라.

윗목에 밀어 놓은 밥상을 보며 저녁은 드셨을려나, 괜한 걱정이 들었다.

"알 게 뭐야. 그렇게 애지중지하는 매한테 라면이나 끓여 달라고 하지?"

삭제 버튼을 누른 뒤 벽을 등지고 돌아누웠다. 잠자리는 한없이 아늑했지만 이유 모를 불편함에 나는 결국 자리에서 일어나고 말았다.

엄마, 겨울방학 보충수업 있는 거 깜빡했어. 집에 갈게. 도착하면 문자 할 테니 걱정 마요.

바닥에 나뒹구는 대형 마트 광고 전단지 뒤에다 짧게 써서 육개장 그릇 옆에 얌전히 놓았다. 나는 뒤도 돌아보지 않고 대전행 막차에 몸을 실었다.

엄마 곁에서 하루도 못 지내고 무언가에 홀린 듯 나는 집으로 향했다. 어둠이 드리운 버스 창에 내 얼굴이 비쳤다. 한없이 우울해 보이는 내 모습을 보며 중얼거렸다.

"바보 같은 새끼. 이럴 거면 뭐하러 왔냐?"

그 얼굴이 누군가의 고단한 생김새와 흡사해서 나는 그만 고개를 돌리고 말았다. 쳇, 부전자전이란 말이냐! 자꾸만 귓가에서 미안하다는 엄마의 목소리가 윙윙거려 나는 머리를 유리

창에 쿵 하고 들이박았다. 옆자리에서 고갯방아를 찧으며 졸던 사내가 그런 내 모습을 못마땅하다는 듯 쳐다봤다.

"죄송합니다."

내 머리도 내 마음대로 어쩌지 못하는 이놈의 세상!

과거에, 그러니까 아버지의 직업이 회사원에서 매를 길들이는 매잡이로 바뀌었을 때 나에게 아버지의 직업은 '응사'가 아니었다. 우리 집이 하나둘씩 허물어 가는 것을 보며 어린 마음에 나는 아버지의 새로운 직업을 탐탁지 않게 여겼다. 그래서 학교에 호구조사용으로 내는 용지에 적었던 아버지의 직업은 '조류학자'였다.

그런 조류학자께서는 어제도, 오늘도, 내일도 어김없이 새 똥을 치웠고 치우며 치울 것이다.

엄마는 아버지를 사랑했을 것이다. 그것이 미움이든, 울화든, 연민이든 간에 사랑했을 것이다. 아버지 또한 엄마를 사랑했을 것이다. 그것이 싸바랄 것이든, 미안함이든, 안쓰러움이든 간에 아버지는 엄마를 깊이 사랑했을 것이다. 엄마가 만든 음식의 간은 모두 아버지의 입맛에 맞춰져 있었다. 얼큰하면서도 끝 맛은 달착지근한 음식들. 육개장이 그랬다.

막차를 타고 집에 도착한 나를 반기는 것은 보로였다. 잠들지 않고 있던 보로는 문을 살짝 열고 들어오는 나를 매서운 눈초리로 주시했다. 마치 가출했던 탕자를 벼르고 기다리는 부

125

모처럼 날 똑바로 쳐다보는 것이었다. 나는 보로를 향해 가운 뎃손가락을 들어 뻑큐를 날렸다.

"이거나 먹어라, 짜샤."

바닥에 드러누워 코를 고는 아버지의 손끝에는 앨범 하나가 위태롭게 매달려 있었다. 활짝 펼쳐진 앨범. 아버지와 엄마의 결혼사진이었다. 지나온 세월만큼이나 빛바랜 두 분의 결혼사진. 정말 사랑했을까, 싶을 만큼 잔뜩 굳은 얼굴을 하고 정면만을 주시한 채 찍은 결혼사진이었다.

'신부 조기선, 신랑 송인태.'

엄마 이름은 그렇다 치고, 아버지의 이름이 참으로 낯설었다. 아버지 이름이 송인태였구나……. 아버지는 그냥 아버지인 줄 알았다. 두 분의 결혼사진 옆에는 벌거벗고 찍은 나의 백일 사진이 떡하니 자리 잡고 있었다.

아버지의 코 고는 소리가 점점 커졌다. 고단한 인생일수록 코를 심하게 곤다고 문학이 우스갯소리로 떠든 적이 있다. 세상 아버지들은 모두 코 골 자격이 있다나 뭐라나.

쉬지 않고 골아 대는 아버지의 코를 곁에 쪼그리고 앉아 바라본다. 누가 보면 연인의 자는 모습을 들여다보는 줄 알겠다. 하루 종일 들판에 서 찬바람을 맞은 탓인지 아버지의 코끝이 빨갛게 얼어 있었다. 훈련 때 아버지는 뜻대로 움직이지 않는 고집스런 날짐승들 덕분에 종종 애를 먹었다.

'술주정뱅이처럼 코가 저게 뭐람?'

코 고는 소리가 갑자기 멈췄다. 숨을 쉬는지 확인하려고 나는 아버지의 얼굴 위로 몸을 숙였다. 술 냄새가 확 풍겼다. 숨을 크게 들이마시는 소리와 함께 아버지가 또다시 요란하게 코를 골았다.

'앗, 깜짝이야.'

괜한 심술에 나는 아버지의 코끝을 꽉 움켜쥐었다가 놓았다. 그리고 쏜살같이 내 방으로 달아났다. 등 뒤로 커걱거리는 아버지의 숨소리가 들렸다. 환청일까. "미안, 미안" 하는 아버지의 웅얼거리는 소리가 함께 들려왔다.

차가운 이불에 몸을 묻으며 나는 눈을 감는다. 엄마의 장미꽃 이불은 참 따뜻했는데……. 아버지는 거실에서 이불도 깔지 않은 맨바닥에 몸을 누이고도 잘 잔다. 이불을 덮어 드릴까, 하고 자리에서 일어섰다가 다시 이불 속으로 파고들었다.

아버지의 코 고는 소리가 잦아든다. 저토록 태평하게 코를 고는 것을 보니, 내가 집을 뛰쳐나간 것도 몰랐던 것이 분명하다. 똠양꿍네서 늦게까지 놀고 있을 거라고 확신했던 것일까? 내가 아버지한테 그렇게 믿을 만한 놈이었나?

겨울밤은 참으로 길고 춥다.

5

붕어빵과
오코노미야끼

붕어빵 장사를 시작하고 난 다음부터 엄마는 밤늦게까지 팔다가 남은

붕어빵을 집으로 갖고 오곤 했다. 차갑게 식은 붕어빵 속에 들어 있던

달달한 팥 앙꼬. 질릴 법도 한데 이상하게 그 단맛을 끊을 수가 없었다.

내게 붕어빵을 건네던 엄마의 꽁꽁 언 손 때문이었을까?

"예리가 가죽 재킷이 잘 어울리는 남자가 좋다고 했대."

똠양꿍이 첩보 영화의 주인공이라도 되는 것처럼 내 쪽으로 몸을 기울여 귓속말을 했다.

"확실한 정보야?"

"그럼. 예리 절친 희정이 말인데."

"가죽이라……. 비싸잖아."

"야, 지금 비싼 게 문제야? 사! 질러 버려. 너, 한번 질러서 로맨스를 꽃 피울래, 포기하고 홀아비 냄새나 풀풀 풍길래?"

결정했다. 사나이는 가죽이다. 남자의 로망인 스피드에 어울리는 가죽 재킷 한 벌쯤 갖고 있는 것, 나쁘지 않다고 생각한다. 나예리의 이상형 기준에 맞는 남자가 되려면 가죽 재킷 한

벌 정도 질러 주는 용기가 있어야 한다고 똠양꿍이 바람을 잡았다. 가죽 재킷이 잘 어울리는 남자라…… 바로 날 두고 하는 소리겠지.

"그런 가슴에는 가죽이지, 리얼 가죽! 안 그래, 똥준?"

보로를 훈련시키느라 이리 뛰고 저리 뛰어다닌 덕분에 가슴과 복근에 제법 근육이 자리 잡았다. 살아서 퍼덕거리는 생명체를 한 팔로 지탱하려면 20킬로그램짜리 쌀가마를 들 수 있을만큼 근력이 좋아야 한다. 팔뚝은 뻥을 조금 보태자면, 두께가 아름드리나무 몸통 같아졌다고나 할까?

보로를 훈련시키기 전에는 새들은 휘익, 하고 휘파람 한번 불면 째깍 알아듣고 내가 내민 팔에 '주인님, 갑니다요!'하며 얼른 날아와 앉는 줄 알았다. 그런데 얼굴을 익히고 서로의 체취와 온기에 익숙해지고 아주 가끔은 낯부끄럽게 속삭이며 어르기까지 해야 하는 꼴이라니! 특히 처음 줄밥을 먹일 때는 기겁했다. 어린 녀석이라고 얕잡아 봤는데 날개를 활짝 펴고 내 손아귀에 쥔 고깃덩이를 향해 날아드는 녀석의 기세에 나는 바보같이 엉덩방아를 찧고 말았던 것이다. 발에 줄이라도 묶어 놓지 않았더라면 아마도 녀석은 나를 산 채로 삼키고도 남았을 기세였다.

똠양꿍은 내 복근에 장난으로 주먹을 내지르며 조언이랍시고 한마디 했다.

"안에 반팔을 입어. 기왕이면 쫙 붙는 쫄티로. 바람 맞을 때

가슴팍이랑 복근 라인 살짝 드러나 주시게. 알겠냐?"

녀석, 생각보다 치밀했다. 똠양꿍은 여자애들이 열광하는 남자 아이돌의 이름을 구체적으로 들어 가며 그 짐승남들은 사시사철 곧 죽어도 민소매와 반팔을 즐겨 입는다는 정보를 알려 주었다.

"똠양꿍. 지금 한겨울이야. 반팔이라니, 너 돌았냐?"

똠양꿍이 노래를 흥얼거리며 춤까지 춰 댄다. 그러더니 갑자기 내 얼굴을 두 손으로 붙잡아 고정하더니 말했다.

"네 여자가 원하는데, 영하 40도가 문제야?"

나는 잠시 사랑하는 여자와 영하의 기온 사이에서 고민했다. 똠양꿍이 뭐 그딴 걸로 고민을 하느냐는 시늉을 하며 송충이 같은 눈썹을 움찔거렸다.

속는 듯한 느낌이 없잖아 있었지만, 나는 가죽 재킷이 필요했다. 똠양꿍과 진우는 붕어빵 장사 일에 나를 끼워 넣었다. 녀석들은 겨울방학 동안 붕어빵을 팔아 번 돈으로 여행을 가겠다고 했다. 여행의 목적이란 것이 국토 순례나 지방 명승고적지를 돌아보는 것은 결코 아니고 일명 '걸 그룹 탐방'이었다. 서울에 상경해서 걸 그룹들의 콘서트와 방송을 두루 섭렵하고 온다는 것이 녀석들의 목표였다. 목표 달성을 위한 자금 모금의 일환으로 겨울의 별미, 붕어빵 장사를 시작한다는 것이다.

나는 매출 달성에 박차를 가하기 위해 보로와 함께 긴급 투

입된 셈이었다. 보로와 나는 일종의 약장수 역할을 맡았다. 재주꾼 원숭이를 데리고 약을 파는 약장수처럼 나는 붕어빵 기계틀 앞에서 보로를 데리고 서서 "붕어빵 드셔 보세요!"라고 외치면 땡이었다. 하기 싫다는 나를 똠양꿍은 가죽 재킷을 미끼로 설득했다.

보로와는 요즘 '손 밥 먹이기 훈련'에 한창이다. 무사히 줄밥 먹이기를 끝냈다. 도망가지 못하게 보로의 발에 줄을 매고 밖에 나가서 손에 먹이를 쥐고 매를 부르는 훈련이 줄밥 먹이기다. 손 밥은 줄밥보다 한 단계 위라고 할 수 있다. 줄을 묶지 않고 먹이를 손에 들고 보로를 유인하는 것이다. 그동안 그렇게 한방에서 뒹굴었음에도 불구하고 녀석은 가끔 나를 처음 보는 사람처럼 대한다. 도망치기를 밥 먹듯이 하는 이 날짐승에게 도무지 정이 안 간다. 그때마다 나는 보로를 매섭게 노려보며 속으로 중얼거린다.

'저것이 내 인내심의 한계를 시험하는구나.'

보로를 길들이려고 하면 할수록 어찌된 영문인지 보로가 나를 길들이는 것 같은 기분을 떨칠 수가 없었다.

사람들의 시선이 불편한지 녀석은 자주 날개를 퍼덕거렸다. 그때마다 나는 녀석의 가슴 털을 조심스레 문질러 주었다. 어린애 달래듯, 쉽사리 부서지는 설탕 과자를 조심스럽게 옮기듯 신줏단지 모시듯 모셔야만 했다. 몸종처럼 쩔쩔매며 가슴 털을 쓰다듬는 내 손길이 마음에 들지 않는지 녀석이 날개를

133

쫙 펴기라도 하면 구경꾼들은 "으아, 엄청난데" 기겁을 한다. 그러면 나는 보로와 구경꾼들 사이에 껴서 "괜찮아요. 안 물어요" 따위의 말도 안 되는 소리를 지껄여야만 했다. '안 물어요'라니! 개도 아닌데……

"야, 똥준. 말보로 씨한테 날갯짓 좀 시켜 봐. 붕어빵은 애들 장사야. 호기심 좀 팍팍 불러일으키게 하라구."

어디서 주워들은 것은 많아서 똥양꿍이 쉴 새 없이 나와 보로에게 요구 사항을 주문한다.

"삥을 뜯든 사기를 치든 최대한 뽑아낼 수 있을 때까지 뽑아낸다. 판매는 절반의 쇼와 절반의 과장이 최고의 전략이지. 애고 어른이고 코흘리개건 허리가 꼬부라졌건 그저 팔 수 있으면 돼."

한 술 더 떠서 진우는 자신의 경영 철학까지 어필하면서 코흘리개들의 호주머니를 털 생각을 하고 있었다.

나는 보로와 찬 바람을 맞으며 붕어빵이 팔리는 것을 지켜보고 있었다. 보로를 왼팔에 앉힌 나와 붕어빵이 무슨 상관이랴 싶었지만, 붕어빵은 생각보다 많이 팔려 나갔다. 보로를 본 사람들의 반응은 갓 구워 나온 붕어빵만큼이나 뜨거웠다.

"새가 크네. 독수린가?"

"아뇨. 보라매예요."

"토끼도 잡고 그러나?"

"아…… 아마도요?"

134

"아마도라니? 매라며? 매는 맹금류인데 사냥하잖아."

"토끼 잡는 건 제가 아직 못 봐서요."

"형, 이 새도 붕어빵 먹어요?"

"글쎄……."

볼이 빨간 어린애가 보로도 붕어빵을 먹느냐는 질문 앞에서 내가 버벅거리자, 똠양꿍이 나를 밀치고 나섰다.

"그럼, 그럼. 이 커다란 매는 붕어빵만 먹어. 다른 데 거 말고 여기 붕어빵만 사 먹어. 너, 얼마나 줄까? 2천 원어치?"

똠양꿍 녀석은 알래스카에 가서도 빙수기를 팔고 사하라 사막에 가서도 찜질방을 차릴 놈이다. 아이는 얼결에 붕어빵 2천 원어치를 사 들고 보로를 물끄러미 쳐다본다. 한번 만져 보고 싶은 눈치였다.

"만져 볼래?"

"공격 안 해요?"

"얜 아무나 공격 안 해. 내가 공격하라는 사람만 해. 봐 봐, 눈가리개로 가려서 괜찮아. 살살 만져 봐."

나는 무릎을 꿇어 아이와 눈높이를 맞췄다. 자세가 조금 불편한지 보로가 퍼덕거렸다. 아이가 겁을 먹고 한 발짝 뒤로 물러났다. 마치 어릴 적, 아버지가 처음으로 집에 매를 데리고 왔을 때의 내 모습 같았다. 아버지는 거실 옆, 화장실로 가는 모퉁이에 매를 앉혀 놓았다. 그 바람에 나는 겁을 잔뜩 먹은 채 화장실을 갈 수가 없었다. 결국 바지에 오줌을 지리고 자지러지게 울었던 기억이 아직도 남아 있다.

아이가 용기를 냈다. 나는 숨을 죽이고 응원의 눈빛을 보냈다. 아이의 작은 손이 보로의 뒷목을 가볍게 눌렀다. 보로는 살짝 고개를 갸우뚱하더니 얌전히 있었다. 아이의 얼굴에 시린 겨울 햇살만큼이나 깨끗한 미소가 번졌다.

나쁘지 않았다. 아버지의 말대로 나는 보로를 곁에 달고 다녔다. 그야말로 살아 있는 껌 딱지였다. 보로는 내가 가는 곳 어디든지 함께하며 사람들과의 거리감을 없애는 중이었다. 매는 사람한테 한번 놀라면 절대로 길들여지지 않는다. 보로는 붕어빵 장사를 통해 사람한테 놀라지 않는 법을 배우고, 나는 예리를 위해 가죽 재킷 살 돈을 번다. 꿩 먹고 알 먹고 누이 좋고 매부 좋고 가재 잡고 도랑 치고. 일석이조란 말이 오늘처럼 가슴 깊게 와 닿기도 처음이다.

"형."

아이가 보로를 쓰다듬던 손을 거두더니 나를 불렀다.

"왜? 붕어빵 더 사게?"

"아뇨."

뭐가 그리 쑥스러운지, 아이는 몸을 배배 꼬며 보로와 내 눈치를 살폈다.

"괜찮아. 뭔데?"

"나, 이다음에 크면 형아처럼 매 키울래요."

아, 이 순진함을 뭐라 표현해야 할까. 나는 딱히 해 줄 말이

생각나지 않았다. 다시 조심스레 손을 뻗어 보로를 쓰다듬는
아이를 보며 나는 천천히 입을 열었다.

"너네 집 부자야?"

"네?"

"너네 집 엄청 부자냐고. 아빠가 돈 많이 벌어 와?"

아이가 고개를 끄덕였다.

"얼마만큼 부자야? 설명해 봐."

중요한 시험을 치르는 것처럼 아이의 표정이 사뭇 심각해졌
다. 그러더니 하는 말.

"배부르게 먹어요. 맛있는 거, 내가 먹고 싶은 것 다 먹어요.
그리고 아빠가 닌텐도랑 베어브릭도 사 줬어요."

그러더니 '이 정도면 됐냐?' 하는 표정으로 날 바라봤다.

"똠, 베어브릭이 뭐냐?"

내가 묻자, 밀가루 반죽을 새로 개던 똠양꿍이 혀를 찼다.

"집게손가락 가진 곰탱이 장난감. 것도 모르냐?"

똠양꿍의 옷과 얼굴, 손이 온통 밀가루 범벅이었다. 영업에
방해된다고 여겼는지 똠양꿍이 아이의 가슴팍을 밀며 말했다.

"훠이, 집에 가. 붕어빵 다 먹으면 그때 다시 사 먹으러 와.
알겠느뇨, 어린이?"

뒷걸음질 치는 바람에 아이가 들고 있던 종이봉투가 바닥에
풀썩 떨어졌다. 원망스런 눈초리로 똠양꿍을 야무지게 노려보
는 아이. 매에게 밀린 이후로는 아버지의 목말 한 번 타 보지

못했던 어린 날의 내 눈매가 떠올랐다. 바닥에 떨어진 봉투를 집어 주며 나는 아이에게 물었다.

"몇 살이야, 친구는?"

"여덟 살이요."

"그럼, 열 살 되면 다시 한 번 생각해 봐. 매를 진짜 키우고 싶은지, 아닌지."

"왜요?"

"열 살이 되면 진짜로 매가 좋은지, 아닌지 알 수 있거든."

아버지가 잘 다니던 회사를 그만두고 집을 팔아 응방을 꾸리던 때가 내 나이 열 살 되던 해였다. 백과사전에서만 구경하던 멋진 새가 소름 끼치도록, 가슴이 먹먹해지도록 미워졌던 때이기도 했다.

휘익!

아버지의 휘파람 소리가 마당에 울린다. 응방 마당에 간이로 설치해 놓은 높다란 나무 받침목에 앉아 있던 마루가 아버지의 신호에 맞춰 자리를 박차고 날아오르더니, 아버지의 팔 위에 사뿐히 착지한다.

마루의 발은 자유롭다. 끈을 묶어 놓지 않는다. 반면에 내 팔 위에 가만히 앉아 있는 보로는 발에 붉은 끈을 묶고 있다. 언제 어디로 튈지 모르기 때문이다. 헛웃음이 났다. 그러고 보면 보로 녀석은 나와 비슷했다. '이따위 싸구려 나일론 끈으로

138

나를 붙잡아 두겠다고? 홍, 어림 반 푼어치도 없네, 이 사람들 아!' 녀석은 지금의 상황이 영 못 마땅한 듯 양 날갯짓을 하며 통아리 위에서 양발을 번갈아 들어 보였다. 언제, 어디든 기회만 되면 여기서 벗어날 거라고 말하듯이.

'너나 나나 별 수 있냐? 올겨울까지만이다.'

나는 보로의 등을 쓰다듬어 주었다. 한편으로 불쌍한 이 날짐승이 나처럼 처량해서 못쓰겠다.

가을걷이가 끝날 무렵이면 아버지는 산신님께 좋은 매를 받게 해 달라고 제사를 지낸다. 매를 잡는 것을 아버지는 "매를 받는다"라고 표현했다. 매는 길들여지지 않는 짐승이고 잡을 수 있는 존재가 아니라 산신이 보내 줘야만 함께할 수 있다고 했다. 매년 길들였다가 떠나보내야만 하는 짐승에게 왜 그토록 아버지는 집착하는 것일까?

"장삿속 밝은 사람이라면 이따위 수지 안 맞는 일은 절대 하지 않을 거야. 하, 기막힌 내 팔자야."

손 밥 훈련과 줄밥 훈련을 반복적으로 받는 보로에게 나는 약속을 한다. 비록 보로가 보라매인 까닭에 응방에 3, 4년은 묶여 있어야 하겠지만 올겨울만 나랑 잘 보내 준다면 돌아오는 봄에 반드시 자연으로 돌려보내겠다고 말이다. 소리 내지 못하고 입 모양으로 중얼거리며 약속하는 내 얼굴을 보로가 이상하다는 듯 빤히 본다. 나는 보로를 나무 기둥에 앉혀 놓고 열 발짝 멀리 떨어져 선다. 크게 심호흡을 하고 왼팔을 들어 보인다.

"보로!"

녀석이 꼼짝하지 않는다. 아버지가 응방 처마 밑, 의자에 앉아 나를 한심한 듯 쳐다본다. 나는 다시 한 번 단전에 힘을 주고 신호를 보낸다.

"보로!"

녀석은 또 한 번 나를 무시한다. 옹고집! 하루에도 열두 번, 말을 들었다가 안 들었다가, 사람 갖고 노는 것에 단단히 재미 들린 녀석이다. 나는 왼손에 쥐고 있던 고기 조각을 힘 있게 움켜쥐고 비장하게 부른다.

"보로!"

녀석이 날아든다. 내 왼팔에 내려앉는다. 녀석의 무게가 묵직하게 느껴진다. 삼세번을 애태운 끝에 보로는 내 손에 앉아 고기를 뜯었다. 흘깃 아버지를 바라보니, 한 번쯤 웃을 법도 한데 무표정이다. 필시 응식이 삼촌과 비교하고 있을 터였다. 아버지는 보로를 훈련시키는 나를 보며 종종 입맛을 다시며 말했다.

"아무래도 내가 사기 계약에 걸려든 것 같다. 너같이 어설픈 전수자에게 월급이라니, 쯧쯧쯧. 오히려 내가 너한테 보로를 대여해 준 값을 받아야겠다."

보로의 온기가 팔을 타고 전해 온다. 나는 "어쨌든 잘했어" 하며 녀석의 머리를 쓰다듬었다. 내 눈을 가만히 들여다보는 보로. 애는 틈만 나면 나를 빤히 쳐다본다, 부담스럽게 말이지. 나예리가 이렇게 쳐다봐 주면 좋으련만, 영양가 없이 날짐승에게 이렇게 자주 시선을 받아서야, 원.

아버지가 또다시 마루를 나무 기둥으로 날린다. 내가 보로를 나무 받침목에 앉히려면 직접 두 발로 걸어가서 보로를 상전 모시듯 앉혀 드려야 하는데, 마루는 아버지와의 오랜 시간을 함께 한 탓인지 아버지가 원하는 곳으로 팔만 뻗어도 알아서 척척이다.

"기즉부인 포즉양가(饑卽附人 飽卽양家)"*

아버지가 또다시 외국어를 읊조린다. 새로운 훈련이 시작될 모양이다.

"배고프면 사람을 따르고, 배부르면 산으로 달아난다. 그게 매야, 알겠냐?"

"나도 배고프면 집 나가고 싶어요, 아버지."

"이 새끼, 니가 매냐? 잔소리 말고 귓구멍 잘 후벼 파고 새겨들어. 다음엔 살 맞추는 것을 알려 주마. 보로랑 더 친해져야 쓰겠지만. 너와 보로는 한 몸이란 것 항상 명심하고."

"네."

---

*구전되어 온 말이라 '양'의 한자를 정확히 알 수 없다고 한다. 매는 오직 배가 고프냐, 그렇지 않느냐에 따라 사람과 가까워지느냐, 멀어지느냐가 결정된다는 뜻이다.

보로는 새로운 훈련이 기대되는 양, 고개를 갸웃거리며 아버지 한 번, 나 한 번 쳐다본다.

내가 지금 이렇게 응사가 되는 훈련을 받는 것도 지금 내 팔뚝 위에 앉아 아무 생각 없이 고깃덩이를 물어뜯고 있는 보로와 다를 바가 없다. 아버지의 마음을 읽을 수도, 읽고 싶지도 않다. 그냥 주어진 이 무료한 시간이 어서 빨리 지나갔으면 하는 마음뿐이다.

내 손에 쥐고 있던 고깃덩이를 다 먹고 만족스럽게 입을 쩍 벌리는 보로. 짙은 잿빛의 혀가 겨울 들판의 마른 풀처럼 느껴졌다.

안중근 형이 말했다.

"드라이브 한 번에 3만 원. 더는 안 돼."

만리장성의 안중근 형은 사기꾼이다. 적어도 나에게는 그랬다. 자기 것도 아니면서 오토바이를 빌려 줄 때마다 돈을 내란다. 평소 같으면 간식거리나 1만 원으로 땡 쳤을 것을, 똠양꿍이 옆에서 "형, 얘 데이트해요"라고 입방정을 떠는 바람에 가격이 세 배로 뛰었다. 이건 뭐 기름값도 아닌데 천정부지로 뛰고 야단이다.

주말에 예리한테서 전화가 왔다. 보충수업 끝나고 만나자는 내용이었다. 우등생인 예리는 우등반에 들어가 수업을 받았다. 그저 평범한 성적의 나는 중간반에 들어가 보충수업을 받았다. 우리가 방학 중에 학교에서 얼굴 맞댈 기회는 그만큼 희박했다.

우리 둘 다, 그 누구도 사귀자는 말을 하지 않았다. 그런데 산사에 함께 다녀온 이후, 예리와 나는 자연스럽게 휴대전화로 통화를 하고 문자를 주고받는다. 간혹 같이 피자를 먹으러 가기도 한다. 데이트 아닌 데이트를 즐기는 중이라고나 할까? 하지만 이번에 만나면 우리 사이를 확실히 해야겠다는 결심을 했다. 넌 내 여자다, 난 네 남자다, 도장 꽝꽝꽝! 그러려면 예리에게 나란 존재를 확실하게 어필해야 할 필살기가 있어야 한다.

"형, 배달용 오토바이로 나랑 거래하는 거 사장님도 아세요?"

눈에는 눈, 이에는 이다. 만리장성 사장인 오씨 아저씨는 아버지와 막역한 사이다. 내가 그간 안중근 형이 저지른 의로운 짓들을 고자질한다면 형은 안중근 의사처럼 순국해야 할 처지에 놓일 것이 불 보듯 뻔했다. 하지만 도둑이 제 발 저리다고 나 역시 시티백 빌려 탔단 사실을 밝혀 봤자 좋을 것 없으므로 참기로 한다.

"좋아, 곧 고등학교 2학년 되니까 2만 원."

선심 쓰는 척하긴. 나는 안중근 형의 저 능청스런 연기를 잘 안다. 두 번 넘어갈 내가 아니지.

"형. 나, 아직 고등학교 2학년 아니에요. 겨울방학 지나고

143

봄이 와야 2학년이지."

나는 주머니에서 빳빳한 1만 원짜리 한 장을 꺼내 그의 손에 꽉 쥐여 주었다. 똥 씹은 표정이었지만, 중근이 형은 오토바이 열쇠를 넘겨주었다.

"잘난 1학년, 이제 곧 2학년 되는데 치사하게 가격 흥정 하면서 타지 말고 너만의 겸둥이 하나쯤은 장만하시지. 왜 여자들도 자기만의 잇(it)백을 기본으로 갖잖냐."

"한두 푼이어야 말이죠."

"그렇게 쉽게 구할 수 있는 거면 매력 없잖아. 사나이의 로망, 너만의 바이크 한 대쯤은 장만을 해 둬야, 아~ 이놈도 사내구실을 하겠구나, 하지 않겠어?"

"안 그래도 애, 돈 모으고 있어요."

똠양꿍이 그사이를 못 참고 끼어들었다. 이제 녀석에게 눈 흘길 애정도 없다.

"얼마 모았냐, 동준?"

돈 얘기에 중근이 형이 민감하게 반응한다. 설마, 나에게 돈 꾸려는 것은 아니겠지?

"왜요? 뭐, 좋은 물건이라도 있어요?"

"있고말고. 내가 그동안의 정을 생각해서 다리 놓을까?"

"뭔데요?"

귀가 솔깃했다. 형은 여기저기 아는 사람이 많아 마당발로 통했다.

"너, 여자 친구의 친구 하나 다리 놔라, 대신에. 알겠지?"

"스무 살이 왜 열일곱 꽃다운 여자애를 만나려고 해요?"

"싫어? 너의 로망, 로드스타는 아니지만 데이스타 중고 백에 나온 거 하나 알고 있는데. 아쉽다."

데이스타, 100만 원! 땡 잡았다. 나는 금세 간이라도 내어줄 사람처럼 중근이 형의 겨드랑이를 파고들었다.

"내가 예리랑 잘되면 걔 사촌 언니라도 꼭 다리 놓을게. 오케이?"

남자는 사회적 동물이다. 남자는 야망을 즐기며 남자는 여자에 약하다. 안중근 의사도 남자였고 만리장성의 안중근 형도 남자였다. 형은 데이스타 중고 주인과 나를 연결해 주기로 약속했다.

월급날이 기다려진다. 처음으로 보로의 모습이 머릿속에 떠오르면서 녀석이 그토록 사랑스러울 수가 없었다. 데이스타를 구입하면 '보로'라는 이름을 붙여 줘야겠다. 바이크 왼쪽 핸들에 새겨 놔야지.

추워서 더 이상 드라이브를 한다는 것은 무리였다. 예리가 길 건너편에 붕어빵 천막을 발견하고 나에게 말했다.

"붕어빵 먹을래? 금강산도 식후경인데, 어때?"

나예리의 입에서 붕어빵이라는 단어가 나오자 목이 콱 막혔다.

엄마에게선 언제나 붕어빵 냄새가 났다. 학교를 마치고 집 안에 들어설 때면 나는 습관처럼 코를 벌름거렸다. 붕어빵 냄새로 엄마가 집에 있고 없고를 알 수 있을 정도였다. 달큰한 밀가루 반죽 냄새를 맡을 때면 눈물이 났다, 바보처럼.

"붕어빵 별로야?"

"아니, 뭐…… 나쁘지 않아."

"그럼 오코노미야끼 먹을까?"

"오코…… 뭐?"

"일본식 빈대떡."

나 참……. 얘는 다 좋은데 쓸데없는 것을 먹으려고 드는 게 단점이라면 단점이고 흠이라면 흠이다. 일본 사람도 아닌데 오코노미야끼라니. 대한민국 전 국민의 영양 간식 붕어빵이나 먹을 것이지. 손쉽게 구할 수 있잖아?

엄마는 예리처럼 붕어빵이냐, 오코노미야끼냐. 붕어빵이냐, 계란빵이냐, 갈등하는 애들 때문에 밤늦도록 다 팔지 못한 붕어빵을 놓고 발을 동동 굴렀을지도 모른다.

"오코노미……. 오오, 이국적인데? 그럴까, 그럼? 그런데 어디서 파나?"

나는 나예리를 위해 맞바람을 맞으며 오토바이를 몰고 온 삼동네를 돌아다녀야 했다. 예리는 추우면 내 등 뒤에 붙어서 맞바람이나 피할 수 있지, 나는 고스란히 겨울바람을 싸대기 맞듯 맞아야만 했다.

146

누구는 붕어빵 대신 오코노미야끼 운운하는데, 엄마는 지금쯤 뭘 하고 있으려나?

간밤에 엄마한테 전화를 했다. 뭐 하냐고 물으니까, 붕어빵 장사를 부업으로 시작하려고 준비 중이라고 했다. 하루 종일 음식점에서 일하면서 피곤하게 무슨 붕어빵이냐고 했더니, 겨울이라 음식점 문을 평소보다 한 시간 일찍 닫기로 했다면서 밤 시간에 버스 터미널에서 붕어빵을 팔면 부수입이 꽤 짭짤할 것 같다고 했다. 언제부터 엄마가 억척 엄마가 되었을까?

아버지가 회사를 그만두고 매사냥에 전념하겠다고 선언하며 응방을 차리자 엄마는 전업 주부 역할을 벗어 던지고 돈벌이에 나섰다. 그러나 결혼 후, 쭉 전업 주부로 살아 온 엄마는 취직이 쉽지 않았고 결국 거리로 나서게 되었다. 처음 시작한 일이 붕어빵 장사였다. 하고 많은 장사 가운데 왜 하필 붕어빵 장사였냐 하면, 때가 마침 겨울이기 때문이었다.

붕어빵 장사를 시작하고 난 다음부터 엄마는 밤늦게까지 팔다가 남은 붕어빵을 집으로 갖고 오곤 했다. 차갑게 식은 붕어빵 속에 들어 있던 달달한 팥 앙꼬. 질릴 법도 한데 이상하게 그 단맛을 끊을 수가 없었다. 내게 붕어빵을 건네던 엄마의 꽁꽁 언 손 때문이었을까?

나는 오코노미야끼를 사기 위해 온 시내를 돌았다. 가을날 낙엽을 맞으며 돌기라도 하면 멋있어 보이기라도 하지, 추위에 코를 훌쩍이며 온 동네를 휘젓고 다니는 꼴이란 배고픈 똥개 같아 보일 터였다. 오코노미야끼가 아니면 안 될 것처럼 굴던 예리도 추위 앞에서 장사 없다는 말을 증명이라도 하듯 "붕어빵도 괜찮을 거 같아"라는 말로 내 기운을 뺐다.

"겨울엔 뭐니 뭐니 해도 붕어빵이지. 내가 세상에서 최고로 맛있는 붕어빵 쏠게."

대한민국에서 최고로 맛있는 붕어빵을 어디에서 파는지 알 길은 없었으나, 나는 최선을 다해 도로를 달렸다. 개똥도 약에 쓰려고 하면 없다던 아버지의 말이 딱 맞았다. 사방팔방을 누볐지만 평소에는 흔히 보이던 붕어빵 파는 노점상이 오늘따라 눈에 띄지 않았다. 코를 훌쩍대며 골목, 골목을 누비는 노력 끝에 붕어빵 파는 포장마차를 발견했다.

오토바이에서 내렸다. 예리도 따라 내렸다. 내가 다른 곳에서 붕어빵을 사 먹은 사실을 똠양꿍과 진우가 알게 된다면 녀석들은 배신자, 운운하며 근 한 달은 나를 못살게 굴 게 틀림없다.

2천 원어치의 붕어빵을 받아 들고 예리에게 건넸다. 종이봉투의 따뜻한 온기가 사라지자 아쉬움이 몰려왔다. 추위 때문에 이가 저절로 부딪히는 것을 애써 참는데 예리가 물었다.

"너, 추운 거야?"

"아…… 아니."

사내가 계집애 앞에서 체면이 있지, 춥다고 발을 동동거리며 호들갑을 떨 수는 없는 노릇이었다.

"아무래도 너 추운 거 같은데?"

148

"아이 씨, 진짜 아니라니까 그러네."

나예리가 피식 웃는다. 아무래도 다 알고 있으면서 모른 척 하는 눈치다.

"야, 송동준."

"왜에?"

"너, 입술이 파래."

세상에는 아무리 숨기고 싶어도 숨길 수 없는 것들이 존재 한다. 예를 들면 추위에 파래진 내 입술, 벌겋게 얼어 버린 두 뺨, 나의 의지로는 통제 불능인 콧물 줄기.

나는 뒤돌아서며 재빨리 입술을 꽉 깨물었다. 잘근잘근 씹 었다. 입술을 깨물다 보면 빨갛게 혈색이 돌겠지, 라는데 그만 입술을 깨문다는 것이 성급하게 혀를 깨물고 말았다.

"아앗!"

"왜 그래?"

"아냐, 아무것도."

여자애들은 은근히 집요하다. 예리가 내 팔을 잡더니 나를 돌 려세운다. 내 얼굴을 가만히 보더니 미간을 찌푸리며 하는 말.

"너, 피 나."

손등으로 입술을 훔치자, 붉은 핏자국이 묻어났다. 아주 있 는 대로 쪽을 팔고 있구나, 송동준.

"데이트는 이쯤에서 접어야겠다. 오늘 즐거웠어."

예리의 목소리가 지금의 공기처럼 싸늘하다. 더 이상의 삽질로 예리를 실망시킬 수는 없다. 예리도 추운지 어깨를 잔뜩 움츠리고 서 있다. 털 방울이 달린 귀여운 모자를 쓰고 베이지색 코트를 입고도 춥다고 발을 동동거리는 모습을 보고 있자니, 가슴이 찌릿, 거린다.

'이 여자야, 그걸 입고도 추우면 나는 애저녁에 얼어 죽었다.'

나는 속마음이야 어떻든, 예리를 향해 씩 웃어 주었다. 여자애들이 말한 백만 불짜리 미소를 예리에게 아낌없이 날려 준다. 보너스로 내 가죽 재킷을 벗어 예리의 어깨 위에 걸쳐 주었다. '이게 뭐냐?' 하는 예리의 눈빛을 의젓하게 받아 내며 나는 짐짓 사내다운 듬직함으로 예리를 감동시키기로 했다.

"야, 너 반팔인데 괜찮겠어?"

당연히 안 괜찮지, 이 여자야. 온도계가 영하 18도를 찍는 오늘, 너에게 잘 보이겠다고 커트 코베인 얼굴이 프린팅된 반팔 하나 달랑 입고 가죽 재킷을 걸친 게 전부인데, 그 겉옷을 벗어 주는 이 마당에 괜찮겠냐?

맨살에 차가운 겨울 공기가 와 닿는다. 소름이 오소소 돋는다. 대패로 밀어도 좋을 만큼 닭살이 돋는다.

"어서 타, 집에 데려다 줄게."

나는 달린다. 등 뒤에 예리를 매단 채, 도로를 질주한다. 날씨가 좀 더 따뜻했더라면 지금, 이 한적한 도로를 멋들어지게 질주했을 텐데, 멋이고 뭐고 없다. 설상가상으로 눈비까지 내리기 시작했다. 온 천지가 회색빛이었다.

좋아하는 여자애를 등 뒤에 앉히고, 더군다나 그 여자애의 가녀린 손이 내 허리를 감싸고 있는 지금, 어찌하여 세상은 을 씨년스럽고 거무튀튀한 빛인지 도통 모르겠다.

"싸바랄."

아버지를 싫어하는 내가, 아버지가 즐겨 쓰는 욕설을 입에 담았다.

"뭐?"

"랄랄라 랄랄라~ 그냥 기분 좋다구."

"정말?"

예리가 나의 기분을 물었다. 진심으로 내 기분을 알고 싶어 물은 것인지, 내 대답에 의심이 생겨 물은 것인지 알 수 없었지만 정성껏 대답하기로 했다.

"당근. 네가 기분 좋다면 내 기분도 당연히 좋지."

등 뒤에 따개비처럼 붙어 있는 예리의 체온을 찬바람 속에서도 확연히 느낄 수 있었다. 거짓이라고 해도 좋다, 나는 어쨌거나 예리의 온기를 만끽했다.

"속도 좀 내 봐, 동준아."

"오케이!"

속도를 높였다. 등 뒤에서 예리가 이얏호, 환호성을 질러 댔다. 그녀가 기뻐하니 좋긴 했으나 핸들을 잡은 반팔 차림의 내 팔은 점점 감각을 잃어 갔다. 뭐랄까. 눈비 오는 날 반팔을 입

151

은 채, 시티백을 시속 백 킬로미터로 타고 달리는 기분이란, 바늘 총에 맞는 느낌이라고나 할까. 사랑의 단맛이 아무리 강하다고 해도 살을 에는 추위 앞에서는 항복하고 말 것이다.

예리를 데려다 주고 집에 돌아오니, 내 팔은 동상 걸린 것마냥 시퍼렇게 얼어 있었다. 너무나 추워서 우리의 관계를 명확하게 진전시킬 만한 그 어떤 말도, 행동도 하지 못했다. 문화재청에 제출할 전통 매사냥 자료를 정리하던 아버지가 흠뻑 젖은 모양새로 들어온 나를 보고 한마디 했다.

"젊음이 좋긴 좋구나. 한겨울에 반팔 입고 나돌아 다니고 말이다."

비꼬는 것도 어찌나 선비처럼 하시는지. 말대답을 하고 싶었지만 입이 얼어서 입도 뻥긋할 수 없었다. 놀란 붕어마냥 입만 뻐끔거리자, 아버지가 목에 두르고 있던 수건을 던져 줬다. 나는 아버지의 체온이 그대로 묻어 있는 수건에 얼굴을 묻었다. 홀아비 냄새가 났다. 그래도 따뜻했다.

"옷이 그것밖에 없냐? 길바닥에서 동사하기 딱 좋은 옷이구나."

나는 빗물에 젖어 요상한 모양새로 우그러진 가죽 재킷을 본다. 분명 살 때는 백 퍼센트 리얼 가죽이라고 했는데, 그깟 빗물에 젖었다고 쪼그라지고 울어서 주름지는 것을 보아하니 200퍼센트 합성피혁, 즉 레자인 게 분명했다. 똠양꿍 새끼, 어디서 이딴 걸 추천해 갖고는. 내일 만나면 죽었다!

아랫목에 누웠다. 뜨끈한 온기가 전신에 확 퍼져 나간다. 뜨거운 커피 잔 속에서 녹는 설탕처럼 스르륵, 온몸이 온돌 장판 위에서 녹아드는 것 같았다. 아버지는 자리에서 일어서더니 장식장 서랍을 열었다. 종이 상자 하나를 들고 오더니 내 곁에 앉았다. 뭔가 싶어 고개를 빼 들고 보았더니, 구슬이었다. 작은 나무 구슬이 상자 안에 하나 가득이었다. 이름 모를 나무 향이 났다.

"뭐예요?"

"보면 모르냐?"

아버지의 투박한 손이 움직인다. 뭉툭한 엄지와 검지로 작은 나무 구슬을 잡아 실에 엮는다. 구슬 꿰기다.

"부업하게요?"

"뭐 그런 셈이지. 저 위에 산사 스님이 염주 만드는데 도와 달라고 해서 말이다. 냄새 맡아 볼래? 향나무란다, 요 쪼그만 구슬이."

다짜고짜 아버지가 작은 구슬을 내 콧구멍에 집어넣을 기세로 코밑에 들이댔다. 알싸한 냄새가 밀려들었다.

"돈은 받아요?"

"짜식이…… 넌 돈밖에 모르냐?"

"돈 없으면 다 말짱 꽝이니까요."

돈 얘기 앞에서 아버지가 침묵한다. 아버지가 침묵한다고 불편하거나 미안해지지 않는다. 돌아보니 아버지 얼굴에 웃음이 배어난다. 작은 구슬을 실에 꿰려고 요리조리 돌려 가며 여간 집중하는 게 아니다.

"엄마 하나 만들어 주면 좋겠네."

내 말에 아버지는 고개도 들지 않고 염주만 만들며 퉁명스럽게 말한다.

"네 엄마가 퍽이나, 고맙습니다, 하겠다. 돼지 목에 진주를 걸어 주지. 아마 이걸 줬다간 돈이나 갖다 달라고 꽥 소리 지를 여자다."

말을 시킨 내가 잘못이다. 나는 담요를 펼치며 아랫목으로 몸을 더 밀어 넣었다. 몸이 나른해진다. 온몸에서 힘이 빠져나간다. 까무룩 잠이 들 때쯤 나는 진한 향나무 냄새를 맡았다. 아버지가 커다란 향나무 아래에서 엄마한테 당신이 직접 만든 염주를 건네고 있었다. 엄마는 근심 걱정 하나 없는 온화한 낯으로 아버지가 건네는 염주를 받아 손목에 끼웠다. 삶의 무게 때문에 한껏 굵어진 엄마의 손목은 젊은 시절의 가냘픈 그것처럼 예뻐 보이지는 않았다. 하지만 아버지의 염주는 엄마의 고단한 손목에 위안이 되지 않을까 기대감을 불러왔다. 어쩌면 두 사람은 다시 예전처럼 얼굴을 맞대고 소리 내어 웃을 수 있을지도 모르겠다. 엄마의 얼굴에 희미하게나마 미소가 번졌다. 붉은 립스틱을 바른 엄마의 입술은 부드러운 곡선을 만들어 내고 있었다.

"이 자식, 발은 닦고 자는 거야?"

아버지의 투박스런 목소리가 점점 멀어져 간다. 얼었던 몸이 녹자, 온몸이 이불 속으로 녹아드는 것 같았다.

'엄마는 지금쯤 붕어빵을 팔고 있으려나? 많이 추울 텐데.'

향나무 염주가 엄마에게서 나는 붕어빵 냄새를 지울 수 있을까?

6

눈물의 자장면

"여기 간자장 곱빼기 둘이요!"

자기 용돈도 모자란다고 늘 투덜대던 녀석이 호쾌하게 간자장 곱빼기를 시켰다. 나는 똠양꿍을 의아하게 쳐다봤다. 녀석이 누런 이를 드러내고 씩 웃었다.

"네 생일이잖아. 너 혼자 곱빼기 시켜 주면 네가 나한테 미안해할까 봐. 그리고…… 보로, 보내 줬잖아."

"눈 깔아!"

보로는 고무장갑처럼 질긴 녀석이었다. 도무지 나의 말을 들으려 하지 않았다. 요 며칠 지나치게 말을 잘 듣는다 했다. 보로 녀석은 나를 자기 '애완인'쯤으로 생각하는 것 같다.

아침부터 기분이 좋지 않았다. 아무리 관심이 없다고 해도 최소한 아버지라면 아들 생일쯤은 기억해 줄 것이라 믿었다. 하지만 아버지는 치매 노인처럼 아무것도 기억하지 못했다. 심지어 아침 밥상에서 내가 "오늘따라 미역국이 먹고 싶네"라고 운을 떼었을 때 조차도.

"잔소리 말고 빨리 먹고 응방 나가. 매 똥 치우는 거, 왜 자꾸 까먹냐? 내가 널 똥통에 빠뜨려야 안 까먹을래?"

생일날 아침, 아들을 똥통에 빠뜨리겠다고 위협하는 아버지를 아버지라 불러야 할지 의문이다. 어제 저녁에 먹다 남긴 찬밥을 맹물에 꾹꾹 눌러 말아 먹으니 엄마의 심정이 어렴풋이 이해되었다. 아침에 갓 지은 밥을 허겁지겁 먹는 아버지. 아버지의 머릿속에는 오늘 있을 보로의 첫 야외 사냥 훈련으로 가득 차 있을 것이다. 이럴 줄 알았으면 저 뜨뜻한 밥, 내가 먹을 걸. 서럽다, 더럽게 서럽다. 이다음에 나는 아들을 낳으면 생일만큼은 꼬박꼬박 챙겨 줄 거다.

올겨울 들어 가장 따뜻한 날이다. 날씨도 내 생일을 축하하는구나, 생각하니 마음이 좀 풀리는 것 같다. 이렇게 스스로를 위로할 수밖에 없는 내 처지가 가엾다. 뭐, 어쩌랴. 이게 내 팔자인 것을!

응방으로 향하는 길에 쭉 뻗어 있는 가로수들을 보고 있자니 을씨년스럽기 짝이 없다. 빨리 가서 매 똥 치우라는 아버지의 잔소리가 있었지만, 영 내키지 않았다. 하긴, 언제는 마음이 내켰나. 걸음을 멈추고 서서 유달리 앙상한 나무 한 그루를 올려 보았다. 봄이 오면 바싹 마른 가지에도 새잎이 나고 꽃이 피겠지?

바지 주머니 안에서 진동이 느껴졌다. 응방에 갈 때마다 나는 늘 휴대전화 벨소리를 진동으로 맞춰 놓는다. 벨 소리를 듣고 매들이 놀라는 것을 방지하기 위해서다. 처음엔 아버지 말을 귓등으로 듣고 벨 소리를 그냥 놔뒀다가 죽지 않을 정도로 기합을 받았다.

"생일 축하해, 아들!"

엄마였다. 역시 엄마밖에 없었다.

"미역국은 먹었어?"

짧은 순간이었지만 뭐라고 대답할까 고민하다가 선의의 거짓말을 하기로 했다. 아버지를 위해서가 아니라 나 자신을 위해서였다. 그리고 속상해할 엄마를 위해서였다.

"미역국은 촌스럽잖아. 남들 다 먹는 거고. 색다르게 미역무침으로 먹어 줬어."

수화기 너머로 엄마의 웃음소리가 들려온다. 그러나 나는 속지 않는다. 웃음소리 사이로 작은 한숨이 새어 나고 있었다.

"동준아."

"응?"

잠깐의 정적. 이런 분위기, 진짜 싫은데……. 요즘 들어 엄마와 통화할 때면 이상한 기운이 흐른다. 엄마는 어딘가 아주 멀리 가 버릴 사람처럼 군다.

"엄마가…… 엄마가 많이 미안해."

또 그 소리다. 멜로 영화를 찍는 것도 아니고 뭐가 그리 미안한 게 많은지 모르겠다.

"미안하면 엄마가 집에 와서 내 생일상 좀 차리지 그랬어?"

상처 줄 말인지 알면서도 서슴없이 내뱉는 나. 왜 이런지 나도 모르겠다. 오늘은 괜히 아침부터 심통만 난다.

"그러게나 말이다. 내가 무슨 놈의 떼돈을 벌겠다고 우리 아들 미역국 한 그릇 못 끓여 주고 이렇게 지지리 궁상인지 모르겠다."

엄마가 또다시 한숨을 쉬기 전에 나는 짐짓 명랑한 어투로 말했다.

"진심이야, 지금 하는 말?"

"아니! 송동준, 너야말로 엄마가 열 달 죽어라 품고 고생해서 낳았으면 고맙다고 양말이라도 한 켤레 선물해야 하는 것 아냐? 이래서 아들자식은 소용없다는 건가?"

엄마의 밝은 목소리가 전화기를 타고 귓가에 흘러든다. 하지만 나는 속지 않는다. 엄마는 일부러 즐거운 척 연기를 하고 있는 것이다.

"엄마, 끊어. 나 친구 만나러 가야 돼. 나중에 통화해."

내가 먼저 끊어 버렸다. 평소에는 엄마가 전화를 끊는 소리까지 듣고서야 아쉬운 마음으로 종료 버튼을 눌렀는데…….

응방에 도착하니 밤사이 잘 지낸 매들이 나를 소, 닭 보듯 한다. 이래서 이 녀석들은 정이 안 간다. 아버지는 왜 매들의 눈을 볼 때면 가슴이 뜨거워지고 서늘해진다는, 뭣 하나 짝에 맞지 않는 소리를 늘어놓는지 이해할 수 없다.

"야, 보로. 말해 봐. 해피 버스데이 투 주인님!"

녀석이 또다시 매서운 눈초리로 나를 뚫어져라 바라본다.

아, 불편하기 짝이 없는 녀석, 보로!

웅방의 참매들이 날갯짓을 하며 나를 반겼다. 녀석들이 나를 반기는 이유야 뻔했다. 날 똥 치우고 먹이 주는 몸종으로 생각하는 게 분명했다.

"그만 싸라, 이 닭대가리야."

나는 똥을 치우다 말고 울컥 화가 치밀어 올라 보로에게 소리쳤다. 만만한 것이 보로였다.

웅방으로 걸어올 때 받았던 똠양꿍의 문자를 확인했다.

진우 사촌 형 등장. 무한 본능, 국도 질주! 동참하삼.

진우의 사촌 형은, 비록 개조한 것이기는 했지만 버젓이 스피드를 즐길 수 있는 바이크를 소유하고 있다. 고교 시절 꾸준히 말썽을 부리면서 학교를 다니던 형이었는데, 대학에만 합격하면 해 달라는 것을 다 해 주겠다는 부모님의 말에 태어나 처음으로 공부란 것을 죽어라 하더니 덜컥 4년제 대학에 들어갔다. 사촌 형이 대학에 합격하고 자신만의 바이크를 갖던 날, 진우가 똠양꿍과 나에게 말했다.

"역시 독하게 놀던 놈들이 공부도 독하게 하더라구. 큰아버지도 놀란 눈치야. 뭐, 형이 할리 데이비슨만 골라잡지 않기를 기도하시겠지."

진우의 사촌 형은 대학생이 되면서 철도 덩달아 들었는지,

다행히 할리 데이비슨을 고르지는 않았다.

사촌 형은 방학 때마다 대학생의 특권과 잿빛 광택이 찬란한 자신의 바이크를 선보이러 우리들을 찾았다. 그는 만리장성의 안중근 형과 달라서 종종 우리에게 자신의 바이크를 탈 수 있는 기회를 제공했다.

기껏 우리 안을 치워 놨는데 보로 녀석이 찍, 하고 똥을 쌌다. 열이 확 뻗쳤다.

"야! 이 똥 보로 닭대가리 자식!"

지금쯤 녀석들은 나를 빼놓고 국도변을 질주하고 있을 터였다. 차가운 겨울바람이 전신을 휘감는 듯한 바이크의 스피드를 온몸으로 느끼고 있을 것이다.

"매한테 닭대가리가 뭐냐? 이 닭대가리 같은 자식."

아버지였다. 젊음을 만끽하고 싶은 아들의 진심은 몰라준 채, 참매의 똥 뒤치다꺼리나 하고 있으라니. 분명 아버지의 젊은 시절에는 사내다운 그 무엇이 존재하지 않았을 것이다. 꿈이나 열정, 스피드 같은 근사한 그 무엇이.

"하나밖에 없는 아들한테 닭대가리가 뭐예요?"

"그 녀석, 참 더럽게 잔소리 많네. 빨리 치우고 매들 먹이 준비해 놔."

아버지의 명령에 나는 볼멘소리로 항의를 하려고 했으나, 그래 봤자 딱밤 세례밖에 더 받겠는가 싶어서 일단 참기로 했다. 그 대신 나의 짜증을 보로에게 풀었다.

163

"그놈의 자식, 더럽게 말 안 듣네. 그만 싸고 저리 가서 있어, 보로!"

어김없이 딱밤이 날아왔다. 이로써 증명되었다. 나는 아버지에게 참매 한 마리보다 못한 자식이었다.

"네 놈이 더하면 더했지, 덜하지 않아. 누가 누구보고 말을 안 듣는다는 거냐?"

끝까지 참아 보려고 했지만 서운함이 울컥 치밀었다.

"오늘이 어떤 날인 줄 아세요?"

"어떤 날이긴, 보로가 처음으로 들판에 나가 훈련받는 날이지."

역시 아버지였다. 아버지의 머릿속은 엑스레이로 안 찍어 봐도 다 알겠다. 보로를 바라보는 아버지의 뜨거운 눈빛. 아침에 내가 미역국을 얻어먹었다면, 미역국의 온기도 아버지의 눈빛만큼이나 따뜻했을까. 확신할 수 없다. 지금 내가 확신할 수 있는 단 한 가지 사실은 오늘은 어제와 다른 날이라는 것 하나뿐이다.

오늘은 어제와 다른 날이고 두 번 다시 돌아오지 않을 날임과 동시에 내 인생에 한 번뿐인 열일곱 생일날이다.

"똥준아, 가자!"

똠양꿍이 응방으로 나를 찾아왔다. 똠양꿍은 진짜 의리의 사나이다. 친구 소중한 줄 아는 제대로 된 인간이다. 똠양꿍은 진

164

우네 사촌 형의 바이크에 엉덩이를 붙이기도 전에 내 얼굴이 눈앞에서 어른거렸다고 했다.

"생일 축하한다, 송동준."

생일 축하한다, 송동준…… 생일 축하한다, 송동준…….

내 이름이었다. 변성기를 잘못 거친 똠양꿍의 목소리는 솔직히 별로였다. 쇳소리가 조금 섞인 녀석의 목소리를 매력적으로 들을 사람은 없었다. 하지만 내 귀에는 그 어떤 성우의 목소리보다 감동적이었다.

"생일날엔 면을 먹어야 한대. 그래야 오래 산대. 똠양꿍 먹으러 갈까?"

과연 녀석다웠다. 남들이 생각지도 못하는 발상을 하는 똠양꿍은 진정 국제화 시대가 낳은 글로벌 친구였다. 필리핀 어머니의 영향을 받아 국제적으로 노는구나.

"그런데 똠양꿍. 똠양꿍이 면이야?"

"아하."

똠양꿍의 '아하'를 과연 어떤 의미로 해석해야 할까. 그러고 보니 녀석과 나는 똠양꿍이 필리핀 음식인지, 태국 음식인지, 베트남 음식인지 파악도 못한 상태였다.

"어쨌든 생일에는 면만 먹으면 되는 것 아니겠냐? 오래 산다는 게 중요하지."

똠양꿍이 큰소리를 쳤다. 그러고는 내게 악수를 청하며 노래하듯 다시 한 번 외쳤다.

"생일 축하해, 친구."

유치원 졸업식과 일곱 살 내 생일은 공교롭게도 같은 날이었다. 보통 2월에 치르는 졸업식이 왜 그해만 12월이었는지는 기억나지 않는다. 나는 엄마와 함께였다. 아버지는 매사냥 훈련으로 그 어느 때보다 바쁜 나날을 보내고 있었다. 아직 회사를 그만두지 않던 때라서 회사 일과 매사냥을 병행하느라 처자식 따위는 안중에도 없었다.

천연기념물이기 때문에 소유할 수 없는 날짐승을 데리고 매사냥을 하기 위해서는 무형문화재로 지정을 받아야 했다. 아버지는 문화재청을 들락날락하느라 눈코 뜰 새 없이 분주했다. 하나밖에 없는 아들의 유치원 졸업식에도 못 올 정도로 말이다. 졸업식장에서 엄마는 나를 세워 두고 수많은 독사진을 찍어 줬다. 엄마와 내가 함께 찍은 사진은 달랑 두 장뿐이었다.

엄마는 애비 없는 자식이나 다름없다며 고개를 설레설레 젓더니 내 손목을 잡고 중국집으로 향했다. 우리는 자장면을 먹었다. 웬일로 엄마는 자장면 곱빼기를 시켜 줬다.

"엄마, 곱빼기 먹어도 돼?"

"응."

"왜에?"

"오늘은 특별한 날이니까. 두 배로 특별한 날."

"두 배로 특별한 날?"

"그럼. 우리 동준이, 유치원 졸업하고 이제 초등학교 형님

되는 기쁜 날이고, 또 세상에 태어나서 엄마 아빠를 기쁘게 해

준 날이기도 하니까."

"아하, 그렇구나."

샛노란 단무지를 한 입 베어 물자, 와삭 하는 경쾌한 소리가

났다. 엄마가 어린 내 등을 툭툭 두드려 줬다.

"악착같이 커서 니 애비 같은 인간은 되지 마라."

자장면 곱빼기가 참 버겁게 느껴진 날이었다.

우울했던 유년의 기억을 떠올리고 있는데 똠양꿍이 내 팔을

잡아당겼다.

"야, 뭔 생각을 그렇게 해? 내가 오늘 특별히 곱빼기 쏜다.

콜?"

"콜!"

똠양꿍이 정답게 어깨동무를 했다. 결국 똠양꿍 대신 자장면

을 먹기로 결정했다.

통아리에 앉아 있던 보로가 똠양꿍 한 번, 나 한 번 쳐다본다.

"면발 맛도 모르는 것이 어딜 뚫어져라 쳐다보냐!"

보로에게 면박을 주었다. 보로를 보더니 똠양꿍이 아버지한

테 말하고 가야 하는 것 아니냐며 걱정스러워했다. 괜스레 부

아가 났다. 이제 똠양꿍까지 아버지와 보로 눈치를 봐야 하다

니 말도 안 된다. 나는 배짱을 부렸다.

"말은 무슨. 내 생일인데."

갑자기 좋은 생각이 떠올랐다. 지극히 충동적인 생각이기도

했다.

"나의 탄신일이 너의 제삿날이 될 것이다, 보로."

"야, 똥준. 뭔 소리야? 너…… 설마……."

설마가 사람 잡는다고 했던가. 하지만 나는 보로를 잡기로
했다. 월급을 포기하고 보로를 날려 버리기로 결심한 것이다.
내 계획을 듣고 똠양꿍이 놀라 혀를 깨물었다.

"도대체 어떤 거지 같은 운명이기에 생일날 미역국도 못 얻
어 먹고 이깟 닭대가리 자식 똥이나 치워야 하냐? 난 이런 더
러운 인생, 용서할 수가 없다, 똠!"

생일에 특별한 의미를 부여하고 싶은 생각은 없다. 하지만
적어도 생일날 아침에는 우리 세 식구가 둘러앉아 밥을 먹었
다. 올해는 엄마도 없고 아버지도 내 생일 따위는 새까맣게 잊
은 눈치다. 게다가 아침부터 '매, 매, 매!' 노래를 부르는 꼴도
보기 싫었다. 매를 낳지, 왜 날 낳았을까?

철없는 고삐리의 어리광이라 해도 상관없었다. 서운하고 서
러웠다. 어떤 식으로든지 내 기분을 아버지한테 똑똑히 알릴
필요가 있었다.

"야, 똥준! 생일날 제사상 받고 싶냐? 아버지한테 죽어,
너."

"한 번 죽지, 두 번 죽냐?"

나는 왼팔을 내밀었다. 보로가 주저하지 않고 내 팔로 날아
들었다. 이제는 익숙해진 모양이었다.

168

지겹다. 이 겨울이 도무지 끝날 것 같지 않았다. 답답한 가슴을 뚫어 줄 나만의 바이크 한 대 없다는 현실이 슬펐다. 그리고 끝을 모르는 아버지의 꿈과 이상에 진저리가 났다.

응방에서 나와 교외 산사로 접어드는 소나무 숲 어귀에서 보로를 날려 보냈다. 매는 정이 없는 짐승이라고 했다. 길들일수 없는 짐승이며 사람을 따르는 유일한 이유가 배고픔인 짐승이라고 했다.

나는 보로를 날려 보내기 전 먹이를 충분히 먹였다. 적어도 배고파서 내 주위를 뱅뱅 맴돌게 만드는 과오는 저지르지 말아야 했다. 녀석이 나를 떠나지 않을 이유는 세상천지 어디에도 없었다.

"아이씨, 똥준! 제대로 버린 거 맞아? 이리로 날아오는 저 날개 달린 짐승, 파리치고는 너무 큰데?"

똘양꿍이 가리키는 곳을 보니 익숙한 날짐승이 내 쪽으로 향하고 있었다.

"말보로 씨, 너한테 사랑을 느낀 것 아닐까?"

"미친 새끼, 내가 쟬 얼마나 미워하는데."

보로가 다시 내 곁으로 날아왔다. 나는 소리를 질러 겁을 줬다. 아버지는 매가 세상에서 가장 예민한 짐승이라고 했다. 보로는 예민 하고 거리가 멀었다. 녀석은 끝끝내 내 곁을 떠나지 않았다. 결국 나는 녀석에게 주먹질을 해 대다가 작은 돌을 집어 던졌다. 보로가 소나무 가지 위에 앉았다. 그리고 나를 주시했다, 언제나처럼.

그러나 나는 미련 없이 발길을 돌렸다. 오늘은 어제와 다른 날이다.

만리장성에 들어서자마자 똠양꿍은 큰 소리로 주문을 했다.

"여기 간자장 곱빼기 둘이요!"

자기 용돈도 모자란다고 늘 투덜대던 녀석이 호쾌하게 간자장 곱빼기를 시켰다. 나는 똠양꿍을 의아하게 쳐다봤다. 녀석이 누런 이를 드러내고 씩 웃었다.

"네 생일이잖아. 너 혼자 곱빼기 시켜 주면 네가 나한테 미안해할까 봐. 그리고…… 보로, 보내 줬잖아."

보로를 버린 것과 간자장 곱빼기 사이에 어떤 관계가 성립하는지 나는 알지 못했다. 의연한 자세로 똠양꿍이 또박또박 말을 이었다.

"먹고 힘내. 이제 너희 아버지가 아시는 일만 남았어."

반질거리는 면발을 보고 있자니 먹을 엄두가 안 났다. 날 쳐다보던 보로의 반질거리는 눈동자가 얼핏 떠올랐기 때문이다. 안중근 형은 배달이 없는지, 건너편 의자에 앉아 아까부터 우리를 지켜보고 있었다.

나와 눈이 딱 마주치자, 안중근 형이 멋쩍은 듯 씩 웃으며 한마디 날린다.

"소년들이여, 지금은 먹어야 할 때. 면발 분다."

170

우리는 문학 시간에 배웠다. 모든 이야기에는 사건이 있고, 각각의 사건에는 원인과 결과가 있고, 하나의 사건이 일어날 때면 언제나 복선과 암시가 숨어 있다고.

보로가 돌아왔다. 분명 내가 버린 매가 맞는데, 녀석이 아버지의 왼팔에 버젓이 앉아 있는 것이었다.

"니가 제정신이야? 싸바랄 녀석! 보로가 어떤 매인데 잃어버린단 말이야? 차라리 네가 집을 잃어버리는 게 낫겠다!"

불같이 화를 내는 아버지 앞에서 차마 "내가 버렸어요, 왜요? 가족이고 뭐고 내팽개친 채 매에 미친 아버지가 싫어서 버렸어요!"라고 외치지 못했다. 그저 잃어버렸어요, 라고 간단명료하게 말했을 뿐이다. 하지만 상황은 결코 간단명료하지 않았다.

어쩐지 간자장이 목에서 안 넘어가더라니!

보로는 미친 새다. 미친 게 분명하다. 미치지 않고서야 집 나간 개가 돌아오듯 다시 돌아올 리가 없지 않은가. 보로, 이 닭대가리는 도대체 몇 번을 풀어 줘야 돌아오지 않을까?

"잘못했으니 응분의 대가가 있어야겠지? 보로의 첫 야외 훈련을 망쳤으니 이달 월급은 없어."

"아버지, 그건……."

나는 노동력 착취라고 외치고 싶었다. 똥 치우고 먹이 시중을 든 게 얼마인데, 월급이 없다니! 말도 안 된다. 냉혹한 자본

주의 사회에서 무임금 노동력 착취는 범죄다.

"더 이상 대꾸할 생각하지 마. 네가 내 아들만 아니었으면 잘렸어. 그래도 피가 땡겨서 참아 준 거야."

피가 땡긴다……. 묘한 말이었다. 괜히 소름이 돋고, 온몸에 스멀스멀 벌레가 기어 다니는 것 같은 느낌이었다. 피가 땡긴다……. 도대체 이 말은 어떤 상황에서 써야 하나? 도무지 모르겠다.

제자리에 멍하니 서 있는데, 아버지가 툭 내던지듯 말한다.

"집에 일찍 들어가, 보로 데리고. 넌 네 새끼를 버린 것이나 다름없는 짓을 한 거다."

보로와 나의 피는 달랐다. 이 닭대가리와 내가 어미 새와 새끼로 묶일 수는 없지 않은가. 하지만 아버지의 표정을 보아하니, 말을 듣지 않았다간 되려 내가 버림받을 상황이었다. 여름이면 상관없겠지만, 지금은 겨울. 버림받기에 썩 좋지 않은 계절이다.

어두컴컴한 집 안으로 들어가 불을 켰다. 좁은 거실 바로 옆으로 이어진 부엌 공간이 보였다. 부엌 한가운데 놓인 낡고 오래된 교자상. 상 위에 덮여 있는 신문지를 밀쳐 내니, 국그릇과 흰쌀밥이 고봉으로 가득 담긴 밥공기가 눈에 들어왔다. 국그릇 안에는 다 식어 버린 미역국이 있었다. 새로 썰어 놓은 김치도 있었다. 썰어 놓은 지 한참 지났는지, 겉이 말라 있었다. 식어 버린 음식들……. 아침에 차린 것이 분명했다. 상 가운데에 작은 조각 케이크가 놓여 있었다. 숫자 모양의 초도 눈에 띄었다. 초콜릿 케이크 위에 1자가 떡 하니 꽂혀 있고, 상 위에 6자와 7자가 나뒹굴고 있었다. 아마도 아버지는 6과 7 사이에서 한참을 고민했을 것이다.

나도 모르게 웃음이 났다. 나는 지나 버린 나의 열여섯과 현재 진행형인 열일곱을 떠올리며 1, 6, 7 세 가지 숫자 모양의 초를 몽땅 케이크에 깊숙이 박았다.

1, 6, 7 세 숫자에 불을 붙였다. 소원을 빌고 초를 꺼야 하는데 대체 무엇을 빌어야 할지 머릿속이 새하얗다. 잠시 주춤거리는 사이, 보로가 날갯짓을 했다. 그 바람에 촛불의 불이 꺼져 버렸다.

"잘한다, 보로. 인물 났다, 인물 났어."

언제나 나를 뚫어져라 바라보는 보로의 매서운 눈빛. 나는 보로의 두 눈을 찌르는 대신, 초콜릿 크림을 녀석의 부리에 묻혀 버렸다.

똠(Tom)은 끓이다, 얌(Yum)은 새콤하다, 꿍(Goong)은 새우를 뜻한다. 그러니까 똠얌꿍은 새우를 넣고 새콤하게 끓인 음식이다. 인터넷으로 검색하니 똠얌꿍은 베트남 음식도, 카레에 밀린 인도 음식도, 똠얌꿍 어머니의 고향인 필리핀 음식도 아니었다.

태국을 대표하는 음식, 세계 10대 음식 중의 하나, 아시아 3

대 음식 중의 하나, 그리고 세계 3대 수프 중 하나가 바로 똠양꿍이었다.

요 며칠 똠양꿍이 보이지 않았다. 학교 보충수업에도 나타나지 않았다. 나는 녀석이 급기야 완벽한 탈선의 길로 들어서나 보다고 장난처럼 말했다. 그러자 진우가 심각한 얼굴로 중요한 사실 한 가지를 알려 줬다.

"돼랑이 패거리가 다시 이 동네로 온 것 몰라? 돼랑이, 그 새끼 다음 학기부터 우리 학교 다시 다녀. 돈 많은 집 새끼니까 사고 쳐도 돈의 힘으로 잘 바르는 거지. 똠양꿍만 힘들게 됐어."

돼랑이는 유치원에 다니던 시절부터 똠양꿍을 그림자처럼 따라다니며 괴롭히던 녀석이었다. 본명은 육형두. 돼랑이의 성은 '고기 육' 자를 쓴다는 소문이 있었다. 이름처럼 생김새도 돼지 같았다. 실제로 돼지고기를 엄청 먹어 대기도 했다. 목소리는 또 얼마나 큰지 호랑이가 포효하는 것 같았다. 돼지와 호랑이의 합성어, 돼랑이. 아무튼 돼랑이는 중학교 2학년 봄에 똠양꿍을 무턱대고 학교 뒷산으로 끌고 가 인종 청소를 한다는 말도 안 되는 이유로 때렸다. 녀석은 퇴학 처분 대신 자진해서 다른 학교로 전학 가는 것으로 사건을 무마시켰다. 꽤 먼 데로 이사를 갔는데, 다시 돌아오다니!

똠양꿍의 휴대전화가 꺼져 있다. 겁을 먹은 것일까? 아니다, 똠양꿍은 겁을 먹을 친구가 아니다. 녀석은 고스톱 판에서 밑

천이라고는 한푼도 없으면서도 늘 "고!"만 외치는 우리 아버지와 닮은 구석이 있었다.

중2 때 돼랑이한테 기습적으로 공격을 당해 끌려가서 맞던 날, 똠양꿍은 자존심에 상처를 입었다. 나는 그 자존심의 상처가 똠양꿍 자신에 대한 상처가 아닌, 똠양꿍의 어머니에게서 기인한다는 사실을 아는 유일한 사람이었다. 똠양꿍은 '튀기'니 '혼혈아'니 '반쪽짜리'니 하는 소리보다 사람들이 엄마한테 하는 '애정이나 있어서 결혼했겠어? 그냥 팔려 온 거지' 따위의 말에 상처를 입었다. 튀기라는 말은 온전한 사실이니까 아무렇지 않지만, 부모의 결혼을 두고 운운하는 말은 새빨간 거짓이라서 참을 수가 없다고 했다.

똠은 말했다. 티브이고 라디오고 아무리 광고를 때려 봤자 사람들의 의식 속에 깊게 자리 잡은 편견은 때려잡을 수가 없다고. 다문화 가정이라는 말 자체가 말이 안 된다고 했다. 백인 부모를 둔 혼혈 아이에게 다문화라는 말을 갖다 붙이는 것을 봤느냐고 녀석은 따졌다. 다문화 가정이란 말은 부모 중 한 명이 후진국에서 왔고 피부색이 검은색일 때 적용되는 말이라고 했다.

눈을 뜨지 못할 정도로 맞고 며칠 병원에 입원했던 그때, 열다섯 살의 똠양꿍은 이렇게 말했다.

"동준아. 난 이다음에 대한민국 주민등록증을 받을 수 있을까? 대한민국 여권이나 가질 수 있을까? 군대에서 날 오라고는 할까?"

"너, 머리 다쳤냐? 대한민국 사람인데 당연히 주민등록증 받고 여권 갖고 군대 가지. 너처럼 맷집 좋은 새끼는 해병대가 딱이야."

똠양꿍이 갑자기 소리 내어 서럽게 울었다. 어깨를 들썩이며 얼굴이 눈물, 콧물 범벅이 되도록 우는 녀석 앞에서 나는 충격을 받았다.

"그 돼랑이 개새끼가…… 우리 엄마보고 국제 창녀란다. 돈 300에 팔려 온 필리핀 창녀라고 떠들어 대는데…… 우리 엄마, 그런 거 아니거든! 넌 알지? 우리 엄마랑 아빠가 얼마나 사랑하는지."

나는 똠양꿍의 부모가 서로를 얼마나 사랑했고 사랑하는지 알지 못했다. 하지만 내가 늘 보아 오던 똠양꿍의 부모님은 좋은 사람들이었고 서로에게 자상한 사람들이었다. 그리고 무엇보다도 가족이란 이름 아래에서 늘 웃는 분들이었다. 눈물을 흘리는 열다섯 살 똠양꿍의 눈동자에서, 나는 분노와 슬픔과 적의와 복수심을 보았다. 더럭 겁이 났다. 내가 아는 똠양꿍이 사라져 버린 것 같아서였다.

"나, 이 나라 버릴 거야. 우리 엄마 욕보이는 이 나라, 버릴 거야. 이다음에 커서 나 혼자 스스로 생각하고 움직일 수 있는 때가 오면 돼랑이 새끼 죽도록 패 버리고 이 나라 뜰 거야!"

어쩌면 슬픔은 세상에서 가장 큰 무기가 될 수도 있겠다고,

나는 어렴풋이 생각했다. 슬픔은 분노를 만들고 분노는 싸울 힘을 만들어 주는 법이니까.

제발 열다섯 살 때처럼 똠양꿍이 혼자 있을 때, 돼랑이 패거리한테 끌려가는 일은 없어야 하는데……. 나는 두 번 다시 슬픔에 가득 찬 똠양꿍의 눈을 보고 싶지 않았다.

보로를 버리려고 했다는 이유만으로 아버지에게 '싸가지 바가지'니, '인정머리 제로'라느니 하는 비난을 귀에 딱지가 앉을 정도로 들었다. 화가 단단히 난 아버지 덕분에 나는 내 새끼를 버린 비정한 놈이란 오명을 씻고자 갖은 노력을 해야만 했다. 그 노력의 하나로 보로를 데리고 산책하는 중이었다.

보로가 커다랗게 날갯짓을 했다. 가만히 있으라고 구박하려는 찰나, 공터 쪽으로 향하는 한 무리를 발견했다. 돼랑이 무리였다. 그리고 그 무리에 둘러싸인 똠양꿍이 제 발로 순순히 돼랑이 뒤를 따르고 있었다. 녀석의 표정은 마지막 결전을 앞둔 독립운동가처럼 비장해 보였다. 여느 때와는 달리 번뜩이는 똠양꿍의 눈동자가 불안했다. 녀석들이 공터 쪽으로 사라졌다. 생각할 것도 없이 나는 달리기 시작했다.

싸움이 시작되었다. 돼랑이 새끼! 역시 비겁했다. 똠양꿍을 에워싸더니 주먹질을 시작했다. 일대일의 승부 따위는 존재하지 않았다. 사나이답지 못하게 떼로 덤벼들다니! 의외로 똠양꿍은 선전을 하고 있었다. 다른 녀석들이 패거나 말거나 똠양꿍은 "한 놈만 팬다!"라는 어느 영화의 대사처럼 착실하게 돼랑이만을 목표로 주먹을 날리고 있었다. 궁지에 몰린 돼랑이를 보호하기 위해 돼랑이의 오른팔인 개밥그릇 자식이 공터에 버려진 각목을 들어 똠양꿍의 허벅지를 가격했다. 똠양꿍이 무릎을 꿇고 그대로 주저앉았다.

"야, 이 새끼들아!"

내 입은 내 머리보다 빨랐다. 녀석들 무리는 네 명이었고 똠양꿍과 나는 달랑 둘이다. 그리고 우리는 주먹질을 밥 먹듯 하던 양아치들과 질적으로 다른 주먹을 가지고 태어났다.

"여긴 뭣하러 왔어?"

실컷 얻어터진 얼굴을 하고도 똠양꿍의 입은 온전히 살아 있었다. 다행이었다. 보로가 날갯짓을 했다. 돼랑이와 패거리 녀석들은 은근히 놀란 눈치였다.

보로는 아버지를 닮아서 과장과 허풍이 심한 편이었다. 날갯짓을 한 번 하더라도 어떻게 해야 더 크고 무시무시하게 보이는지 아는 날짐승이다. 참매의 날개 길이는 25~30센티미터, 그 날개를 폈을 때는 105~130센티미터다. 충분히 위협적일 수 있단 소리다. 보로가 태어난 지 1년을 갓 넘긴 어린 보라매라고 해도 날개를 활짝 펴면 적어도 90센티미터는 되어 보였다.

나는 보란 듯이 잇새로 침을 찍찍 뱉어 대며 녀석들을 향해 당당하게 소리쳤다.

"너희 그거 아냐?"

"뭘?"

보로를 앉힌 왼팔을 번쩍 들어 보였다. 보로 녀석, 오늘 제대로다. 내가 왼팔을 번쩍 들자 비상할 때처럼 날개 전체를 활짝 펴는 것이 아닌가! 날카로운 부리를 쩍 벌리며 당장에라도 돼랑이 패거리를 고기 씹듯 씹을 기세였다. 바보 같은 개밥그릇 자식이 겁을 먹었는지 한 걸음 뒤로 물러났다.

"매는 말이지, 눈깔만 파먹어. 눈깔만, 까만 눈동자."

나는 눈에 힘을 줬다. 길게 찢어진 내 눈이 동그랑땡처럼 둥그레지는 느낌이었다. 돼랑이의 눈동자가 잠깐 흔들렸다. 돼랑이의 멍청한 눈동자에 의기양양한 내 모습이 비쳤다. 꼿꼿한 자세로 내 팔에 앉아 있는 보로의 모습이 돼랑이의 작은 눈동자 귀퉁이에 자리 잡고 있었다.

"왜냐하면 꿩 사냥 후에 꿩 눈알만 파먹도록 훈련을 시키거든. 꿩이 못 도망가게."

아무리 생각해도 의미심장한 말이었다. 나는 누굴 닮아 이토록 말주변이 좋단 말인가. 필시 아버지 유전자인데 솔직히 인정하고 싶지는 않다.

겁을 먹은 돼랑이와 개밥그릇이 분한 표정을 지으며 뒤로 물러섰다. 사실대로 말하자면, 매들에게 눈알만 파먹으라고 훈련을 따로 시키지 않는다. 도대체 가당키나 한 소린가. 우리가 매에게 눈알만 먹으라고 한다고 눈알만 먹고, 똥꼬만 먹으라고 한다고 똥꼬만 파먹겠느냐는 말이다.

매는 본능에 충실한 동물이다. 사냥 후, 눈을 파먹는 건 먹잇감이 시야를 잃어 도망치지 못하게 하려는 작전일 것이다. 그러고 보면 날짐승 주제에 제법이다. 적어도 뒤를 감추며 달아나는 돼랑이나 개밥그릇보다 매들이 훨씬 아이큐가 좋을 것이라는 데에 10만 원 걸겠다.

"다음엔 가만 안 둘 줄 알아!"

도망치던 돼랑이 무리들이 뒤를 돌아보며 내게 가운뎃손가락을 날렸다. 나는 의기양양하게 다리를 벌리고 서서 나의 왼팔에 앉은 보로를 앞으로 들이미는 시늉을 했다.

"뭐 그러시든지!"

지금 이 순간만큼은 세상에 무서울 것도, 두려울 것도, 답답할 것도 없다. 보로가 내 팔에 껌 딱지처럼 매달려 있는 한, 녀석들은 공격할 엄두도 못 낼 것이다. 보로, 이 애물단지가 나의 천군만마가 되다니, 인생이란 오래 살고 볼 일이다. 어제의 적이 오늘의 동지가 되고 어제의 원수가 오늘의 조력자가 될 수도 있다.

"제법이야, 똥준. 말보로 씨 미워한다며 훈련시킬 건 다 시키고 있네."

똠양꿍이 터진 입으로 말했다. 돼랑이한테 입 주변을 한 방제대로 먹은 모양이었다. 나는 오른손을 내밀어 바닥에 주저앉아 있는 똠양꿍을 일으켜 세웠다.

180

고개를 돌리니 보로가 날 주시하고 있다. 사냥 습성을 못 버리는 듯, 까만 눈동자가 나를 매섭게 쏘아보고 있다.

"눈 깔아. 보로!"

7

나예리,
나쁜 계집애

"좋아하는데! 내…… 내 감정은 어쩌고?"

어쩌자고 헤어지자는 애한테 내 감정 따위를 운운하는지 모르겠다.

병신 새끼. 내 자신에게 할 수 있는 말은 이것뿐이었다. 병신, 상병신.

예리는 딱 잘라 말했다.

"니 감정? 접어. 내 감정은 내가 알아서 접을 테니까."

"하루를 열흘같이 살아."

"어떻게요?"

우매한 아들 녀석의 앞날이 걱정스러운지 아버지가 한숨을 내쉬었다.

"피똥 싸란 소리야."

아버지가 불편한 듯 의자에서 일어났다.

아버지는 치질이었다. 매번 화장실에 갈 때마다 우시장에 끌려가는 소처럼 괴로워했고, 나올 때는 지옥을 다녀온 사람처럼 넋이 반쯤 나간 표정을 지었다. 아버지를 보면 치질의 고통을 어렴풋이나마 알 수 있었다.

"수술하지 그래요?"

"뭔 수술?"

"치질이요. 아파서 방귀 한 번 제대로 못 뀌면서."

끙, 하는 신음 소리를 내더니 아버지는 당신이 직접 만든 치질용 의자에 앉았다. 작은 플라스틱 의자 중앙에 구멍이 나 있었다.

"겨울 지나면."

아버지의 대답은 언제나 한결같았다. 이놈의 겨울! 아버지에게는 한겨울은 물론이고, 겨울이 지나서도 해야 할 일들이 쌓여 있었다. 초겨울, 말썽 많은 왼팔 때문에 엄마와 한바탕했던 것도 모자라 이젠 치질이다.

"동준아, 우리 옹방으로 살림살이 옮긴다. 그런 줄 알고 짐 챙겨."

"네?"

내가 보일 수 있는 반응의 전부였다.

"엄마도 알아요?"

"곧 알게 되겠지. 아직 말하지 않았어. 정리되기 전에 말하면 시끄럽기만 하지. 어차피 일어날 일, 조용히 처리할 거다."

과연 아버지와 엄마 사이의 일 중에 조용히 처리될 만한 것이 단 한 가지라도 있었던가?

아버지가 기어이 집을 내놨다. 비록 손바닥만 한 낡은 빌라였지만 집이라고 좋았는데…….

모든 것이 그 잘난 매 때문이다. 누구 하나 지키려 하지 않는 전통 때문이다. 전통, 아버지, 고집…… 내가 이해할 수 없는 것들 속에서 내 몸은 점점 얼어 가고 있었다.

보일러가 터졌다.

"시선은 높게! 네가 보는 곳이 보로가 보는 곳이다!"

첫 야외 사냥 훈련. 나와의 야외 훈련이 처음임에도 불구하고 눈가리개를 풀고 창공으로 날리자, 보로는 날쌔게 날아올랐다. 어린 보라매라고 해도 맹금류는 기본적으로 유전자에 사냥 본능이 뼛속 깊이 새겨져 있다는 말이 딱 맞는 순간이었다.

"고개 숙이지 말고 보로가 날아간 방향을 향해 끝까지 시선을 들어!"

아버지가 요즘 들어서 내게 가장 많이 한 말은 "시선을, 팔을 높이 들어라!"였다. 아버지는 항상 '하늘 멀리'를 주시하라고 호통쳤다. 하지만 바닥을 보며 걷는 내 오랜 습관은 쉽사리 고쳐지지 않았다.

'하늘 멀리'에는 언제나 희멀건 구름뿐이었다. 희멀건 구름, 끝을 알 수 없는 시퍼런 겨울 하늘. 그렇게 한참을 매의 뒤꽁무니만 뚫어져라 보고 있으면 머릿속이 아득해진다.

아버지는 수십 년 세월 동안 매를 날리고 매를 기다렸다. 사라지는 매의 뒤꽁무니를 보면서 아버지는 무슨 생각을 했을까?

배꾼인 정씨 아저씨가 보로가 날아간 방향을 일러 줬다.

"가자!"

아버지의 말이 떨어지기가 무섭게 나는 보로가 있는 곳으로 달려갔다. 메마른 나뭇가지에 옷자락이 걸렸다. 매는 꿩의 털을 뜯고, 나뭇가지는 매꾼의 옷을 뜯고, 매꾼 마누라는 땔거리를 위해 사립문을 뜯는다는 말이 떠올랐다. 나는 나뭇가지에 뜯겨 올이 풀린 옷자락을 성마른 손길로 홱 잡아채며 얼어붙은 숲길을 달렸다. 탁 트인 들판이 눈앞에 나타났다.

"성공이다! 아이구, 내 새끼. 장하다!"

보로가 꿩을 잡았다. 처녀 사냥을 성공리에 마쳤다. 녀석은 날카로운 발톱으로 꿩의 숨통을 틀어쥔 채 포획물을 포식하고 있었다. 사냥감이 남아나지 않겠다며 아버지가 나에게 보로를 살피라고 했다.

매사냥에서 특히 중요한 것은 사냥에 성공한 매를 먹이에서 떼어 내는 일이다. 맛도 보기 전에 너무 빨리 떼면 화가 나서 도망가기 일쑤고, 그렇다고 마냥 포식하게 놔두면 배가 불러 더 이상 사냥하지 않는 것이 매였다. 그래서 주로 골을 파먹도록 놔둔다. 그것을 '골단장'이라고 부른다.

나는 조심스레 보로를 붙잡아 들어 올렸다. 몇 번의 날갯짓을 했으나 보로는 순순히 내 곁으로 돌아왔다.

'해냈어. 내가 해낸 걸 보라구.'

순간, 몸 안의 피가 뜨거워졌다. 나를 바라보는 녀석의 암흑과 같은 까만 동공에 상기된 내 얼굴이 비친다. 흡사 거울을 들여다보는 듯한 이 기분은 대체 뭘까?

"합격이다."

보로와의 첫 사냥을 성공리에 마쳤음에도 아버지가 내게 건넨 말은 너무나도 간단명료했다. 고목같이 거친 아버지 손이 내 어깨에 잠시 놓였다가 사라진다. 바람과 같은 아버지의 무게. 가슴 한구석이 쓰르르, 쓰리다.

엄마의 낡은 가방과 아버지의 고목 같은 손 사이에서 나는 휘청거린다. 보로가 내 몸에 제 몸을 기대 온다. 나는 녀석의 작은 머리통을 손가락으로 톡톡 두드린다.

"기대지 마라. 네 몸은 네가 알아서 건사해. 그래야 어른 매가 되는 거라구."

이사 갈 채비를 하며 짐을 정리하던 중, 나는 깜짝 놀랐다. 이 빌라에서 대부분의 시간을 보낸 사람은 아버지였는데 정작 아버지의 짐은 거의 없었다. 반면에 늘 집을 떠나 있던 엄마의 짐이 생각보다 많았다.

아버지가 봄에나 어울릴 법한 화사한 핑크색 화물용 가방을 사 왔다. 잠시 엄마의 짐을 그 안에 넣어 두라고 했다. 차곡차곡 엄마의 물건을 싸던 중 연초록빛 홈드레스를 발견했다. 아버지가 회사를 그만두지 않았을 적, 매를 집에 데려오지 않았을 적, 엄마가 '부장 사모님' 소리를 듣던 시절 즐겨 입던 옷이었다.

그 시절, 엄마는 참 예뻤다. 그리고 자주, 많이 웃었다. 나는 아버지에 대해 단 한 번도 심각하지 않았던 때였다. 그냥 아버지, 우리 가족이고 우리 집에 있어야 할 사람이고 내가 '아버지'라고 부르는 사람이었다. 미움도, 실망도, 사랑도, 원망도, 뜨거운 애정도 갖지 않았던 그냥 '나의 아버지'였다.

"방송국에서 일이 들어왔다. 너도 갈래?"

"일이요?"

"무슨 사극 드라마라고 하던데, 매를 찍겠다고 하더라. 보수를 떠나서 전통 매사냥을 홍보하는 데에 방송만 한 게 어디 있겠냐? 너도 예쁜 탤런트들 보고 좋잖냐? 애비 잘 만난 줄 알아."

"아무렴요. 제가 아버지를 너무나도 잘 만나서 집도 없어지고 무임금 노동 착취까지 당하네요."

나는 엄마의 연초록빛 홈드레스를 가방 안에 고이 접어 넣었다. 비꼬는 내 말에 아버지의 심기가 불편했는지, 가만히 나를 노려보더니 한마디 툭 던졌다.

"이번 방송 출연료 다 준다. 됐냐? 누굴 닮아 돈을 그리 밝히는지, 원."

나는 엄마의 아들이었다. 동시에 아버지의 아들이기도 했다.

드라마 촬영은 강원도의 어느 험준한 산에서 이뤄졌다. 휴대 전화로 똠양꿍과 영상 통화를 하며 나는 살짝 흥분했다. 브라운

관에서만 보던 여배우를 가까이서 봤다며 똠양꿍을 약 올렸다.

"똠양꿍, 네가 좋아하는 걸 그룹 출신의 그 여배우가 나한테 사진 찍자고 해서 내가 허리를 살포시 감싸 안으면서 한 방 찍어 줬다. 우하하하!"

물론 새빨간 거짓말이었다. 그러나 똠양꿍은 거품 물고 쓰러졌다. 녀석이 붕어빵을 팔아 걸 그룹 콘서트에 갈 비용을 마련하는 동안, 나는 매 덕분에 공짜로 여배우들을 보고 신 났다.

게다가 그 여배우는 내가 보로와 함께 있자, 신기한 듯 내게 말도 걸었다. 나는 보로 덕분에 여배우 앞에서 고개를 빳빳이 들고 매에 대해 전문가인 양, 떠들어 댈 수 있었다. 게다가 보로까지 오늘따라 아주 협조적인 자세로 나왔다.

아버지는 촬영에 들어가기 전, 여배우들을 돌아보느라 정신이 나간 내 어깨를 툭 치며 한마디 건넸다.

"너, 애비 복 하나는 기똥차게 타고 났다."

썩 내키는 말은 아니었지만 아버지의 말을 완전 부정할 수 없었다.

휘이익!

아버지의 휘파람 소리. 촬영이 다시 시작되었다. 고구려 장수복으로 갈아입고 수염을 붙인 탤런트가 말을 타고 서 있다. 아버지는 고구려 군졸로 분장한 채, 마루를 뒤에서 조종하고 있었다. 나는 조용히 모든 광경을 지켜보고 있었다. 모니터에 보이는 마루는 응방에서 늘 똥 싼다고 내게 욕을 먹던 날짐승이 아니었다.

황갈색 깃털이 바람에 날렸다. 시리도록 새파란 하늘을 가로지르는 거침없는 날갯짓에 사람들은 시선을 빼앗겼다. 힘찬 날갯짓이 주는 아름다움 앞에서 촬영감독은 물론이고 스태프들이 넋을 놓고 있었다. 복잡한 미로 같은 숲 허리를 단숨에 가로지르는 마루의 현란한 비행술에 모두들 감탄한 눈치였다. 빽빽이 얽혀 있는 나뭇가지 사이사이를 유연한 몸놀림으로 헤치고 다니는 마루의 비행은 가히 예술이었다. 한 치 앞도 보이지 않는 심해를 유유히 헤엄치는 한 마리의 물고기처럼 마루는 우아하면서도 날렵했다.

최고 속도로 날던 마루가 갑자기 나타난 장애물에 급회전을 하더니 나무를 발톱으로 찍어 감속했다. 90도에 가까운 선회를 선보였다. 마루는 아무렇지 않게, 마치 공기 속을 부유하는 햇살처럼 평화롭게 날고 있었다. 저 날짐승의 정체는 대체 뭘까? 무엇이기에 모두가 입을 쩍 벌리고 쳐다볼 만큼 저토록 유유자적한 모습으로 대기를 가르고 있는 것일까?

"컷!"

며칠 밤을 새운 모양인지, 피로해 보이는 나이 든 감독이 소리치자 모두들 박수를 쳤다. 마루가 아버지의 신호에 따라 아버지 팔에 내려앉았다. 나는 매와 함께 있는 아버지가 처음으로 자랑스러웠다. 영하의 날씨였지만 온몸의 피가 뜨겁게 끓는 듯했다. 불현듯 머릿속에 아버지의 말이 떠올랐다.

'피가 땡긴다.'

말로 설명할 수 없는 낯선 감정이 가슴 한복판에서 소용돌이쳤다. 촬영이 끝나고 분장을 채 지우지 못한 아버지가 내게 다가와 마루를 건넸다.

"마루 챙겨라."

그뿐이었다. 아버지와 나 사이의 마루. 보로보다 훨씬 크고 무거운 매 앞에서 나는 한없이 작아졌다. 하지만 오늘은 서글프지 않았다.

마루와 보로를 트럭 짐칸 새장에 넣고 돌아서는데, 수군대는 소리가 들렸다. 한 무리의 스태프들과 낯익은 배우들이었다.

"딱 후까시 잡기 좋은 일이야. 여자들 꼬실 때는 좋겠네. 매는 아무나 만져? 희귀하잖아. 여자들이 희귀한 거에 빽 가잖아."

"돈은 많이 버나?"

"야, 돈 되니까 하지. 돈 안 되면 하겠냐? 전통문화 고수한 답시고 말도 그럴싸하잖아?"

"뭐가 그럴싸해? 곡마단 조련사랑 뭐가 달라? 쇼하는 거지."

사람들의 입에서 아버지는 바보 천치가 되어 가고 있었다. 내가 언제나 경멸해 마지않던 매였고, 언제나 무능하다고 생각했던 아버지였는데 막상 다른 사람들의 입에서 먹기 좋은 횟감처럼 난도질을 당하자 분노가 치밀었다.

"당신들이 뭘 알아! 매에 대해서 알아? 내 아버지에 대해서 대체 뭘 아냐구! 씨발!"

192

몸이 먼저 반응했다. 아버지에 대해 경솔하게 비아냥거리던 젊은 남자의 멱살을 거머쥐었다. 손목이 끊어지는 한이 있더라도 녀석의 멱살을 놓지 않겠다고 다짐했다. 멱살을 잡은 손에 힘이 들어가면 들어갈수록 눈앞이 희미해져 갔다. 앞이 잘 보이지 않았다. 뿌연 것이 안개였던가. 나는 잇새로 새어 나오는 흐느낌은 내 것이 아니라고 부정하며 멱살 잡은 손아귀에 힘을 더 세게 주었다.

　아버지는 집으로 돌아가는 트럭 안에서 단 한마디도 하지 않았다. 꿀 먹은 벙어리마냥 불편한 침묵만을 유지했다. 화장실이 급하다는 나를 위해 휴게소 남자 화장실 바로 앞에 차를 세워 주는 친절을 보이면서도 아무 말 없었다. 오줌을 누고 다시 차에 올랐을 때, 봉투 하나를 쥐여 주었다. 이게 뭐냐고 묻는 내 눈을 보고 아버지가 드디어 입을 열었다.
　"오늘 네가 번 돈이다."
　나는 돈을 벌지 않았다. 전통 매사냥을 알리고자 하는 아버지에게 도움이 되고 싶었지만 치기 어린 감정과 선부른 주먹질로 일을 망쳤을 뿐이다.
　"아까 보니, 잘 후려치더라. 내가 직접 들었으면 그 새끼 죽는 건데. 이래서 아들이 있어야 하나 보다. 헌데 다음번에 또 이런 일 생기면 좀 더 매섭게, 빠르게 주먹을 찔러. 알겠냐? 넌, 너무 감정에 치우치더라. 절대 울지 말고. 매의 눈초리를 떠올리면서 눈을 부릅떠! 울면 지는 거야."

이게 웬 양아치 아버지 같은 소리람? 봉투를 쥔 손이 자꾸만
떨렸다.

"바보 같은 새끼들. 전통의 '전'자도 모르는 놈들이 떠들어
대기는. 잘했다. 고맙다, 아들."

아버지와 내가 한통속이 되어 가는 느낌을 지울 수가 없었
다. 그런데 이상하리만치 가슴이 뿌듯했다.

손에 쥔 돈 봉투를 가만히 내려다보았다.

바이크고 뭐고 간에 일단 예리 선물을 먼저 사기로 했다. 크
리스마스가 다가오고 있었으니까. 나는 이번 크리스마스를 계
기로 예리와 확실한 관계를 구축하겠다고 똠양꿍과 진우에게
선포했다. 들뜬 마음으로 화장품 가게 향수 코너에서 한참을
서성거렸다. 이제껏 엄마한테도 편의점에서 파는 스타킹 말고
는 선물을 한 적이 없던 나였다. 여자 친구한테 줄 거라는 말을
마른 침을 삼켜 가며 간신히 내뱉은 끝에 점원의 도움으로 선
물을 샀다.

화장품 가게를 나서자마자 바로 예리한테 문자를 날렸다.
지금 당장 봐야겠다고, 할 말이 있다고. 그러자 예리한테서 바
로 답장이 왔다. 나를 당장 보겠다고, 나예리 역시 내게 할 말
이 있다고. 우리는 역시 천생연분이고 일심동체였다.

분위기 좋은 카페에라도 들어가려고 했는데, 예리는 편의점

앞이 좋겠다고 했다. 사람들이 들락날락하는 편의점 앞에서 예리는 담담한 어조로 말했다.

"나 봄에 전학 가. 그래서 너, 차려고. 그동안 고생 많았다. 재밌었어."

한 방 먹었다. 일심동체고 천생연분이고 나 혼자 급하게 마셔 버린 김칫국이었다. 주머니에 든 선물을 만지작거렸다.

돈 봉투를 받고 집으로 돌아오는 길 내내 나예리를 떠올렸었다. 우여곡절 끝에 번 돈으로 예리 선물 살 생각을 가장 먼저 했다. 그런데 차다니? 헤어지자니?

"전학 가도 상관없어. 메일 주고받으면 되잖아."

"내가 군바리한테 연애편지 쓰는 기분을 열일곱에 느껴야 하는 거니?"

이별을 선언한 예리가 아무렇지도 않게 지껄였다.

"울어도 좋아, 내일 웃는다면."

독한 계집애. 넌 우리가 헤어진다는 것이 슬프지 않냐? 며칠 전에 닭발 사 달라고 했을 때 알아봤어야 하는 건데……. 똠양꿍 말이 여자가 하지 않던 짓을 하거나, 혐오스러운 음식을 먹는 건 상대에게 관심이 좀 낮음을 알리는 예시라고 했다.

눈 하나 깜짝 않고 울어도 괜찮다는, 눈감아 주겠다는 예리 앞에서 나는 결코 울지 않겠다고, 울 수 없다고 다짐을 했건만 나의 안구는 내 의지와는 전혀 상관없는 통제 시스템을 가졌나 보다. 눈물이 주체할 수 없이 흘러내렸다. 누군가의 눈엔 세수하고 물기도 제대로 닦지 않은 채 밖으로 나온 녀석쯤으로 보였을 것이다.

"너 나랑 헤어지는 게 그렇게 슬퍼?"

마음 같아서는 "아니야, 절대 아니야!"라고 소리치고 싶었지만, 내 고개는 저절로 끄덕거렸다. 마음 한편으로 이별을 슬퍼하는 건 창피한 게 아니다, 라며 나 자신을 다독이고 있었다.

"좋아하는데! 내…… 내 감정은 어쩌고?"

어쩌자고 헤어지자는 애한테 내 감정 따위를 운운하는지 모르겠다. 병신 새끼. 내 자신에게 할 수 있는 말은 이것뿐이었다. 병신, 상병신.

예리는 딱 잘라 말했다.

"니 감정? 접어. 내 감정은 내가 알아서 접을 테니까."

얘는 대체 뭘 먹고 살았기에 이렇게 싸늘한 소리만 내뱉는 것일까? 티브이 드라마를 보면 잘난 것들은 헤어질 때도 멋지게 뒤돌아서던데……. 영하의 날씨에 발이 얼었는지 당최 발이 땅에서 떨어지지 않았다. 예리는 이미 사라지고 난 뒤였다. 그제야 발길을 돌릴 수 있었다. 발을 질질 끌다시피 하고 걸어가는데 누가 내 이름을 불렀다.

"송똥준!"

나예리였다. 쟤가 지금 사람 갖고 노나? 불과 몇 분 전에 헤어지자 해 놓고 다시 내 곁으로 다가오고 있었다. 귓가에 뱅뱅 맴돌던 캐럴 소리도 더 이상 들리지 않았다. 나예리는 내 눈을 찬찬히 보더니, 편의점 비닐봉지에서 뭔가를 꺼냈다. 호빵이었다. 하얗고 동그란 호빵에서 김이 모락모락 났다.

"야채 아냐. 팥이야. 너, 야채 호빵 싫어하지?"

이판사판 헤어지는 마당에 야채는 뭐고 팥은 대체 무엇이란 말이냐!

"어? 어…… 어."

나는 좋아하는 여자에게 음흉한 속마음을 들킨 사내처럼 버벅거렸다. 귀신이 곡할 노릇이다. 이제껏 호빵을 사 먹을 때면 야채 호빵을 당연하다는 듯 내밀던 애가 갑자기 내 기호를 어찌 알았을까?

"다음부터는 네가 좋아하는 걸 똑똑히 말해. 안녕."

내가 좋아하는 것을 말하라고? 벌린 입에서 새하얀 김이 나온다. 내 속에서 나온 뜨끈한 입김이 찬 공기 속으로 사라져 간다.

'좋아한다, 나예리. 이 나쁜 계집애야.'

난 생각한다. 적어도 내가 예리를 좋아하고 사랑이란 감정을 느꼈던 것은 사실이었으니까. 첫사랑이었다. 그 감정을 억지로 떨쳐 내야 하는 지금, 이 슬픔을 부정하기보다 솔직히 인정하는 것이 내 사랑에 부끄럽지 않은 처신이라고 확신한다. 적어도 내 감정에는 떳떳하고 당당해야 사내가 아니겠는가.

보기 좋게 차이고 응방으로 향했다. 슬프고 괴로운 내 마음을 진정시킬 수 있는 곳이 응방이라서가 아니라, 갈 곳이 응방 밖에 없었기 때문이었다. 찬바람을 맞으며 천천히 걸었다. 다른 때 같으면 춥다고 호들갑을 떨며 뛰어갔을 길을 홀로 쓸쓸히 걸었다. 세찬 바람에 흔들리는 가로수 빈 가지들이 휭휭, 시린 소리를 냈다. 을씨년스런 바람 소리가 지금 내 속에서 나는 소리 같아서 저절로 미간이 찌푸려졌다.

내일모레면 크리스마스다. 캐럴이 울려 퍼지는 시내 곳곳에서는 성탄절을 기다리는 연인들의 모습이 종종 눈에 띄었다.

점퍼 주머니에서 예리에게 주려던 선물을 꺼냈다. 똠양꿍의 정보로 알아낸, 예리가 좋아한다는 꽃향기가 진동하는 향수다. 7만 원짜리 향수가 세상에 존재한다는 것을, 사랑을 하고서야 나는 난생처음 알게 되었다. 엄마의 생일 선물로 늘 편의점에서 파는 싸구려 스타킹을 내민 주제에 피 한 방울 안 섞인 여자애를 위해 나는 크리스마스 선물이라며 향수를 샀다. 교회도 안 나가는 주제에, 심지어 예리는 불교 신자였을 것이 분명한데 크리스마스를 빙자해 선물을 주며 예리의 마음을 사려고 했다.

믿음 없는 자에게 사랑은 용납되지 않는 것일까.

"헤어져."

사람의 좋아하는 감정을 단 세 글자로 무참히 부숴 버리다니. 놀라웠다. 헤어지자고 말하는 예리의 입에서 새어나오던 새하얀 입김을 나는 평생토록 잊지 못할 것이다.

응방에 들어서니, 보로가 나를 기다리고 있었다. 솔직히 녀석이 나를 기다렸다고는 생각하지 않는다. 줄에 묶여 나무 기둥에 가만히 앉아 있는 보로가 과연, 기다림의 의미를 알까?

"뭘 봐, 짜샤."

대답 없는 날짐승은 까만 눈동자로 그냥 가만히 나를 쳐다본다. 나예리가 나를 찬 것이 보로와 무슨 상관이 있다고…….
아니, 상관있지. 가끔씩 예리는 내게서 새 냄새가 난다고 했다. 그 냄새가 좋다는 것인지, 나쁘다는 것인지 알 길은 없었다. 하지만 헤어지자는 것으로 봐서 후자 쪽에 힘이 실렸다.

"나, 차였다."

보로의 눈을 바라보며 왼팔을 들었다. 보로가 당연하다는 듯, 생각할 것도 없다는 태도로 내게 날아왔다. 내 팔에 자신의 온몸을 의지하며 앉았다.

"넌 내가 왜 좋으냐?"

의젓한 보로는 오늘도 말이 없다. 그저 나를 한번 쓱 훑어보고 늘 그랬듯이 정면만 바라본다. 날카로운 부리, 매끄러운 녀석의 날랜 몸을 보고 있자니, 이 새가 이렇게 아름다웠던가, 하는 생각이 들었다. 반지르르 윤이 흐르는 가슴 털이 오늘따라 보드라워 보인다. 잿빛과 흰빛, 그리고 짙은 코코아 빛이 어우러진 보로의 털이 마치 따뜻한 우유 위에 곱게 뿌려진 코코아 가루 같아 보였다.

'여자한테 차이더니 미쳐 가나 보네.'

나는 오른손으로 보로의 등을 가만히 쓸어 주었다. 따뜻하고 살아 있는 느낌이 뭉클하게 와 닿는다.

"잘 키운 매 한 마리, 열 여자 안 부럽다!"

나는 보로를 다시 제자리로 돌려보냈다. 온순한 토끼처럼 유순하게 시키는 대로 날아가고 날아오기를 반복한다.

나는 금빛의 향수 포장지를 거칠게 뜯었다. 화려한 금빛이 초라해 보이기는 처음이다. 나는 앙증맞은 여자애 모형의 향수 뚜껑을 한참 동안 쳐다봤다. 나예리 같아서 한참을 쳐다보았다. 하필이면 향수 이름도 '러브'였다.

"나예리, 나쁜 계집애."

작은 여자애의 목을 휘어잡고 나는 향수 뚜껑을 열었다. 그리고 칙! 허공을 향해 향수를 분사했다. 꽃향기가 났다. 겨울인데, 웅방 안에 봄꽃 향기가 났다. 아스라이 사라져 가는 향기 속에서 달달한 과일 향도 났다.

보로가 날 본다. 나는 보로에게 다가갔다. 녀석은 내 팔에 앉기라도 하려는 듯 날갯짓을 했다. 나는 보로를 향해 향수를 뿌렸다. 수천 방울의 작은 향수 입자가 보로의 부리에, 날개에, 발톱에, 깃털 사이사이에 작은 눈처럼 내려앉는다.

꽃향기에 진저리라도 치는 듯 보로는 퍼덕거리며 날갯짓을 한다. 나비도 아니고 벌도, 여자도 아닌 보로가 꽃향기에 진저리를 치는 게 당연했다.

세상 여자들은 향수를 좋아한다. 향기로운 냄새를 사랑한다

고 했다. 향수 냄새를 맡고 퍼덕거리는 보로를 보며 나는 처음
으로 물었다.

"너 암컷이냐, 수컷이냐?"

대답 따위가 뭐가 중요하냐.

"훈련 안 나가고 뭐 하냐? 손 밥 훈련 하고 와."

아버지가 찬바람을 몰고 응방으로 들어섰다. 탁자에 놓인
향수를 보더니 흙먼지투성이 생활한복에 대고 뿌렸다. 그 모
양새가 마치 파리약을 뿌리는 것 같았다.

"아이쿠야, 이게 뭔 냄새냐? 이거 돈 주고 샀냐? 너 이런 거
사려고 월급 달라고 했냐?"

대꾸하고 싶지도 않다. 사랑의 상처도 모르는 아버지, 실연
의 아픔도 모르는 아버지.

"그 돈으로 보로 간식이나 사 줘라. 쓸데없는 짓 말고."

나는 보로와 함께 들판으로 나갔다. 언 논바닥을 걸으며 떠
나간 여자애 따위는 두 번 다시 생각하지 않겠다고 다짐을 했
다. 걸음을 옮길 때마다, 보로가 날갯짓을 할 때마다 꽃향기가
났다.

그래도…… 그래도 향수는 건네줄 걸 그랬다. 크리스마스
니까.

8

로드스타

이번 질주가 마지막이다. 나는 속도를 높인다. 내 몸에 엉겨 붙어 있던 아버지에 대한 오해와 미움을 다 떨쳐 내기로 한다. 엄마가 딱 한 번만 아버지를 돌아봐 주기를 희망한다.

달려라, 달려. 폐부를 찢고 들어오는 차가운 겨울바람에 가슴속이 시리도록 시원했다.

고골이 말했다. 신념과 희망이 넘치고 용기가 있는 나날을 살아가는 한, 청춘은 영원히 그대의 것이라고. 청춘과 미래가 있다는 것만으로 충분히 행복하다고. 그러나 고골의 말이 정답이 될 수 있을까? 청춘은 있으나 미래는 없는 나에게 고골보다는, 겁쟁이는 천 번을 죽지만 사나이는 단 한 번만 죽는다는 셰익스피어의 말이 훨씬 더 그럴싸해 보이는 까닭은…… 왜, 일, 까?

나는 가끔 생각한다. 과연 미래라는 것이 내게도 올 것인가? 문학은 신경림의 「가난한 사랑 노래」를 읊으면서 꿈꾸듯 눈을 가느다랗게 뜨고는 이렇게 말했다.

"아! 지금 이 순간, 이렇게 훌륭한 시를 읊는 이 순간! 나는 참으로 행복하다. 그러니 너희들도 시구 한 소절쯤은 눈 감고도 암송할 수 있는 어른으로 성장하길 바란다."

우리 모두는 다음 시간까지 애송시를 한 편 골라 외워 오는 숙제를 받았다. 입시 전쟁에 발을 들여놓은 우리들에게 시 암송이라니. 게다가 보충수업 아닌가. 현실을 너무나 무시한 낭만적인 숙제가 아닐까 싶었다.

똠양꿍 녀석은 무조건 짧은 시를 고르겠다고 했다. 그러면서 점수에 혈안이 되어 있는 우리 반 똘똘이 상준이가 김동환의 장편 서사시 「국경의 밤」을 암송해 보겠다며 호언장담을 하자, "완전 백 퍼센트 돌은 새끼!"라며 흥분을 감추지 못했다.

"상준이 새끼 코를 납작하게 할 사람은 나예리밖에 없는데 말이지. 그런데 예리, 어디 아픈가? 왜 학교에 안 나오지?"

금요일 보충수업 때 머리가 아프다며 조퇴를 한 이후, 월요일 3교시가 지나도록 예리의 모습을 구경한 사람이 없었다. 예리와 같은 학원에 다니는 상준이도 예리가 주말 특강 수업 때 결석을 했다면서 호들갑을 떨었다. 그도 그럴 것이 나예리는 아파서 쓰러지면 쓰러졌지 절대 학원 수업을 빠지거나 공부를 게을리할 애가 아니기 때문이다. 아, 물론 단 한 번! 나를 무작정 끌고 산사에 갔을 때는 학원 수업에 지각한 적이 있긴 하다.

보충수업이 끝나고 집으로 돌아가려고 가방을 챙기는데, 담임이 나를 불렀다. 복도로 나가자, 군복 차림의 남자가 날 기다리고 있었다. 예리의 아버지였다. 지은 죄도 없는데 예리 아버

205

지란 소리에 나의 반사 신경이 제멋대로 작동 했다. 나는 예리 아버지 앞에서 멈칫하고는 두어 발자국 뒷걸음질을 쳤다.

"예리가 없어졌다."

청천벽력 같은 소리였다. 예리가 없어지다니, 170센티미터나 되는 큰 키를 가진 여자애가 눈에 띄지 않게 없어질 수나 있단 말인가? 나는 예리 아버지란 사람의 어깨에 달린 계급장을 넋 놓고 보았다. 계급장 떼고 똑바로 말하라고 부탁하고 싶었다. 예리가 없어지다니!

군대에 가기도 전에 나는 장교들이나 타는 군용 지프차 안에서 예리 아버지와 예리에 대해 이야기를 나눠야만 했다. 묘하게 긴장되는 순간이었다. 나는 애써 여유 있는 표정을 지으려고 예리 아버지의 눈을 보지 않고 어깨 위에서 번쩍이는 중령 계급장을 바라보았다.

'저, 아무 짓도 안 했어요.'

예리한테 한 짓이라고는 좋아하는 마음을 먹은 것 뿐이었는데, 예리 아버지를 마주하고 앉아 있으니 내가 몹쓸 짓이라도 하지 않았는지 머릿속으로 되짚어 보게 되었다.

"송동준이라고?"

"예. 저어, 그런데 저를 어떻게 아셨는지……."

"예리하고 가장 친한 친구라고?"

"네에?"

억울했다. 나예리, 진짜 나쁜 계집애. 함께 온갖 데는 다 쏘

다녀 놓고 '남친'도 아니고 그냥 '가장 친한 친구'라니. 하긴 똠양꿍 말이 남자와 여자 사이에 친구와 연인의 경계를 확실하게 구분하는 기준은 '키스를 했느냐, 하지 않았느냐'라고 했다. 키스 기준을 따르자면, 우리는 분명 단순히 친밀한 친구임에 틀림없다. 몸보다는 마음의 교감이 좀 더 잘 통하는 사이라고나 할까.

"어떻게 제가 예리랑 친한 사이인 줄 아셨어요?"

"예리가 다이어리에 써 놨더구나. 예리 아버지 기일에 함께 절에 갔었다고."

여자애들은 이래서 문제다. 뭘 그렇게 적을 것이 많다고 사사건건 다이어리에 깨알같이 적는지 모르겠다. 아차차, 그나저나 아버지 기일에 절에 갔다고 하면 예리 아버지는 돌아가셨다는 소리인데……. 나는 놀란 눈을 하고 예리 아버지라는 정체불명의 군인 아저씨에게 물었다.

"아저씨…… 누구세요?"

"난 예리 새아버지야. 우리 예리는 착해서 이렇게 집 나가고 그럴 애가 아닌데……. 애 엄마가 너무 많이 걱정해. 혹시 예리한테 연락 오면 나한테 꼭 좀 전화해 줄래? 여기 내 전화번호다."

사단 마크가 찍힌 메모지에 적힌 예리 새아버지의 전화번호를 받으면서 나는 생각했다. 예리를 찾았다고 이 번호로 전화를 하면 예리는 헌병에게 붙들려 군용 트럭이나 지프에 실려

집으로 끌려가지나 않을까, 하고 말이다.

"예리가 혹시 갈 만한 곳 알고 있니?"

"글쎄요. 저도 예리랑 함께 간 곳이라고는 절밖에 없어서요. 거기 가 보셨어요?"

희망 없는 말이었는지, 예리 새아버지는 어깨를 축 늘어뜨렸다. 늘어질 대로 늘어진 어깨를 보고 있자니, 괜히 내가 미안해졌다.

"걱정 마세요. 예리랑 연락되거나 만나면 제가 꼭 집으로 돌려보내겠습니다."

아저씨는 나만 믿겠다는 듯 내 어깨에 척, 손을 얹었다. 나는 예리 아버지가 보여 준 신뢰에 살짝 감동을 받아 하마터면 제자리에서 벌떡 일어나 거수경례를 붙일 뻔했다.

군용 지프가 모래 먼지를 일으키며 교문 밖을 빠져나갔다. 나는 군대에 가는 애인을 배웅하는 여자마냥 지프가 멀어지는 것을 제자리에 서서 지켜보았다.

"야! 송똥준. 너, 이 새끼…… 사고 쳤구나? 예리 아버지가 뭐래? 영창 보낸대?"

진우의 상상력은 언제 들어도 싸구려 냄새가 난다. 곁에 선 똠양꿍이 진우의 뒤통수를 냅다 후려쳤다. 내 속이 다 시원했다.

"진우야, 무슨 헛소리냐? 동준이가 영창을 왜 가냐? 동준이 자식, 총살이다."

똠양꿍의 상상력은 항상 끝을 본다. 진우와 똠양꿍이 자꾸만 헛소리하는 것을 막기 위해서라도 예리가 무사히 집으로 귀환하길 기도라도 해야겠다.

세상은 넓고 가출 청소년이 숨을 곳은 많다. 나예리가 어디로 사라졌는지 당최 알 길이 없었다. 기껏 내가 생각해 낸 곳이라고는 노래방, 디브이디방, 찜질방이 전부였다. 덕분에 보로랑 방이란 방은 다 구경했다.

벌판에서 훈련을 하고 응방으로 돌아오는 길에 예리의 절친 희정이를 만났다. 사실 예리의 가장 친한 친구는 내가 아니라 희정이다. 학교에서 둘은 쌍둥이처럼 붙어 다녔으니까. 그러나 이제는 내가 예리의 절친이 되고 말았다.

"송동준. 예리네 아빠가 뭐래? 예리, 걔네 아빠랑 완전 똑같이 생겼더라. 그치?"

희정이는 눈이 삐었든가, 예리의 진정한 친구가 아니든가, 둘 중 하나다. 예리 아버지가 새아버지인 줄 모르는 것 같았다.

나는 희정이와 함께 예리가 잘 간다는 우리 동네 외곽의 저수지에 가 보았다. 연일 계속되는 영하의 날씨로 저수지는 얼어 있었다. 저수지 앞에서 희정이는 설마, 설마 하면서 울음을 터뜨렸다. 뭘 생각하는지 알 만했다. 나는 예리의 신발이 발견되지 않았다는 점,—자살하는 사람들은 세상에 자신이 신던 신발을 마지막으로 남겨 놓는다는 글을 어디에선가 읽은 적이 있다—저수지 수면의 얼음이 깨지지 않았다는 증거를 들어 가며 예리는 무사하다는 결론을 내렸다. 그제야 희정이가 울음을 그쳤다.

'나 예리. 네가 아주 산으로, 들로, 저수지로, 사람 똥개 훈련을 시키는구나.'

추운데 여기저기 동네 똥개처럼 쏘다니다 보니, 발이 얼었는지 감각이 없었다. 희정이의 두 볼도 촌스럽다고 여겨질 만큼 벌겋게 얼어 있었다.

"송동준. 너, 문학이 숙제 내 준 것 다 암송했어? 애송시 말이야."

"아니."

불길한 상상을 할 땐 언제고, 갑자기 문학 숙제 걱정이라니! 여자애들 머릿속은 대체 무엇으로 가득 차 있는지 궁금했다.

"암송 못해 가면 난리도 아니겠지?"

"당근!"

결국 우리는 예리를 찾지 못했다는 슬픔을 서로 위로하며 각자 갈 길을 갔다.

문학은 교과서에 실린 시는 암송 숙제에서 제외한다고 했다. 스스로 한국 현대시를 찾아 읽고 감동을 받은 작품을 암송하라는 것이었다. 대한민국 고1짜리 남자애들 중에 시를 읽고 감동받아서 외울 녀석이 몇 명이나 있을까?

간만에 친구 분들을 만나러 간 아버지 덕분에 저녁은 컵라면으로 대충 해결하기로 했다. 주전자에 물을 올리고 응식이 삼촌 책상에 앉아 멀거니 책꽂이를 살펴보았다. 응식이 삼촌이 책을 많이 읽는다는 것은 알았지만, 책꽂이 구석에서 발견된 시집은 의외였다.

『사랑하다가 죽어 버려라』. 제목 한번 강렬했다. 저주를 담은 시인가? 날 버리고 간 애인에게 저주를 퍼붓는 내용의 시들이 빼곡하게 있을 것만 느낌이다. 호기심에 첫 장을 펼쳤다. 한 자, 한 자 읽어 내려가는데 사랑에 관한 의미심장한 말들이 많은 시였다. 감수성 과잉인 문학이 딱 좋아할 시들이었다. 나는 눈으로 빠르게 읽어 내려가며 그중에 가장 짧고 임팩트 있는 시를 고르기로 마음먹었다.

삐익!

물 끓는다고 주전자가 신호음을 냈다. 주전자에 물 얹어 놓고 자꾸 깜빡하는 우리 부자를 위해 엄마가 용인으로 일을 나가기 전에 사 준 주전자다. 끓는 물을 컵라면에 붓고 뚜껑을 닫는데 누군가가 응방의 출입문을 두드렸다.

"누구세요?"

대답이 없었다. 예민한 보로가 출입문을 향해 날카로운 시선을 던진다. 나는 이상한 느낌에 출입문을 열었다.

나예리였다. 밖에는 눈이 왔는지, 예리의 머리에 흰 쌀가루 같은 눈이 희끗희끗하게 보였다.

"여기서 뭐 하냐?"

"……."

"일단 들어 와. 밥 안 먹었지? 이거 먹어. 방금 물 부었어."

예리는 내 저녁거리를 대신 먹으면서도 고맙다는 말 한마디 하지 않았다. 묵묵히 나무젓가락을 받아 들고 컵라면을 먹었다. 사람이 고마워할 줄도 알아야 하는 법이라고 한 소리 하려고 했다가 참았다. 나도 집을 나가 봐서 아는데―그래 봤자, 배고픔 때문에 24시간을 못 버티고 집으로 돌아온 가출이었다―가출했다고 잔소리해 봤자, 가장 속상하고 힘든 건 가출을 한 당사자다. 고민이 많으니 집을 나갔을 것이고 집을 나가 고생을 있는 대로 한 것도 당사자가 아닌가.

오랜 침묵이 지속되었지만 이상하게도 마음이 편안했다. 나는 면발을 다 먹어 가는 예리를 위해 남은 찬밥을 곁에 놓아 주었다.

계집애! 끝끝내 고맙다는 인사를 안 한다. 찬밥을 내려놓는 나를 힐끗 올려다보더니 라면 국물에 푹 말았다. 나는 말없이 시집을 눈으로 읽었고 예리는 말없이 후루룩 소리를 내며 밥을 먹었다. 컵라면을 싹싹 비운 예리가 조용히 자리에서 일어나 가려고 한다.

나는 갈등한다. 예리 아버지에게 전화를 걸어 헌병을 빨리 보내라, 예리를 탱크에 태워 데려가라, 라고 해야 할지, 아니면 그냥 모른 척해야 할지를 말이다. 고자질은 싫고 그렇다고 나 몰라라, 하는 것도 마음에 안 들었다.

"시 외워 와. 안 그럼 맞아 죽을 거야. 애송시란다. 그리고 애송아, 가출은 코찔찔이 애들이나 하는 거야."

예리가 나를 돌아봤다. 나는 내가 읽고 있던 시집을 머리 위로 들어 보이며 잘 가라고 흔들었다. 파르륵, 책장 넘어가는 소리가 경쾌하게 느껴졌다. 마음에 드는 시를 찾았다. 나는 눈으로 천천히 그 시를 읽는다.

"고마워, 똥준."

나직한 목소리로 예리가 말했다. 그리고 문을 열고 가 버렸다. 창밖을 보니, 눈이 내리고 있었다. 잠시 예리를 집에 데려다 줄까, 하다가 그만둔다. 어쩌면 예리는 혼자 눈길 위에 자신의 발 도장을 찍고 싶을지도 모른다.

꾸벅꾸벅 졸고 있는 보로를 위해 나는 큰 소리로 시를 읊는다.

"봄눈이 내리면/그대 결코/다른 사람에게 눈물을 보이지 말라/봄눈이 내리면/그대 결코/절벽 위를 무릎으로 걸어가지 말라/봄눈이 내리는 날/내 그대의 따뜻한 집이 되리니/그대 가슴의 무덤을 열고/봄눈으로 만든 눈사람이 되리니/우리들에게 가장 필요한 것은/사랑과 용서였다고/올해도 봄눈으로 내리는/나의 사람아"*

졸고 있던 보로가 내 목소리에 놀라 눈을 크게 떴다. 내일

* 정호승, 시집 『사랑하다가 죽어 버려라』 중 「봄눈」, 창작과비평사

학교에 가면 예리에게 일러 줘야겠다. 겨울에는 가출하지 말라고, 정 가출하고 싶으면 날 풀리는 봄에나 하라고 말이다.

집 나가면 개고생이라는 티브이 광고가 참으로 마음에 와닿는 밤이다.

세상이 하얗게 밝아 온다. 태양이 어둠을 찢고 새날을 연다. 얼음장처럼 차가운 새벽 공기를 박차고 보로가 힘차게 도약한다. 어슴푸레하던 새벽의 대기 속을 보로가 스치고 지나가자, 창공은 찬란한 빛으로 가득 채워진다. 보로를 데리고 처음 올려다봤을 때처럼 하늘은 높고 자유롭다.

서로 시선을 마주하기까지, "보로, 이 닭대가리야!" 하고 부르면 나에게 반응하도록 만들기까지 얼마나 많은 시간을 함께 했던가. 징글징글했던 시간이라고 매도하기에는 뭔가 미안한 마음이 들었다. 보로를 데리고 산으로, 들로, 거리로 쏘다니며 나는 평생 올려다볼 하늘을 원 없이 보았다. 녀석을 팔에 앉히고 아버지, 어머니한테 하지 못한 하소연과 화풀이를 실컷 했다. 어떤 날은 그야말로 닭대가리처럼 멀뚱거리며 나의 시선을 외면했고 어떤 날은 '짜샤, 인생 다 그런 거야. 나라고 별거 있는 줄 아니? 네 마음, 내가 다 안다'는 듯 중얼대는 나의 혼잣말에 끼익, 대거리를 하기도 한 보로.

매잡이와 마음이 하나가 될 때, 그때, 매는 난다. 보로는 완전한 자유다.

214

시연회 준비는 일사천리로 진행되었다. 모든 것이 물 흐르 듯 매끄럽게 흘러갔다. 그런데도 내 가슴은 이상하게도 답답했다. 특히 아침 산책길에 보로를 데리고 아직 문을 열지 않은 만리장성 앞을 지날 때면 더 심했다. 만리장성 앞에 세워 놓은 시티백은 쇠사슬로 칭칭 감겨 있었다. 발길을 멈추고 시티백에 감긴 쇠사슬을 잠시 넋 놓고 볼 때면 보로는 작은 소리로 울었다.

사냥 연습을 하는 보로를 지켜보는 지금도 나는 시티백의 쇠사슬을 떠올렸다. 마치 그 쇠사슬이 내 몸에 칭칭 감긴 듯 온몸이 무거웠다.

'로드스타.'

보로의 힘찬 도약과 날갯짓을 보면서 나는 난생처음으로 창공에서 자유로운 보로, 저 아름다운 날짐승이 부러웠다. 인간은 그 누구도 자유로울 수 없었다. 아버지나 엄마나, 그리고 나 역시도.

빌라가 팔렸고 우리의 살림은 응방으로 완전히 옮겨 왔다. 그리고 엄마가 이 모든 사실을 알게 되었다.

간밤에 엄마와 통화하는 아버지는 내가 본 가장 중에 제일 초라하고 힘없는 사내의 모습을 하고 있었다. 매를 날리고 매를 기다리고 벌판을 누빌 때의 그 위풍당당함은 사라진 채, 수화기 너머로 들려오는 엄마의 악다구니를 고스란히 감내하고 있었다.

엄마와 통화를 끝내고서 아버지는 넋이 나간 얼굴로 혼잣말을 했다.

"누군가는…… 누군가는 지켜야 하잖아."

아버지가 지키고 싶어 하는 그 일이 참으로 어렵고 외로운 길이라는 것에 나는 속이 상했고 화가 났다. 그리고 왜 그 많은 세상 사람들 중에 아버지가 지켜야만 하는지 억울했다.

새벽 연습을 마치고 응방으로 돌아와 아침 식사를 준비했다. 아버지가 찌개를 끓이고 밥을 하는 동안, 나는 마른 행주로 상을 훔치고 수저를 놓았다.

"아버지, 왜 매가 좋아요?"

아버지는 별걸 다 묻는다는 듯 심드렁한 표정으로 나를 쓱 훑어보더니 마른 코를 풀었다.

"옹고집에, 애교도 없고……."

아버지는 마른 코를 연거푸 풀어 댔다. 하지만 콧속에서는 아무것도 나오지 않았다.

"넌 누구 좋아하는 데에 이유 있냐?"

아버지가 옷소매로 코를 훔쳤다. 옷소매가 마른 콧물 자국으로 허옇게 말라 있었다. 엄마가 봤다면 더럽기 짝이 없다고 한바탕 잔소리를 늘어놓았을 모양새다.

"꼭 네놈 같다."

이건 또 무슨 소리인가? 네놈 같다니? 도대체 그놈은 누구인가?

216

"옹고집에 애교도 없는 모양새가 꼭 네놈 같아서 좋다."

아버지의 옷소매에 말라붙어 있는 콧물 자국이 내 옷소매에
도 똑같이 허옇게 말라붙어 있다. 겨울 내내, 우리는 함께 아무
도 없는 들판에 서서 매를 날리고 매를 기다리며 콧물을 닦았
다. 지저분하다며 손수건을 갖고 다니던 나도 어느새, 아버지
처럼 옷소매로 콧물을 닦았다.

"이번 시연회는 무슨 일이 있어도 잘 치러야 한다. 성공적으
로 끝나면 우리 전통 매사냥이 유네스코가 지정하는 유네스코
세계인류무형유산에 등재될 가능성이 높거든. 5월에 요건 심
사 거쳐서 9월쯤에 판가름 난다. 그러니까 반드시 이번 시연회
때 깊은 인상을 심어 줘야 해. 그게 전통 매사냥을 알리고 살리
는 길이야."

자신의 꿈과 목표를 말하는 아버지의 얼굴은 쉰을 훌쩍 넘
긴 중년의 사내가 아닌, 20대 푸른 청년의 얼굴과 똑같았다.
아버지가 천천히 입을 열었다.

"매는 선비와 같아. 매는 굶어 죽어도 벼 이삭을 먹지 않는
다. 올곧은 자존심 때문이지. 그게 선비의 기개와 같아서 좋
다."

매의 눈동자를 바라볼 때, 나는 아버지의 가슴이 어떻게 뛰
는지 알 수 있을 것 같았다. 해맑은 눈동자로 매의 눈동자를,
전신을 훑어보는 아버지. 매와 평생을 함께 살고 싶다고, 그 꿈
을 지키고 싶다던 아버지. 지금도 꿈을 먹고 살며 비록 출세는

못했지만 성공한 인생이라고 자부하는 아버지.

"아버지, 인생 성공하셨어요. 이제부터 제가 아버지를 조금 존경하려고 하거든요."

왜 이런 말을 했는지, 나도 모른다. 단지 언젠가 해야 할 말이라고 느꼈다. 그리고 그 언젠가가 바로 지금 이 순간이었을 뿐이었다.

"미친……. 오오냐."

분명히 떨렸다, 아버지의 목소리.

"감동했어요?"

"헛소리 마. 세상에 어떤 아버지가 이깟 일로 감동 먹냐? 아들이 아버지 존경하는 게 당연하지."

아, 나는 그 당연한 것을 지금에서야 하는구나. 갑자기 미안한 마음이 들었다. 아버지가 밥솥에서 밥을 푼다. 밥주걱을 든 손가락 마디 사이로 굳은살이 보인다. 화석이 되어도 좋을 만큼 단단해 보이는 아버지의 굳은살. 틀림없이 예전부터 저 자리에 있었을 아버지의 수고로움을 나는 외면하고 살았구나.

"뭘 보냐? 밥 안 먹어?"

나는 속으로 해야지 했던 말을 내뱉는다.

"아버지…… 베리 쏘리요."

밥을 푸다 말고 아버지가 내 얼굴을 빤히 쳐다본다. 그러더니 무표정한 얼굴로 밥풀 묻은 밥주걱으로 내 뺨을 툭 친다. 장난처럼 다가오는 손길에 나는 웃어 버린다. 뺨에 붙은 밥풀을 떼서 먹으며 나는 얼굴에 번지는 미소를 거두지 않는다.

"시답잖은 놈. 밥이나 드시지."

아버지가 웃는다. 입가에, 눈가에 자리 잡은 주름이 햇살처럼 환하다.

손에 쥐고 있는 열쇠가 차갑다. 이제 한동안 나에게 답답한 가슴 따위는 없을 것이다.

"엄청 싸게 사는 거다. 나중에 한턱 쏴. 입 닦기 없기야."

안중근 형의 소개로 나는 꿈에 그리던 로드스타 대신 데이스타를 중고 가격 100만 원에 살 수 있는 기회를 얻었다. 데이스타의 주인이 내게 선심 쓰듯 말했다.

"진짜 거저 넘기는 거야. 사는 게 아니라 주워 가는 거나 다름없는 것 알지? 학생이니까 특별히 할인해 주는 거라고. 현금으로 갖고 왔지?"

내가 보기엔 양아치 자식이 실컷 타다가 버리려던 것을 나한테 쓰레기 처분하는 거였다. 메일에 첨부 파일로 보내온 사진 속 바이크의 상태와 확연히 달랐다. 지나치게 닳았다.

'이 바이크를 타면 내 가슴속에 자리 잡은 답답함이 완전히 사라질까?'

의구심이 들었다. 내 곁을 지키고 있는 보로를 약간은 겁먹은 눈으로 바이크 주인이 쳐다본다. 안중근 형은 아예 보로 근처로는 고개도 돌리지 않았다.

"이 독수리는 얼마니?"

"독수리 아니고 매예요. 그리고 못 사요. 안 팔거든요."

내 말의 의미를 오해했는지, 바이크 주인이 헛소리를 했다.

"엄청 비싼가 보네. 먹이값도 장난 아니겠다. 얘네 순 고기만 먹잖아. 한우 먹이냐? 너희 집 기둥뿌리 뽑히겠다. 하하하."

웃자고 한 소리가 내 귀에는 송곳처럼 날카롭게 박혔다. 문화재 전승 지원 보조비 70만 원으로 응방 유지비는 어림도 없었다. 아버지는 집을 팔았고 대리 운전 알바를 뛰었다. 하지만 그 돈으로도 얼마 버티지 못할 것이다. 그런데 나는 가슴을 누르는 체기를 없앤다고 100만 원을 들고 서 있다. 보로가 당당한 눈빛으로 나를 바라본다. 푸른빛이 감도는 잿빛의 보로.

"죄송한데요, 저 안 살래요. 못 사겠어요."

나는 손에 잠시나마 거머쥐었던 차가운 금속성의 바이크 열쇠를 일말의 망설임 없이 원래 주인의 손에 돌려주었다. 황당한 표정을 짓는 바이크 주인과 안중근 형을 뒤로하고 나는 보로와 함께 발길을 돌렸다.

가슴속에 자리 잡았던 답답함이 조금씩 사그라지는 느낌이었다. 끝이 보이지 않던 터널을 드디어 벗어나는 기분이었다.

똠양꿍이 사고를 쳤다. 단순한 사고가 아니라, 제대로 친 사고였다. 경찰서에 갇혀 있으니까. 진우가 응방으로 찾아와 사건 전말을 알렸다. 돼랑이 자식과 결국 한판 크게 붙었다. 싸운 이유는 안 봐도 뻔했다. 돼랑이 새끼가 똠양꿍의 엄마에게 입에 담지 못할 욕설을 했고 똠양꿍은 10여 년간 참아 왔던 한풀이를 하듯 돼랑이의 머리를 근처 공사장에 있던 벽돌로 내리쳤다고 했다. 지나가던 누군가가 말리지 않았다면 돼랑이는 지금쯤 지옥에서 밥상을 받고 있었을지 모른다고 진우가 흥분하며 전했다.

"소년원 가는 것 아닐까? 잘못은 돼랑이 새끼가 했는데, 감옥은 애먼 놈이 가게 생겼어. 어느 자식이 자기 부모 욕하는데 가만히 있겠냐, 안 그래? 똠양꿍이 혼혈아로 태어나고 싶어서 태어났냐고."

단 한 번도 똠양꿍은 자신이 혼혈아라는 생각을 하지 않았다. 그냥 우리와 똑같은 대한민국 청소년이었다. 자신의 까만 피부도 "내가 햇빛 빨이 좀 먹혀. 까무잡잡하니 섹시하잖아"라며 장난처럼 웃어넘기던 속 좋은 녀석이 똠양꿍이었다.

"돼랑이 새끼는 어때?"

"빗맞아서 죽을 정도는 아니고 그냥 머리 깨져서 꿰맸나 봐. 그 새끼 아버지가 돈 많잖냐. 지랄하면서 똠양꿍 가만 안 두겠다고 난린가 봐. 돼랑이 새끼가 똠양꿍한테 한 짓은 모르고. 뭐 이런, 거지 같은 시추에이션이 다 있냐?"

똠양꿍에게 죄가 있다면 자신의 부모를 욕한 돼랑이 새끼를 때리기에는 집에 돈이 너무 없다는 것과 집안 스펙이 너무 달린다는 점이다.

통아리에 얌전히 앉아 있던 보로가 무언의 항의를 하듯 입을 쩍 벌렸다. 보로의 까만 혓바닥이 눈에 띄었다. 똠양꿍은 보로의 까만 혀를 보고 이렇게 말했다.

"설마 내 혓바닥, 말보로 씨 것처럼 까맣지는 않지? 혓바닥까지 까맣다면 나…… 이 나라에서 살 수 없을 거 같아."

내 앞에서 분홍빛 혓바닥을 날름거리며 웃던 똠양꿍의 모습이 떠올라 나는 인상을 쓰고 말았다. 병신같이 자꾸 눈물이 많아진다.

응방에 나타난 엄마는 늘 들고 오던 낡은 가방 대신 이혼 서류를 들고 왔다. 아버지는 이혼 서류에 진하게 찍힌 엄마의 인감도장을 보고 할 말을 잃었다. 매번 아버지와의 싸움에서 세상이 끝날 것처럼 소리를 지르고 흥분하던 엄마는 이번엔 딴사람인 것처럼 침착하고 차분했다. 나는 서류를 내미는 엄마의 손을 물끄러미 바라보았다. 아버지가 주었을 것이 분명한 향나무 염주가 엄마의 거친 팔목에 자리 잡고 있었다.

"더는 힘들어요. 그냥 찍어요."

예전에 가족사진을 찍을 때도 엄마는 같은 말을 했다. 매를 길들이느라 늘 바쁜 아버지가 가족사진 찍는 것을 미루자, 엄마는 지친 표정으로 이렇게 똑같은 말을 했다. 그리고 아버지는 몇 마디 잔소리를 늘어놓더니, 엄마의 소원대로 해 주었다. 가족사진은 별로였다. 모두들 마뜩잖은 표정이었다.

나는 외치고 싶었다. 빌라는 팔았지만, 아버지가 응방에 살림집을 차릴 거다, 그래도 응방에 여분의 방이 있어서 다행이지 않냐, 우리가 완전 알거지는 아니다, 전통 매사냥이 유네스코 무형문화재에 지정되면 어쩌면 아버지는 스타가 될지도 모른다, 그러면 돈을 엄청 벌 수도 있다. 하지만 나는 한마디도 못했다. 그저 내가 입 밖에 낸 소리라고는,

"엄마, 그럼 난?"

이게 전부였다. 엄마가 날 보더니 단호하게 말했다.

"넌 엄마랑 살 거야. 네 아버지 밑에 있어 봤자, 매보다도 못한 자식일 텐데 그 꼴을 어찌 봐. 동준이, 너도 당장 짐 싸."

아버지가 변명을 하고 엄마를 만류할 줄 알았다. 평소의 아버지라면 그래야만 했다. 엄마가 화를 낼 때면 아버지는 당신이 하는 일에 대한 자부심을 한껏 드러내며 더욱 당당했다.

"동준이, 어떻게 할래? 네가 원하는 대로 해."

이건 아버지가 아니었다. 내가 아는 아버지는 이래서는 안되었다. 엄마가 내 짐을 닥치는 대로 싸서 종이 가방에 밀어 넣었다.

"그만요!"

나도 모르게 소리를 질렀다. 아버지도, 엄마도 놀라서 나를 빤히 쳐다보았다. 나는 엄마의 물건이 담긴 핑크빛 트렁크를 엄마 앞에 놓았다.

"아직은 아니에요. 엄마, 다시 한 번 생각해 봐요. 가족이잖

아요. 아버지 사랑해서 결혼했잖아요."

내가 이렇게 낯간지러운 소리를 할 자격이 과연 있는 것일까?

"가족? 네 아버지를 사랑해서 결혼해? 그래, 옛날엔 사랑했었지. 네 아버지 심장에 매 한 마리가 날아들기 전에는……너, 어쩔 거야?"

엄마가 낯설었다. 내가 매를 이해하지 못했던 시절의 모습처럼 느껴졌다. 엄마는 날카로운 발톱을 드러내며 아버지와 나를 상처 내고 있었다.

"나…… 겨울까지는 여기 있어야 해요."

아버지가 밖으로 나갔다. 나는 차마 엄마한테 아버지와의 계약 이야기를 할 수가 없었다. 그것은 신의에 대한 문제였다.

"엄마는 너 포기 안 해. 그런 줄 알아. 엄마가 데리러 올 때까지 네 아버지 닮아 그 가슴팍에 온갖 잡새 끌어들였다간 동준이 너, 그대로 저승 갈 줄 알아."

더 이상 들을 것도 없다는 듯, 엄마가 자리에서 일어났다. 매에 관한 자료와 매 사진이 즐비한 실내를 획 둘러본 엄마가 쓴웃음을 지었다.

"진짜 이렇게 가실 거예요?"

엄마가 발길을 멈추고 나를 돌아보았다.

"너도 엄마랑 같이 가. 네 아버지, 매를 집에 들이면서부터 가족은 안중에 없었다. 대체 왜 결혼을 했나 몰라."

말은 야멸치게 했지만 엄마의 얼굴에는 어둠이 드리워져 있었다. 함께한 세월에 대한 후회인지, 이렇게 돌아설 수밖에 없는 현실에 대한 서글픔인지, 그 정체는 알 수 없었지만 아무튼 홀가분한 기분만은 아니었을 것이다.

"사랑했나 보지요. 사랑하니까, 엄마랑 결혼을 하셨겠죠."

나의 대답에 엄마는 울 듯한 표정을 지었다. 입가가 일그러지면서 웃으려고 했지만 두 눈가에 눈물이 맺혔다. 하지만 엄마는 끝내 울지 않았다.

"소용없어. 나는, 나는…… 동준아. 엄마는 말이야, 다른 여자들처럼 남편이 벌어다 준 돈으로 시장 보고 식구들 위해 밥도 짓고 하면서……. 이제 힘들다."

어머니는 강하다고 했다. 하지만 어머니도 사실은 그냥 보통 여자였다. 평범하게 남편의 사랑을 받으면서 자식 걱정을 하며 저녁 찬거리를 고민하는 여자이고 싶은 거였다.

아버지는 엄마와의 사이에 매를 두었고 엄마의 마음을 읽지 못했다. 나는 그 사실이 안타까웠다. 돌이킬 수 있다면, 이제 정말 늦어 버린 것일까?

속상한 마음이 고스란히 드러나는 얼굴을 하고도 소리 내서 울지 못하고 돌아서는 모습을 보면서도 나는 엄마를 붙잡지 못했다. 엄마는 새로 산 핑크빛 가방을 들고서 떠나갔다. 화려한 핑크빛이 이 겨울과 너무나 어울리지 않았다. 이번에는 결코 돌아오지 않을 것이다, 이곳으로. 엄마에게 웅방은 가족의 보금자리가 아니니까.

엄마를 잡아야만 했다. 빌딩 앞에 세워진 택배 기사의 오토
바이에 열쇠가 꽂혀 있었다. 무슨 수를 써서라도 엄마가 떠나
는 것을 막아야만 했다. 한 번만 돌아봐 달라고, 아버지를 돌아
봐 달라고 내가 빌 터였다.

나는 무면허였다. 게다가 내가 탄 오토바이는 그토록 바라
던 로드스타도 아니었다. 겨울이 끝나기 전에 나는 그 어떤 말
썽도, 사고도 치지 않겠다고 아버지와 약속을 했다.

이번 질주가 마지막이다. 나는 속도를 높인다. 내 몸에 엉겨
붙어 있던 아버지에 대한 오해와 미움을 다 떨쳐 내기로 한다.
엄마가 딱 한 번만 아버지를 돌아봐 주기를 희망한다.

달려라, 달려. 폐부를 찢고 들어오는 차가운 겨울바람에 가
슴속이 시리도록 시원했다.

저기 사거리 앞에 엄마의 핑크색 가방이 보인다. 빨리, 조금
더 빨리 따라잡으면 엄마를 붙잡을 수 있다. 아무것도 보이지
않는다. 화려한 핑크빛이 지금 내가 보는 전부다. 엄마를 잡으
면 다시 우리 가족은 하나가 될 수 있을 것이다. 나는 속력을
높였다.

심장이, 폐가, 머릿속이 얼어붙을 것같이 차갑게 느껴지는
순간, 나는 보로를 떠올렸다. 새파란 창공을 유유히 날던 그 아
름다운 날짐승이 부러웠다. 그리고 나는 내 몸이 무한히 자유

226

로울 수 있음을 느꼈다. 마치 내가 보로가 된 듯이 그토록 가볍고 나른한 느낌에 나는 무서웠다. 등 뒤에 내가 모르는 날개라도 돋친 것일까?

눈앞에 구름 한 점 없는 새파란 하늘이 펼쳐졌다. 누구 하나 침을 뱉거나, 담배 연기로 흠집을 내서는 결코 안 될 깨끗한 하늘이었다.

"끼익!"

둔탁한 마찰음과 함께 무서운 속도로 나는 곤두박질쳤다. 졸음이 몰려오더니 무한의 스피드가 주는 포근한 안식에 자꾸만 웃음이 나오려고 했다. 나는 이토록 깃털처럼, 솜사탕처럼 가벼운 사람이었던가? 창공을 향해 날개를 펼치던 보로 역시 허공으로 몸을 날릴 때면 이렇게 가벼운 기분에 웃음이 날까? 오래된 오디오에서 음악이 흐르던, 먼지가 켜켜이 쌓인 응방이 떠올랐다. 창가로 쏟아져 들어오던 햇살 속에 먼지들이 허공에 붕 떠올랐다가 내려앉았다. 낡은 의자 위로, 흠집이 가득한 책상 위로, 쌓아 놓은 책과 서류 더미 위로, 보로가 앉아 있던 통아리에, 아버지가 벗어 놓은 버렁이에, 만들다가 만 시치미 위로…….

눈앞으로 수만 개의 별이 쏟아져 내렸다. 그러더니 갑자기 모든 사물이 희미해지고 마치 전원 스위치를 누른 것처럼 기억이 까무룩 사라졌다. 내 머릿속에 떠오른 것은 단 하나. 오늘은 내 생애 가장 기똥찬 날이라는 사실이었다.

227

9

매보다 못한

"아버지, 전 매보다 못한 자식이에요."

"......"

"저도 제가 매보다 못한 놈인 거 알아요. 아직 겨울이 채 지나지도 않았는데……."

내 입이 미쳤는지, 마음대로 움직였다. 아버지가 자리에서 일어서며 한 마디 했다.

"그럼 나는 매보다 못한 애비냐? 바보 같은 놈."

아버지는 나를 낳은 엄마에게 사 준 특등품 부산 기장 미역을 아까워했는지도 모르겠다. 또 한 번 아버지와의 약속을 깡그리 무너뜨리고 말았다. 겨울의 끝자락에 나는 대형 사고를 쳤다. 사고도, 다치는 것도 계절 봐 가면서 하라던 아버지의 소원은 바이크 바퀴 사이로 날아가 버렸다.

엄마를 잡으려고 마지막으로 바이크를 탔건만, 바이크 때문에 엄마는 아버지 곁을 완전히 떠나기로 결심한 듯했다. 이혼 서류에 아버지가 도장을 찍었는지는 알 길이 없었다.

침대에 누워 병원 창밖으로 보는 세상은 늘 똑같았다. 사람들은 어디론가 바쁘게 지나갔고 웃고 떠들었다. 가끔 빌딩 숲 사이로 날아가는 새들을 볼 때면 창공을 질주하던 보로가 생각났다.

무료해서 좀이 쑤시던 차에 똠양꿍이 병문안을 왔다. 녀석은 돼랑이를 패고 경찰서에서 무슨 일이 있었는지 말하지 않았다. 나도 알고 싶지 않았다. 서로에게 상처가 될 말은 하지 않는 편이 나았다. 이렇게 얼굴을 마주 보고 있으니 된 거다.

똠양꿍의 손에는 근처 편의점 봉지가 들려 있었다. 기특하게도 녀석은 병문안의 의미를 제대로 파악하고 있는 듯했다.

"보로, 나쁜 자식. 주인이 이렇게 누워 있는데 병문안도 안 오고 말이야."

"너 맛이 갔냐? 새가 어떻게 병문안을 와? 말보로 씨가 병문안 오면 진짜 말보로 담배 광고에 전속 모델로 계약할 일이다. 멋진 근육맨의 어깨 위에 앉아 있는 사진 한 방 정도 찍어 줘야 하는 거 아닌가?"

병원에서의 하루하루는 지루하기 짝이 없었다. 가만히 누워서 때가 되면 주는 밥 먹고 약 먹고 주사 맞고 자다가 지치면 깨어나서 티브이를 보다가 다시 자다가 깨서 밥 먹는 것이 생활의 전부였다. 식물이나 다름없는 생활이었다. 보로가 뇌리에 스쳤다. 항상 방 안의 통아리에 앉아 있던 보로. 발목에 짧은 끈을 묶고서 제자리를 뱅글뱅글 돌던 보로. 설마 내 신세가 보로 같다고 여기는 것은 아니겠지?

"괜찮냐?"

"미친놈. 네 눈엔 이게 괜찮은 걸로 보이냐?"

"다리는 부러졌고, 팔목에 금이 살짝 갔고, 에구구. 이빨도
나갔냐? 앞니라서 우짜냐, 키스할 때 이상하지 않으려나?"

"너, 왜 왔냐?"

"이거."

똠양꿍이 침대 발치에 걸터앉아 편의점 봉지에서 내용물을
하나하나 꺼내 놓았다. 천하장사 소시지 한 통, 바나나 우유 한
통, 감자 칩 한 봉지, 트위티 초콜릿 하나, 오렌지 주스 1.5리
터로 한 통, 자몽 맛 껌 한 통, 삼각김밥 둘.

"하, 이 개념 없는 월남쌈 자식아. 어떻게 죄다 네가 좋아하
는 것만 사 왔냐?"

"원래 그러는 거 아냐? 병문안 가면 심심하니까 자기 먹을
거 싸 가서 말동무나 하고 오면 된다던데?"

대한민국 건국 이래, 이런 말도 안 되는 병문안 수칙은 들어
본 적이 없다. 똠양꿍에게 이따위 엉터리 수칙을 가르쳐 준 작
자가 누군지 궁금해졌다.

"누가 그래?"

"예리."

"뭐? 나예리, 그 나쁜 계집애가?"

똠양꿍은 천하장사 소시지 하나를 까먹으며 고개를 끄덕거
렸다. 노란 포장지 앞에 새겨진 천하장사의 파란 씨름 빤쓰를
뺏어 입고서 당장 이 병실을 달려 나가 나예리, 그 나쁜 계집애
를 한 손으로 들어 허공에 팽그르르르, 돌려 버리고 싶은 심정

이었다.

똠양꿍 말이 진우가 쫙 다 퍼뜨렸다고 했다. 두 사람이 헤어진 것은 전적으로 예리의 잘못 때문이다, 독한 계집애가 동준이를 갖고 놀다가 찬 거다, 동준이는 실연의 아픔을 잊으려고 바이크를 탔는데, 한 여자에게 바친 자신의 순정을 비통해하며 눈물을 훔치다가 핸들 조작 미숙으로 아스팔트 바닥 위로 몸을 날렸다…… . 진우 자식, 틀림없이 이다음에 커서 소설가가 될 거다. 싸구려 소설이나 실컷 쓰겠지.

나는 안다, 예리가 왜 날 찼는지. 직업 군인인 아버지를 따라 봄에 서울로 전학을 간다고 했다. 정을 주고 마음을 붙이는 일이 무섭다고 했다. 자신이 주제를 모르고 욕심을 냈다고 했다. 나는 예리의 말을 제대로 이해하지 못했다. 내가 경험하지 못한 일들이었고 앞으로도 겪을 수 없는 일들이었으니까. 다만 어렴풋이 그 마음만 짐작할 뿐이었다. 그 애는 멀리 이사를 가면서 관계를 지속하고 누군가에게 자신에게 속해 있어 달라고 부탁하는 일이 서툴렀을 것이다. 한 번쯤 부탁해도 좋을 법한데, 그러기에 예리는 너무나도 복잡했다.

"진우보고 헛소리 그만하라고 전해. 안 그랬다간 봄에 내가 학교 가서 새로 장착한 사이보그 다리로 똥구녕을 걷어찬다고. 알겠냐?"

똠양꿍이 깁스한 내 다리를 물끄러미 보더니 고개를 끄덕였다. 나도 시선을 아래로 내리깔고 깁스한 다리를 바라보았다.

보로를 깁스한 다리에 앉혀 놓으면 어떨까? 통아리에 앉아 있는 것처럼 편하게 여길까? 갑자기 궁금해졌다.

사고가 나고 나는 연 이틀 동안 의식이 없었다. 나의 사고로 일단 엄마, 아버지의 이혼 문제는 잠시 보류된 듯했다. 다행이다. 겨울에는 어떤 사고도 치지 말라던 아버지의 말이 떠올랐다. 아버지도 이번 사고는 눈감아 줄 것이다. 의식이 깨어났을 때, 내 시야에 제일 먼저 들어온 것은 다름 아닌 아버지였다. 분명 겨울은 끝나지 않았고 시연회 준비로 아버지는 병원이 아닌 벌판에서 매와 함께 있어야 하는 사람이었다. 당연히 내 곁에 있을 것으로 예상했던 엄마는 굶기와 실신을 반복하다가 진우네 어머니의 손에 끌려 진우네 집에서 쉬고 있다고 했다.

의식을 차린 내게 아버지는 참으로 멋없게 한마디 툭 던졌다.

"아주 달게 자더라. 내가 겨울에는 그렇게…… 됐다."

아버지가 이을 다음 말이 무엇인지 잘 알고 있다.

면도를 하지 않았는지, 허연 수염이 턱 주변에 지저분하게 나 있었다. 아버지는 간호사에게 검정 사인펜을 빌려 오더니, 깁스한 내 왼쪽 다리에 커다랗게 사인을 했다. 이렇게 사인을 해야 빨리 낫는다면서.

똠양꿍이 입가에 양념을 묻혀 가며 고추장 불고기 맛 삼각김밥을 우적우적 씹었다.

"똠양꿍."

"응?"

"정말 죽기 전에 인생이 파노라마처럼 지나갈까?"

하얗게 칠해진 천장이 점점 내 얼굴 쪽을 향해 아래로 아래로 내려오고 있었다. 저 벽에 언젠가 보기 좋게 눌려 죽지나 않을지 염려스러웠다. 담당 의사는 허공에 붕 떠올랐다가 바닥으로 내동댕이쳐진 사람치고 머리가 박살 나지 않은 것이 천만다행이라며 나에게 "심상치 않아. 혹시 아이언맨?" 하고 웃기지도 않는 농담을 건넸다. 웃기는커녕 똥 씹은 얼굴을 하자, 바닥에 머리를 세게 박아 그 충격으로 일시적인 뇌진탕 증상을 보일 것이라고 했다.

문학이 그런 말을 한 적 있다. 사람은 죽기 바로 직전에 자신의 생을 반강제적으로 돌아보게 된다고. 이승에서 저승으로 의식이 넘어가기 전, 누구든 자신이 살아온 인생을 파노라마처럼 쫙 훑어보게 된다고 말이다. 그 말이 진실인지, 완전 개뻥인지는 나도 알 길이 없다. 죽어 보지 못했으니까.

"웃기시네. '악' 하는 순간 '억' 하고 죽는 거지, 파노라마는 무슨. 영화 찍냐?"

나는 연속극을 보며 바나나 우유를 들이켜는 똠양꿍의 목젖을 쳐다보았다. 녀석의 목젖은 리드미컬하게 잘도 움직이고 있었다. 나는 크게 심호흡을 했다.

'아, 살아 있구나!'

나예리가 문병을 왔다. 보기 좋게 찰 땐 언제고 왜 나타났는

지 모르겠다. 알다가도 모를 여자애의 마음 따위, 더 이상 관심
없다.

"오토바이 사고 나고 이 정도인 걸 다행으로 생각해. 이제
두 번 다시 오토바이는 안 타겠구나."

애를 도대체 어떻게 이해해야 하나? 음료수 하나 없이 팥 호
빵만 잔뜩 사 온 예리의 센스에 나는 입을 굳게 다물었다. 내
손에 호빵 하나를 쥐여 주고 자신도 하나 베어 문다. 검붉은 팥
앙꼬가 드러났다.

"여기서 뭐 하는 거야?"

"보면 몰라? 호빵 먹잖아."

"그러니까 여기서 왜 먹냐고? 너희 집에 가서 먹어. 왜 내
앞에 나타나 이러는 건데? 내가 이 꼴이 되니까 미안하냐?"

"아니. 내가 왜? 내가 널 다치게 한 것도 아닌데."

할 말이 없다. 예리는 언제나 바른말만 했다. 다친 친구 문
병도 못 오냐고 되묻는데 딱히 대꾸할 말이 생각나지 않았다.
헤어지면 끝이라고 생각한 것은 나 혼자였나?

"봄 되면 학교에서 나 못 봐. 알지?"

"응. 전학 간다며. 가서 좋은 친구 사귀어. 별 문제도 없어
보이는데 왜 사람 만나는 거 힘들어해? 보기에 너, 하나도 안
그래 보여."

예리가 나를 뚫어져라 보며 호빵을 움켜쥐더니 떨리는 목소
리로 고백을 했다.

"우리 아빠, 새아빠야."

이미 알고 있는 사실이었지만 나는 금시초문이라는 듯, 눈을 한껏 치켜뜨는 시늉까지 해 보였다. 가출한 예리를 찾아 군복 차림으로 나를 찾아왔던 예리의 새아버지 얼굴이 떠올랐다.

"그래서 어쨌다고?"

"친아빠도 아닌데, 새아빠한테 얹혀살면서 전근 가실 때마다 나까지 여기저기 떠돌아다니는 거 힘들고 지겨워. 친아빠한테 가서 살겠다고 했는데도 엄마가 안 된대. 엄마 때문이야. 엄마가 그때 허락만 해 줬어도 난 친아빠랑 한 번쯤 살 수 있었을 텐데……. 우리 아빠, 이젠 여기 없어."

얘가 그래서 그렇게 마음을 못 잡았나?

사람에게는 살면서 저마다의 사정이 있다고 아버지가 그랬다. 누구에게는 그 사정이란 것이 감내할 수 있을 만큼 가벼울 수도 있고 또 누구에게는 그것이 죽고 싶을 만큼 힘겨울 수도 있다. 하지만 세상에 사람이 이겨 내지 못할 정도의 사정은 존재하지 않는다는 것이 아버지의 믿음이었다.

나는 베개 옆에 놓인 검정 사인펜을 예리에게 던졌다.

"야, 나예리. 내 다리에 사인이나 하고 집에 가. 그리고 내 앞에서 호빵 먹을 생각 말고 너희 새아버지하고 호빵 같이 먹도록 해."

얼결에 사인펜을 받아 들고 예리가 새침한 얼굴로 나를 본다. 나는 보란 듯이 호빵 하나를 집어 들어 크게 한 입 베어 물었다. 깨진 앞니 사이로 단팥이 확 밀려들어 왔다. 달콤한 단팥 향이 입안 가득 퍼졌다.

스각스각.

뭘 그렇게 열심히 적는지, 예리가 내 다리 쪽으로 몸을 완전히 수그리고 있다. 예리의 긴 생머리가 깁스한 다리 위로 흘러내렸다. 맨다리였으면 예리의 머릿결을 느꼈을 텐데, 아깝다.

"나, 갈게. 이제 다신 안 올 거야. 잘 있어."

"응. 배웅 안 한다."

팔다리 다 부러진 상태로는 어차피 침대에서 꼼짝할 수도 없었다. 예리는 뒤도 돌아보지 않고 병실을 나섰다. 나예리, 진짜 독한 계집애다. 예리가 나간 병실 문에다 대고 나직이 욕을 하려는 찰나, 문이 열리고 예리가 다시 나타났다.

"너…… 너. 뭐야, 또?"

예리가 다가온다. 다가오는 모습이 예뻐 보여야 정상인데, 어째 호러 영화 속의 주인공 같다. 스르륵, 공중부양으로 다가오는 것처럼 느껴졌다.

"너, 왜 그래? 뭐 두고 갔어?"

말을 잃은 예리가 갑자기 내 위로 고개를 숙였다. 그리고 내 입술에 입을 맞췄다. 벼락 맞은 것처럼, 전기에 감전된 것처럼 몸을 움직일 수가 없었다. 깃털이, 아니 솜사탕이 입술에 내려앉은 느낌이었다. 하지만 예리의 입은 깃털도, 솜털, 솜사탕도 아니었다. 마주한 얼굴로 우리의 코는 맞닿아 있었고 놀라서

238

숨을 못 쉬고 있는 나와는 달리, 예리는 내 얼굴에 숨결을 내뿜고 있었다. 달콤한 향기가 온몸에 마취제처럼 스며들었다.

첫 키스였다. 생애 첫 키스를 팔다리가 부러진 상태로 해야 하는 나. 예리와의 입맞춤으로 내 정신은 혼미했다. 뭐가 뭔지 하나도 알 수가 없었다.

'한 번만 보자. 딱 한 번만.'

어설픈 나의 입맞춤에 혹시나 예리가 실망하지 않을까 궁금했다. 심장이 터질 것 같은 상황에서도 사내의 자존심이 머리를 슬그머니 들었다.

'손 다음엔 어깨, 어깨 다음엔 포옹, 포옹 다음엔 입술, 입술 다음은 혀……'

순서는 잘 알고 있었다. 맞닿은 입술은 더욱 강한 농밀함을 요구하고 있었다. 순간 나는 두 눈을 슬며시 떴다.

'헉, 이럴 수가! 제길……'

역시 무서운 계집애였다. 예리는 이미 두 눈을 또렷이 뜨고 나를 관찰하고 있었다. 본드를 붙여 놓은 것처럼 입술을 맞대고 뜨거운 숨결을 나눠 마시는 가운데 서로의 눈동자를 주시하는 꼴이라니! 전혀 에로틱하지도 낭만적이지도 순수하지도 않은 장면이었다. 당혹감과 부끄러움과 알 수 없는 두려움이 뒤섞였다. 나는 입술을, 내 혀를 어찌해야 할지 몰랐다. 어리바리한 입맞춤이라니!

"아…… 아, 아앗! 으이이이이이……"

나예리가 내 아랫입술을 물고 놓지 않았다. 맛난 젤리를 씹는 어린아이처럼 귀엽게 오물거리는 것도 아니었다. 그렇다고 지나가는 사람의 뒷다리를 물불 안 가리고 공격하는 미친개마냥 물고 늘어지는 것도 아니었다. 적당한 통증과 충격, 그리고 언제까지 물고 늘어질 것인가, 그 끝을 알 수 없는 두려움을 동반한 거침없는 행동이었다. 입술을 지그시 한 번 세게 깨물더니 예리가 나와 시선을 마주하고 씩 웃었다. 크고 반짝이는 예리의 검은 동공 속에 비친 나는 잔뜩 긴장하고 겁먹은 숙맥처럼 보였다.

'아, 이 변태 같은 계집애!'

내게서 얼굴을 떼고 난 예리의 표정은 또렷했다. 늘 그랬듯이 똑 부러진 성격을 고스란히 드러내는, 흐트러짐 없는 모습이었다.

"너……, 너……."

나는 제대로 말도 걸지 못하고 혀 짧은 소리만 내고 있었다.

"매의 유일한 장점이 뭔지 알지? 한번 물면 절대 놓지 않는 것, 먹잇감이든 사냥감이든. 살면서 그런 근성은 본받을 만하지. 안 그래, 송뚱준?"

나는 한마디로 덩치만 컸지, 혀는 아직 자라지 못한 열일곱 어린애였다. 내가 놀라서 버벅대는 사이, 예리는 바람과 같이 사라졌다. 급한 마음에 나도 모르게 자리에서 일어서려고 했다. 다리에 통증이 일었다.

"으윽!"

예리가 내 깁스 다리에 뭐라고 썼는지 궁금했지만, 온몸이 결려서 일어날 수가 없었다. 입이 결린 것인지, 다리가 결린 것인지, 아니면 머릿속이 결린 것인지 가늠할 길이 없었다.

입술이 뜨거웠다. 나는 손등으로 입술을 훔쳤다. 어제와는 전혀 다른 내 입술이 손등에 느껴졌다. 살짝 비릿한 맛이 났다. 젠장, 피 봤다.

한번 물면 절대 놓지 않는 것. 예리는 대체 뭘 원한 것일까? 자신이 꿩이 될 테니, 나더러 보로가 되어 자신을 낚아채기라도 하란 말이었나? 물고 절대 놓지 말아 달라고 부탁하는 것일까? 헤어진 마당에? 자기가 보기 좋게 차 놓고?

잠시 뒤, 내 링거를 확인하러 온 간호사 누나에게 나는 부탁했다. 내 다리에 예리가 뭐라고 썼는지를 말이다. 링거를 확인하고 새 링거로 갈아 준 간호사 누나는 친절하게 내 다리 쪽으로 가서 예리의 사인을 찾아냈다. 그리고 푸하하, 소리 내어 웃었다. 영문도 모른 채 나도 따라 씩 웃었다. 뭔가 즐거운 내용임에 틀림없다.

"너, 이 친구랑 무슨 사이니?"

"전 여친 비스무리한 사인데…… 왜요?"

"아니다. 직접 보는 게 낫겠어. 등 뒤에 베개 대 줄게. 거울로 비춰서 직접 봐."

간호사 누나의 부축으로 자리에서 일어나 앉아, 나는 성한 팔로 커다란 손거울 하나를 들고 간호사 누나가 맞은편에서 비추는 거울에 반사시켜 힘들게 예리가 적은 내용을 볼 수 있었다.

진심을 담아…… 송똥준, 개자식!
— 나예리

평화로운 나날이다. 낮에는 엄마가 병원에 찾아와 내 병상을 지키고 밤에는 아버지가 와서 나와 함께 잠을 잔다. 간이침대에서 쪽잠을 자야 하는 아버지로서는 영 죽을 맛이겠지만, 뭐 한번 곯아떨어지면 누가 업어 가도 모르는 양반이라 별 상관없다고 생각한다.

엄마와 아버지가 얼굴을 마주칠 때는 저녁에 잠깐 두 분이 교대를 할 때뿐이다. 두 분 사이가 사이인지라 어색하거나 살얼음판 같을 줄 알았는데, 의외로 겉보기에는 다정다감하다. 먼저 말을 거는 것은 늘 아버지 쪽이다. 워낙 말이 많은 사람이니 당연한 이치다.

"밥은 먹었고? 저녁 맛있게 먹어."

엄마의 유일한 관심사가 밥도 아닌데, 아버지는 엄마 얼굴만 보면 밥 얘기밖에 할 줄 몰랐다. 아버지의 물음에 엄마는 늘 "그래요"라고 대답하는 것이 전부였다. 옆 침대의 탈장 수술을 받은 노총각 아저씨는 두 분의 차분한 대화를 듣고 "나도 형님

내외처럼 늙어야겠습니다"라고 망발을 건넸다. 그럴 때면 엄마와 아버지의 얼굴은 기묘하게도 똑같은 모양으로 일그러졌다. 부부가 오래 살면 닮는다던데, 우리 엄마와 아버지는 일그러지는 얼굴 모양새가 닮아 가나 보다.

벌써 저녁 7시 반이다. 평소라면 아버지가 엄마와 교대를 하고 30여 분이 지났을 시간이다. 그런데 아버지에게서 소식이 없었다. 말은 하지 않았지만 엄마는 아까부터 벽시계를 3분 간격으로 확인하고 있었다.

"엄마, 그냥 가도 돼."

엄마는 오늘 밤차를 타고 용인으로 가야 한다. 더 이상 음식점 일을 비워 두는 것은 미안해서 안 된다고 했다.

"아니야, 조금 더 기다려 보고. 너 혼자 어떻게 돼?"

이제껏 나 혼자 집에 잘 두고 다녔으면서 뭘 그러냐고 대답하려다가 말았다. 농담으로 한 말이 엄마 가슴에 비수가 될지도 모르니까.

다치니까 좋은 일도 있긴 있다. 예전 같으면 집에 왔다가 용인으로 돌아갈 때, 아버지가 있건 말건 얼굴도 보지 않고 떠났겠지만 지금은 나를 인수인계한다는 핑계로 엄마는 꼴도 보기 싫다던 아버지 얼굴을 출근 도장 찍듯 꼬박꼬박 보니까 말이다. 이혼 서류를 건네고도 엄마는 손목에서 향나무 염주를 빼지 않았다. 나는 아버지가 건넸을 엄마의 염주를 보며 희망을 버리지 않아도 괜찮지 않을까, 생각했다.

아버지는 8시 반이 넘어서야 병실에 들어섰다. 집에 들르지도 않고 응방에서 바로 왔는지, 유니폼처럼 입는 생활한복은 흙투성이였고 매 특유의 냄새와 바람 냄새를 함께 몰고 들어왔다. 엄마는 귀신같이 아버지가 왜 늦었는지를 냄새만으로 알았다. 엄마의 붉어지는 눈시울을 아버지는 미처 보지 못했는지 나를 바라보며 반갑게 이야기를 꺼냈다.

"동준아. 잘하면 좀 더 일찍 우리 전통 매사냥이 유네스코에 세계인류무형유산으로 등재될 수 있을 것 같다."

반가운 소식이었다. 밤이 늦도록 돋보기를 쓰고 서류를 꾸리고 새벽같이 일어나 매사냥 훈련에 매진한 아버지의 노력이 보상받는 셈이니까.

"당신 진짜…… 진짜 이럴 거야? 보자 보자 하니까! 애가, 우리 애가 이러고 누워 있는데 그깟 매 새끼 때문에 그 꼴로 이제 와서 뭐가 어째?"

엄마의 새된 소리에 아버지는 그제야 상황을 파악했다. 아버지는 엄마를 상대로 변명 아닌 변명을 늘어놓기 시작했다. 유네스코가 지정하는 세계인류무형유산 대표 목록에 등재만 된다면 개인의 영광은 둘째 치고 '국격'을 높이는 일이라며 흥분했다.

"징그러워!"

엄마의 비명 같은 외침에 아버지와 나는 얼이 빠졌다.

"국격이니 뭐니, 난 그런 거 몰라! 적어도 나하고 동준이한테 모멸감은 느끼지 않게 해 줘요. 그게 제대로 된 가장이잖아. 앨, 나 혼자 낳아 키웠어? 적어도 가족이 당신이 키우는 매보다는 나은 존재라는 걸 느끼게 해 줘야 할 것 아냐! 우리가, 내가, 그깟 새대가리한테 밀려야겠냐구!"

새대가리라는 말에 아버지는 찬물을 옴팍 뒤집어쓴 사람처럼 제자리에 서서 미동조차 하지 않았다.

"나에게 이게 어떤 일인지 알면서 새…… 새대가리? 이 사람이…… 축하는 못할망정……."

뜨거운 국물을 황급히 삼키고 입천장을 홀랑 덴 사람처럼 아버지는 입을 벌리고 혀를 드러낸 채 서 있었다. 엄마는 잠자코 아버지를 노려보더니 가슴이 들썩일 정도로 크게 숨을 들이켰다.

"뭐어? 축하? 하! 그래, 드럽게 축하해. 대박 나길 바란다, 제에발!"

엄마는 아버지의 가슴팍에 어퍼컷을 한 방 날리고는 그대로 나가 버렸다. 아버지는 이번에도 엄마를 잡지 못했다. 멋쩍음과 당황스러움이 살짝 담긴 아버지의 눈길은 내게 '저 여자가 언제 복싱을 했대? 사람 죽일 주먹일세'라며 말하고 있었다. 그리고 나 역시도 그랬다. 옆 침대의 탈장 수술 환자 아저씨만이 엄마를 붙잡으려는 듯 팔을 허우적대며 "아이고, 저기 형수님!" 하고 외쳤을 뿐이다. 표정을 보아하니, 아마 아저씨는 이제껏 부부 금슬 운운했던 자신의 혀를 꽉 깨물어 버리고 싶어

하는 것 같았다. 병실 안 분위기가 싸늘해졌다. 탈장 아저씨는
천성이 명랑 쾌활한 사람으로 탈장의 순간까지 웃고 있었을
사람이었다. 그러나 결국 살벌한 분위기를 못 이기고 휠체어
를 타고 병실 밖으로 나가 버렸다.

"나, 아버지한테 할 말 있어요."

"뭔데?"

나는 천천히, 또박또박 내 속에 있던 말을 꺼낸다.

"나, 다른 건 몰라도 아버지보다 훨씬 괜찮은 어른이 될 겁
니다."

아버지가 주름 깊어진 눈매로 나를 가만히 바라본다. 아버
지 역시 뭔가 속엣것을 꺼내 놓고 싶어 하는, 아니 토해 내고
싶어 하는 눈치다.

"뭐, 그러든지."

하지만 아버지의 말은 그게 전부였다. 왜 나는 뜬금없이 아
버지보다 나은 어른이 되겠다고 했을까?

위로였다. 아버지를 위로해 주고 싶다는 생각이 불현듯 머
릿속을 스쳤다.

아버지보다 괜찮은 어른이라⋯⋯. 과연 내가 그렇게 될 수
있을까? 에라이, 모르겠다. 일단 입 밖으로 내뱉었으니 어찌
될 것이다. 보로를 처음 손등에 올려놓겠다고 큰소리쳤을 때
도 마찬가지 아니었던가. 나란 놈은 행동보다는 입이 먼저니
까, 그 입이 저지른 일들을 불알 두 쪽 가진 놈이 수습해야 한

다는 신념 하나로 살아온 놈이니까 나는 반드시 아버지보다 괜찮은 어른으로 성장할 것이다.

입을 꾹 다문 채, 서먹한 사람들처럼 심드렁한 얼굴을 하고 티브이 드라마를 보았다. 아버지나 나나 드라마를 별로 좋아하지 않았다. 화면 속 늙은 아버지와 아들이 목욕탕에서 서로의 등을 밀어 주고 있었다. 아버지와 함께 마지막으로 목욕탕을 갔던 때가 언제였더라? 아마도 초등학교 3학년 때였던 것 같다.

아버지가 송골매를 처음으로 키우기 시작한 시기였다. 몽골 같이 드넓은 곳에서만 사육이 가능하다고 알려진 송골매를 처음 식구로 맞이한 날, 아버지는 얼굴 가득 미소를 머금은 채 나와 함께 목욕탕에 갔다. 깨끗이 씻고 오라는 엄마의 당부를 보기 좋게 무시하고 우리는 냉탕에 나란히 들어앉아 숨 오래 참기를 하며 키들거렸다. 냉탕에서 아버지에게 개구리 수영을 배우며 나는 스피드에서만큼은 송골매를 따를 날짐승이 없다는 사실을 배웠다. 아버지는 송골매를 두고 전투기가 따로 없다며 호탕하게 웃었다.

어둠이 병실 안을 가득 채웠다. 아버지가 창가의 블라인드를 내려 밖의 불빛을 완전히 차단했다.

"피곤할 텐데 자야지?"

다정스런 아버지의 목소리는 사람을 불편하게 만든다.

"씻고 잘래?"

"됐어요."

다소 퉁명스러운 나의 대답에 아버지가 원래대로 돌아왔다.

"더러운 새끼. 야, 씻고 자. 냄새나. 특히 너같이 호르몬 왕성해서 사고나 치는 녀석은 냄새 더 심해. 가만히 있어 봐."

다리 부러진 내가 가 봤자 어딜 간다고 가만히 있어라, 마라, 야단인지 모르겠다.

아버지는 손수 빨아 온 물수건으로 내 손이며 얼굴을 찬찬히 닦아 주었다. 평소에는 결코 볼 수 없는 자상함에 나는 안그래도 뻣뻣한 온몸이 굳어졌다.

"아버지, 전 매보다 못한 자식이에요."

"……."

아버지는 좀 더 손에 힘을 주어 내 눈에 낀 눈곱을 떼어 내고 있었다. 아버지는 말이 없었다. 화가 난 모양으로 어금니를 꽉 깨문 턱이 미세하게 떨렸다.

"저도 제가 매보다 못한 놈인 거 알아요. 아직 겨울이 채 지나지도 않았는데……."

내 입이 미쳤는지, 마음대로 움직였다. 아버지가 자리에서 일어서며 한마디 했다.

"그럼 나는 매보다 못한 애비냐? 바보 같은 놈."

내 편을 드신 건가? 평소처럼 '다다다' 빠른 어투로, 기관총을 난사하듯 욕설과 윽박질이 뒤섞인 질타의 말이라면 얼마든지 참을 수 있었을 텐데, 가라앉은 조용한 저음에 온몸이 전율

248

했다. 뜨거운 눈물이 뺨을 타고 흘렀다. 깁스만 하지 않았다면 눈물을 닦아 냈을 텐데 주책바가지처럼 흐르는 대로 베갯잇을 적시는 꼴이라니.

"그만 처 울어. 사내놈이…… 불알 떨어져."

하지만 오늘 밤만은 울기로 한다. 불알이 떨어질지언정 울어 보기로 한다. 기껏 아버지가 물수건으로 씻겨 놨건만, 내 얼굴은 눈물로 점점 얼룩져 갔다. 안 울려고 입술을 깨물었다. 그러자 코끝이 찡해지면서 머리까지 아파왔다.

아버지는 그런 나를 가만히 지켜보더니 몸을 돌려 화장실로 들어가 버렸다.

"자식, 번거롭게 만드네. 수건 또 빨아야 하잖냐?"

평소의 아버지라면 행주로 상도 훔치고 당신의 손도 닦고 참매의 발도 닦고 바닥에 떨어진 음식물 얼룩도 닦는 등 위생 개념 제로인 것을 내가 다 아는데, 수건을 또 빨겠다고 하는 그 깔끔함이라니! 가당치 않았다.

수건을 빨러 들어간 아버지는 수돗물을 세게 틀어 놓았다. 하수구로 흘러내려 가는 물소리를 들으며 나는 눈을 감았다.

아버지는 오래도록 화장실에서 나오지 않았다.

10

날아라, 보로

매는 결코 길들여지지 않는다.

매를 길들이는 건 사람의 정이 아니라 배고픔이라고 아버지는 말했다.

하지만 나는 보로와 정으로 하나가 되었다고 믿는다.

그리고 나를 길들인 건 매가 아니라 아버지의 진심이었다.

똠양꿍이 이사를 간다. 아니 이민을 간다. 아니 그냥 떠난다. 솔직히 대한민국 국적을 가진 똠양꿍이 엄마의 고향 필리핀으로 가는데 이민이라는 표현은 적절치 않다. 그렇다고 한국에서 필리핀으로 삶의 터전을 옮기는데 단순히 이사라고 하기엔 어쩐지 초라한 느낌을 지울 수 없다. 짐을 싸서 가니까 '떠난다'가 가장 적절한 표현일 것이다.

똠양꿍은 담담한 목소리로 내게 이렇게 말했다.

"나, 필리핀으로 떠나. 고향으로 가기로 했어."

고향. 내가 알기로 고향이란 태어나고 자란 곳을 뜻하는 단어다. 똠양꿍에게 고향은 필리핀이 아니라, 이곳 대한민국이다. 똠양꿍은 서울 가리봉동 어느 산부인과에서 태어나 네 살

때 대전으로 이사 온 이후, 쭉 이곳에서 살았다. 그러니까 똠양꿍의 고향은 엄연히 대전인 셈이다. 하지만 녀석은 필리핀을 고향이라고 했다. 이 땅이 녀석에게는 고향 역할을 하기에 턱없이 부족했던 것일까.

하긴, 똠양꿍의 삶은 싸움과 방어와 스트레스와 피로로 얼룩진 무엇이었다. 태어나서 놀이방에 가면서부터 고등학교를 다니는 지금까지 피부색과 생김새 때문에 유독 타인의 호기심 어린 시선을 받았다. 몇몇 바보 같은 녀석들에게 공격을 당했으며 살아남기 위해 싸움을 하고 세상의 편견으로부터 자신을 방어하기에 바빴다. 그중에서 똠양꿍이 특히 못 견뎌 했던 것은 사람들이 자신의 엄마를 손가락질하고 함부로 대하는 것이었다.

"필리핀이 어떻게 네 고향이냐? 너희 엄마 고향이지."

"그런가? 헤헤. 내가 그렇지, 뭐. 어디 가나 이방인이긴 마찬가지지."

이방인이란 말이 똠양꿍의 입에서 흘러나오자, 녀석이 제법 어른스러워 보였다. 한자어라면 골치 아프다던 녀석이었다.

"동준아."

"왜?"

"필리핀 가면 똠양꿍 보내 줄게."

미간에 인상까지 써 가며 똠양꿍이 진지하게 말했다.

"미친 새끼. 똠양꿍이 태국 음식인데 필리핀 가는 새끼가 똠

253

양꿍을 어떻게 보내냐?"

"뭐어? 똠양꿍이 태국 음식이었어?"

마치 출생의 비밀을 알게 된 사람처럼 똠양꿍이 흥분했다.

"응, 태국 음식이야."

"하아! 세상에…… 이럴 수가!"

똠양꿍이 태국 음식이란 사실에 똠양꿍은 적잖이 충격을 받은 모양이었다.

"도저히…… 도저히 믿을 수가 없어. 세상에, 똠양꿍이 태국 음식이라니!"

친구여, 나는 네 머리를 더 믿을 수가 없다. 너의 덜떨어진 반응도 놀라울 따름이다.

"송동준. 너, 알고 있었어?"

"뭐?"

"똠양꿍이 태국 음식이란 거."

나는 똠양꿍이 태국 음식이란 것을 '이미' 알고 있었다. 이런 나의 놀라운 지식에 똠양꿍이 실신이라도 할까 봐 조심스럽게 고개를 끄덕였다.

"하, 이럴 수가! 피, 피, 필, 필리핀 음식이라고 니, 니가 그, 그랬잖아."

녀석은 믿는 도끼에 발등을 찍힌 사람처럼 말을 더듬었다.

"아니래."

"누가?"

"인터넷."

인터넷의 초록빛 지식인 씨를 이용하지 못한 똠양꿍, 네가 미개한 거야. 매일 게임방에서 컴퓨터를 끌어안고 씨름한 녀석이 인터넷 검색 한번 안 하다니! 한심하다, 짜샤.

"그럼 넌 오래전부터 똠양꿍의 국적을 알고 있었던 거네?"

"응."

"배신자! 그런데 왜 말 안 했어? 왜 이제 와서 가르쳐 주는데?"

말은 바로 하자, 친구야. 내가 가르쳐 준 것이 아니라 네가 헛소리를 하니까 내가 그냥 아는 대로 입을 열었을 뿐이다.

나는 똠양꿍의 어깨에 두 손을 척 올렸다.

"네가 계속 병신 삽질할까 봐."

"이씨……."

똠양꿍이 입술을 꽉 깨물었다. 나는 똠양꿍의 어깨를 움켜쥔 두 손에 힘을 더 세게 주었다.

"필리핀까지 가서 삽질하게 할 수는 없잖아."

아무리 똠양꿍이 바보짓을 한다고 해도 국제적으로 바보 삽질을 하게 만들 수는 없다.

"왜? 내가 삽질하게 내버려 두지, 이 배신자야!"

나는 여전히 똠양꿍의 두 어깨에서 손을 내리지 않았다.

"넌 내 절친이잖냐."

그것으로 끝났다. 똠양꿍이 나를 와락 끌어안은 것이다. 두

근대는 심장이 서로의 가슴에 맞닿았다. 쿵쿵, 울렸다고 하면 완전 거짓말이고 서로의 숨소리가 귓가에 들리기는 했다.

"배신자, 나쁜 새끼. 똠양꿍이 어디 건지 아는 잘난 새끼."

녀석이 말을 할 때마다 심장이 울렸다. 고개를 슬쩍 돌리자, 공터에 버려져 있는 깨진 전신 거울에 우리의 기묘한 포옹 장면이 보였다. 깨진 거울 속에 녀석의 엉덩이와 내 허리 부분이 어긋나 있었다. 하지만 마주 닿은 우리의 가슴은 온전했다.

자꾸만 웃음이 난다.

"징그러, 이 새끼야. 떨어져."

입 밖으로 마음에도 없는 말이 튀어 나갔다. 하지만 나는 그 어느 때보다 똠양꿍을 힘껏 끌어안았다. 마치 오래전부터 한 몸이었던 것처럼.

한참을 껴안고 있자니, 쑥스러웠는지 똠양꿍이 얼른 몸을 뗀다. 그러더니 하는 말이 역시 똠양꿍답다.

"나중에 편지 써서 보로 발목에 묶어 필리핀으로 소식 전해 봐."

"뭐어?"

나는 이 자식이 떠난다는 슬픔에 미쳐도 단단히 미치고, 돌아도 완전히 돌았다고 확신한다.

"네가 보로 발목에 편지 묶어서 내게 보내면, 내가 그때 너의 매 길들이는 솜씨를 인정해 주지."

아무리 괴롭고 슬프고 참아야 하는 상황일지라도 인간의 인내심에는 한계가 있기 마련이다.

"야, 똠양꿍 미친 새끼. 끝까지 헛소리냐? 보로가 비둘기냐, 짜샤? 편지를 전하게!"

한숨이 나온다. 제발 필리핀에 가서는 녀석이 진정 행복해야 할 텐데…… 나는 뭔가 말하려는 녀석의 입을 틀어막기 위해 다시 한 번 뜨겁게 똠양꿍과 포옹했다.

"똠양꿍, 우리 똠양꿍 먹으러 갈래?"

나의 제안에 녀석이 흔쾌히 수락했다. 떠나기 전에 밥 한 끼 정도는 같이해 줘야 진정한 한국 사람이라고 했다. 언제는 필리핀 사람이라고 했다가, 지금은 한국 사람이라고 했다가, 아무튼 앞뒤가 영 헛갈리는 녀석이다. 인터넷으로 똠양꿍을 파는 음식점을 찾아내서 버스를 타고 한참을 갔다. 정통 태국 음식점으로 들어서기 전에 나는 현금인출기에서 돈을 찾았다. 주머니에 돈다발을 쑤셔 넣자, 똠양꿍의 눈이 튀어나올 듯이 커졌다.

"너, 훔쳤냐?"

"미친 새끼, 도둑이냐? 너랑 같이 필리핀으로 도주하게 생겼냐, 내가?"

"그럼 어서 났어?"

"보로 팔았다, 왜?"

"보로는 응방에 잘 있잖아."

나는 똠양꿍의 뒤통수를 한 대 쳤다. 이렇게 어수룩해서야,

257

원. 필리핀에 가서 잘 살지 걱정이다.

"지난 번 티브이 사극에 매사냥 장면 찍은 알바비."

그제야 똠양꿍이 환하게 웃는다.

"것 봐. 우리 것이 좋은 것이여! 매가 돈도 벌게 해 주고. 똥준, 너 보로한테 굽신굽신해야겠다."

"시끄러. 들어가자."

똠양꿍과 나는 태어나서 처음으로 가 본 태국 음식점에서 우리가 아는 유일한 태국 음식, 똠양꿍을 시켰다. 막상 똠양꿍이 우리 앞에 놓이자, 둘 다 숟가락을 들지 못했다.

새로운 음식 앞에서 언제나 용맹하던 열일곱 청춘들은 어디로 사라졌단 말인가!

"먹고 힘내자."

세상에는 힘낼 일이 많았다. 똠양꿍도, 나도 그 사실을 잘 알고 있다. 우리는 새우를 하나씩 들어 앞 접시에 놓았다. 그리고 숟가락으로 국물을 떠서 먹었다.

"동준아. 똠양꿍이……."

나는 똠양꿍의 얼굴을 바라보았다. 녀석의 목울대가 울렁거리고 있었다.

"똠양꿍이 이런 맛이었구나."

난 그만 픽 웃고 말았다. 녀석은 참 싱거운 놈이다. 나는 그런 똠양꿍을 사랑한다. 눈물샘이 잘못되었는지, 똠양꿍에는 눈물샘을 자극하는 성분이 첨가 되었는지, 똠양꿍은 똠양꿍을 먹는 내내 울먹였다.

똠양꿍을 먹다 말고 청승맞게 훌쩍이는 똠양꿍에게 나는 볼펜으로 낙서를 한 휴지 한 장을 건넸다.

눈물의 똠양꿍을 먹지 않고는 인생을 말할 수 없다.

똠양꿍이 코를 킁, 하고 들이마시더니 멍한 눈으로 내 얼굴을 쳐다봤다.

"선물이야. 코 풀지 말고 갖고 가. 필리핀이든, 어디든."

산사로 향했다. 산길을 홀로 걸었다. 정확히 말하면 완전한 혼자는 아니었다. 보로가 곁에 있었다. 예리와 함께 올랐던 산사. 예리의 뒷모습을 바라보며 걸었을 때는 이 길이 이토록 먼 줄 몰랐다. 혼자 걷는 길은 외롭다. 그러나 자유롭다. 숨이 턱까지 차올랐다. 발아래 세상은 온통 잿빛이었다. 봄이 오면 이 길도 초록빛으로 물들 것이다.

멀리 산사가 보였다. 나는 가슴속에 부푼 희망을 안은 채 부지런히 걸었다. 사고로 다친 다리가 살짝 뻐근했지만 개의치 않았다.

부러진 뼈는 놀라운 속도로 붙었다. 종아리에 남은 희미한 상처만 제외한다면 내 다리는 사고가 나기 전의 그것과 다를 바가 없었다. 아버지는 내 다리의 상처를 어루만지며 "젊음이

259

좋긴 좋구나!"라는 묘한 소리를 했다.

아버지는 엄마가 남기고 간 이혼 서류에 아직도 도장을 찍지 않았다. 사실, 이혼 서류를 보고 나는 몰래 아버지의 인감도장을 훔쳐서 버리려고 했다. 그런데 인감도장을 응방의 아버지 책상 서랍에서 빼내다 딱 걸리고 말았다.

"뭐 하냐?"

"그게…… 그러니까…… 도장 찍지 마시라구요!"

그제야 아버지는 내 손에 들린 당신의 인감도장을 보았다. 굳은 표정이었는데, 내가 처음 보는 아버지의 낯선 표정이기도 했다. 잔뜩 얼어 있는데 아버지가 피식 웃더니 내 등을 한 대 후려쳤다. 장난 같은 손길이었다.

"아이고, 어~르신. 이 떨떨한 놈아. 도장 훔친다고 해결되냐? 사인하면 되는데. 앤 누굴 닮아 이래?"

하지만 아버지는 도장을 찍지 않은 것은 물론, 사인도 하지 않았다. 그리고 엄마 또한 이혼 서류는 어떻게 된 것이냐고 채근하지 않았다. 그냥 각자의 자리에서 살았다. 간혹 엄마가 전화를 걸어 "엄마 있는 곳으로 와. 엄마랑 살아. 니 아버지 옆에 있다간 죽도 밥도 못 돼"라고 하기는 했지만, 나는 엄마에게 분명히 전했다. 이 겨울이 가기 전에는 엄마 곁으로 갈 수 없다고.

나는 아버지와의 계약을 지키고 싶었다. 적어도 내가 먼저 깨고 싶지는 않았다. 자존심이었다.

나는 보로를 밖에 매어 놓고 불당 안으로 들어섰다. 겨울의 산사는 고즈넉했다.

무릎을 꿇었다. 몸을 낮추고 머리를 숙이고 절을 한다. 지난 번에 예리랑 왔을 때에 나는 밖에 서서 불상을 보며 속으로 기도를 했다.

'이 세상의 매란 매는 모조리 사라지게 해 주십시오. 나무아미타불 관세음보살.'

그리고 예리랑 집으로 돌아오는 길에 시내에서 본 교회 십자가를 보며 또 한 번 기도했다. 조사 하나 다르지 않은, 같은 내용의 기도였다.

매를 날리고 집으로 돌아와 속상한 마음에 바이크도 탈 수 없을 때면 나는 하모니카를 잡았다. 하모니카를 잡을 때면 가슴 아래에서 울컥 화가 치솟았다. 고작 이 말 안 듣는 매 한 마리 때문에 손이 얼었다고 생각하니 당장 목이라도 졸라 죽이고 싶었다. 밖에서 매와 보내는 시간이 길어지면 길어질수록 하모니카를 잡는 내 손가락은 점점 굳어 갔고 무뎌졌다.

'아멘'과 '나무아미타불'을 반복적으로 번갈아 가며 속으로 외쳤다. 믿음 없는 신앙은 아무 소용이 없었다.

이번에 나는 아무것도 소원하지 않았다. 그저 몸을 낮추고 또 낮추고 허리를 굽히고 무릎을 꿇으면서 고스란히 겨울을 온몸으로 느꼈다.

아버지는 매년 가을걷이가 끝날 무렵이면 무릎이 닳도록 절을 했다. 산신 님께 빌었다. 좋은 매를 받게 해 달라고 제사를 지냈다. 몸을 흙바닥에 낮추고 땀을 흘리며 절을 하는 아버지의 진지함을 나는 단 한 번도 이해하려고 들지 않았다. 절을 하며 절박한 표정을 짓는 아버지의 얼굴은 너무나도 낯설었고 거북했다.

내가 몸을 낮추면 낮출수록, 몸이 힘들면 힘들수록 좋은 매를 받게 해 달라며 절을 올리던 아버지의 땀에 젖은 얼굴이 머릿속에 또렷하게 나타났다. 나는 쉬지 않고 몸을 낮췄다. 내 입에서 의도하지 않은 소리가 저절로 흘러 나왔다.

"하아, 아버지. 아버지, 아버지……."

땀인지, 눈물인지 모를 것들이 얼굴 가득 넘쳐흘렀다. 분명 숨이 찬데 가슴속은 시원했다. 서늘함이 흘렀다. 고동색 보료 위에 짙은 얼룩이 가득했다. 나는 한참을 엎드려 일어서지 못했다.

단청 아래에서 나를 기다리고 있던 보로가 땀범벅이 돼서 나온 나를 가만히 주시한다. 산사의 겨울은 매를 날리던 벌판 위의 겨울만큼이나 차가웠다.

미쳐도 단단히 미쳤다. 내 돈으로 닭을 사다니. 아버지에게 받은 돈. 나만의 바이크를 사려던 돈을 미련 없이 털었다. 매들의 먹이였다. 매들을 위해 메추라기를 키우고 생닭들을 구입해야만 했다. 얼마 되지는 않았지만, 나는 아버지를 돕고 싶었다.

"네가 간만에 매잡이다운 짓을 하는구나."

매들의 먹이 중 생닭 두 마리를 빼내 아버지와 나는 그날 밤 삼계탕을 해 먹었다. 성공리에 시연회를 마치기 위해서 우리도 몸보신을 해야 하는 것 아니냐며 아버지가 능청스레 말했다. 나는 못 이기는 척하며 보로와 마루의 밥 한 끼를 주인인 우리가 한 번쯤 슬쩍하는 것도 나쁘지 않다고 응수했다.

나는 아버지 대신 삼계탕을 끓였다. 태어나서 처음 끓여 보는 삼계탕이었다. 인터넷에서 제공하는 레시피가 얼마나 훌륭할지 모르겠으나 아버지에게 삼계탕을 맡기고 싶지 않았다.

펄펄 끓는 삼계탕을 뚝배기에 보기 좋게 담고, 며칠 전 엄마가 택배로 부쳐 준 김치를 상에 차려 냈다. 단출한 상차림이었다. 이혼을 할 때 하더라도 엄마는 김치만은 자신의 손으로 담가 먹이겠다는 신념을 보여 주었다. 나는 덜 익은 겉절이가 좋은데, 엄마가 보내온 것은 폭삭 익다 못해 시어 꼬부라진 김치였다. 아버지의 입맛에 맞춘 것이다.

"먹자. 어디 간만에 배에 기름때 좀 끼게 해 보자."

아버지는 닭다리 하나를 쭉 찢어 입에 물었다. 뜨거울 텐데 후후, 불지도 않고 묵묵히 드셨다. 나는 엄마의 김치를 아무 말 않고 아버지의 뚝배기 안에 밀어 넣었다. 아버지가 잠자코 국물을 후루룩 마시며 김치를 우적우적 씹었다.

"맛나다. 내가 이제야 호강이란 걸 해 보는 기분이다."

"무슨 호강이 이렇게 시시해요?"

"호강이 별거냐? 아들자식이랑 밥상 마주 놓고 앉아서 뜨거운 밥 한 끼 먹는 게 호강이지. 너도 이다음에 아들 낳아 봐라.
내 마음, 알 것이다."

"됐어요. 전 딸 낳을 거예요."

닭 날개를 씹던 아버지가 숟가락을 들어 내 이마를 소리 나
게 때렸다.

안 그래도 추운 날씨에 잔뜩 움츠러들었는데, 시연회에 모
여든 사람들을 눈으로 직접 확인하고 나니 마비 환자라도 된
것처럼 온몸이 뻣뻣하게 굳었다. 사진 촬영을 위해 자리를 잡
는 사람들을 좇던 내 눈은 무리에 섞여 있던 똠양꿍을 발견하
고 튀어나올 듯 커다래졌다. 나는 이제껏 나를 옭아맸던 긴장
감도 잊은 채, 똠양꿍에게 달려갔다.

"너…… 너, 여기서 뭐하는 거야?"

"구경."

똠양꿍이 콧물을 훌쩍거리며 짧게 대답했다.

"오늘…… 간다며? 필리핀 안 가? 비행기 안 탔어?"

"안 탔으니까 여기 있지."

나는 똠양꿍의 인중을 타고 흐르는 맑은 콧물을 멍하니 쳐다
봤다. 똠양꿍이 엄지손가락으로 이소룡 흉내를 내며 콧물을 닦
았다. 손에 흥건히 묻은 콧물을 바지춤에 쓱 문지르며 한마디
하는 똠양꿍.

"보로는 비둘기가 아니라며? 그래서 남기로 했어."

264

"뭐?"

"너한테 소식 못 받으면 안 되겠더라구. 절친이라고는 너 하나인데 말이지. 생각해 보니까…… 고향이 최고더라."

환하게 웃는 똠양꿍을 보고 있자니 가슴이 벅차올랐다. 자꾸만 웃음이 났다. 슬쩍 미소만 지으려고 했는데 자꾸자꾸 입이 찢어지고 썩은 어금니까지 몽땅 드러내고 웃고 싶어졌다. 똠양꿍은 곧 있을 시연회를 위해 자리로 돌아가는 내 뒤통수에 대고 큰 소리로 외치며 박수를 쳤다.

"대~한민국!"

악을 쓰는 똠양꿍을 보고 아버지가 눈살을 찌푸렸다. 똠양꿍은 시연회를 돕는 자원봉사 청년에게 주의를 받고서야 입을 다물었다. 잠시 뒤 똠양꿍이 두 팔을 브이 자로 쭉 뻗어 하늘을 가리켰다. 당장에라도 하늘로 치솟을 듯한 포즈였다.

시연회가 시작되었다. 털이꾼이 꿩을 날리면 봉우리에 서 있던 아버지가 참매의 눈가리개를 벗길 것이다. 나는 그동안 수없이 시험을 보고 연습했던 시연회 순서를 머릿속으로 그려 보았다.

나는 왼팔에 보로를 앉혀 놓고 아버지의 신호를 기다렸다. 먼저 참매를 날릴 것으로 예상했던 아버지가 나에게 먼저 신호를 보냈다. 나의 첫 시연회. 숨죽이고 지켜보는 많은 사람들을 둘러봤다.

처음으로 봉받이*가 되어 산봉우리에 올라섰다. 몰이꾼이 꿩을 발견한 모양이다. 앙상한 겨울나무 가지 사이로 몰이꾼의 목소리가 울려 퍼진다.

"매요!"

몰이꾼의 소리에 심장이 크게 뛴다.

"애기야!"

신호다. 시연회가 시작되는 신호다. 태연한 척했지만, 보로의 눈을 덮고 있는 작은 가죽 가리개에 손을 대자 오른손이 미친 듯이 떨려 왔다. 보로도 나의 떨림을 느꼈는지, 고개를 갸우뚱한다. 나도 이런데, 너는 오죽하랴. 나는 순식간에 보로의 눈가리개를 벗기고 아버지가 그랬던 것처럼 왼팔을 창공으로, 앞으로 밀어냈다.

"매 나간다!"

나 자신도 놀랄 정도로 큰 소리로 외쳤다. 보로가 힘차게 하늘로 날아오른다.

지독한 옹고집쟁이, 똥싸개, 전통도 뭣도 아닌 녀석, 귀찮은 날짐승이었을 뿐인 보로가, 나의 보로가 커다란 날개를 펴고 새파란 하늘 속으로 뛰어든다. 꼬리 자락에 매달린 붉은 술의 방울이 청량하게 울린다.

매 나간다,

내 마음에서 나간 것은 아버지에 대한 불신이었으며

* 매를 부려 꿩을 잡는 사람을 봉받이, 매받이 등으로 부른다.

매 나간다,

아버지를 향했던 미움과

매 나간다,

아버지에 대한 원망이었다.

나는 이제야 아버지를 조금씩 이해하려고 한다.

보로가 나의 왼팔을 벗어나 날아드는 순간, 사방이 조용했다. 시연회를 시작하기 전, 매가 놀랄까 봐 아버지는 늘 사람들에게 박수 치지 못하게 주의를 주었다. 하지만 보로가 잿빛 날개를 편 순간, 아버지의 주의는 사라지고 없었다.

보로에게 한계 따위는 없어 보였다. 하늘 끝자락을 찢을 것처럼 맹렬한 기세로 솟구쳤다. 한없이 가벼우며 한없이 진중해 보이는 스피드 뒤로 남겨진 나는 보로의 날개 자락을 하염없이 좇았다.

모두들 나와 같은 심정이리라. 한 마리의 날짐승이 보여 주는 경이로움을 어떤 말로 설명할 수 있을까. 주위에는 카메라 셔터 소리만 가득하다. 창공을 가르며 날아가는 보로의 늠름한 뒷모습. 보로의 시치미가 내 눈에 또렷이 들어왔다. 새하얀 깃털, '너는 나의 매이며 나는 너의 사람이다.' 무언의 약속이 새하얀 깃털로 반짝였다.

칼바람이 불었다. 지팡이에 의지한 채 꼿꼿이 서서 매가 날아간 곳을 응시하는 노인, 장갑을 끼지 않아 발갛게 언 손에 입김을 불어 가며 카메라 셔터를 부지런히 누르는 사진 기자, 아버지를 따라온 어린 꼬마의 흙투성이가 된 작은 운동화가 눈에 들어왔다. 뒤로 꺾일 듯 고개를 한껏 젖히고 하늘을 응시하는 어린아이는 가슴속에 차오르는 감탄을 참지 못했는지 큰 소리를 냈다.

"와, 멋지다!"

"쉿."

아버지의 코트 자락을 움켜쥐고 있던 아이는 아버지의 주의를 받자, 턱 밑까지 내려가 있던 마스크를 얼른 눈 아래까지 바짝 끌어당겨 썼다. 그 모습에 괜스레 마음이 훈훈해졌다.

보로가 사라지고 없는 창공을 모두가 하나같은 시선으로 바라보고 있었다. 서로 모르는 사람들이 한 마리 매의 뒤를 한결같은 마음으로 쫓고 있는 순간이었다. 매를 날리고 매가 날아간 방향을 침묵 속에서 바라보는 그 순간, 길어야 3분 남짓한 그 순간의 경이로움을 나는 아름다움이라 부르고 싶었다.

언 땅에도 분명 새 움은 틀 터이고 앙상한 나뭇가지들도 한겨울을 꿋꿋이 이겨 내고 새 희망을 피워 낼 것이다. 마른 삭정이와 회색빛의 풍경이 가슴 안으로 들어왔다. 뼛속까지 얼어붙게 만드는 차가운 공기 속에서도 나의 심장은 곧 터질 것처럼 뜨겁게 부풀어 올랐다.

오랜 시간 아버지가 그랬던 것처럼 나 또한 아버지와 똑같은 모양으로 서서 보로가 날아간 방향을 하염없이 바라본다.

이제야 깨닫는다. 나는 아버지를 이해하지 못했을 뿐 사랑하지 않은 것은 아니었다. 매를 기다리는 아버지의 모습을 지켜볼 때면 내 속에서 치밀었던 낯선 이 감정을 뭐라 불러야 하나……. 사랑한다, 사랑한다.

누가 시킨 것도 아닌데, 몸에 익은 자세도 아닌데 나도 모르게 내 몸이 내 머리보다 먼저 반응한다. 나는 보로가 날아간 하늘을 보고 보로의 날개 자락이 그어 놓은 창공의 흔적을 눈으로 따라가고 있다.

창공을 나는 나의 보로는 열일곱 나의 추억이며 아버지의 또 다른 이름이며 아버지의 전통이며 내 청춘의 새로운 이름이다.

'매쟁이는 만들어지는 게 아니라 태어난다.'

보로는 더 이상 날짐승이 아니다. 내가 멸시해 마지않던 맹금류도 아니다. 나의 보로, 보로, 보로……. 눈시울이 점점 뜨거워진다. 뜨거워지는 눈시울만큼이나 내 가슴도 뜨겁게 뛴다. 숨이 턱까지 차오르고 하얗게 내뿜는 숨결 사이로 내 청춘도 뜨겁게 뛰고 있다.

"휘익!"

아버지의 휘파람 소리. 익숙한 그 소리가 오늘따라 더 크게 들린다. 고집스럽지만 우직하고 올곧은 소리다.

"동준아, 가자!"

배꾼*들이 매가 날아간 방향을 일러 준다. 나는 보로를 향해 달려간다. 곁에는 아버지가 있다. 찬바람이 얼굴에 부딪혀 온

다. 매를 향해 달려 나가는 아버지의 귀밑머리가 하얗다. 꽁꽁
언 들판 여기저기에 아직 녹지 않은 흰 눈이 흩어져 있다.

나의 두 눈이 보로의 뒤를 좇는다. 좁은 나뭇가지 사이를 통
과하는 보로는 날개를 접어 미끄러지듯 나뭇가지 사이사이를
빠져 나간다. 부딪힐 듯 말듯 아슬아슬하게 곡예비행을 하는
보로의 날갯짓에 나는 숨을 멈췄다. 비좁은 나뭇가지 사이를
빠져 나오자 곧장 목표를 향해 공격적으로 돌변한다. 날카로
운 발톱을 드러내고 맹렬히 목표를 향해 돌진하는 보로는 더
이상 어린 보라매가 아니었다. 넓게 펼친 꼬리가 브레이크와
방향타 역할을 하며 들판으로 목표물을 몰아 낚아챈다. 온몸
에 전율이 인다. 숨이 턱까지 차오르고 긴장감으로 손끝이 굳
어 갔다. 언제나 내 품에서 어리석은 '닭대가리'로 불리던 보
로가 냉혹한 포식자가 되어 있었다.

차가운 한겨울 벌판에 순식간에 삶과 죽음이 뜨겁게 공존하
는 순간이다.

눈이 내린다. 눈이 내린 나뭇가지 사이로, 벌판 너머로 먹이
를 날카로운 발톱으로 누르고 있는 보로가 보인다.

아버지의 늙은 손이 아직 덜 자란 내 등을 떠민다.

"네 매다."

---

* 매사냥을 할 때에는 봉받이 외에도 4~8명의 털이꾼과 매나 꿩이 날아간
  방향을 털이꾼에게 알려 주는 배꾼이 합세한다.

보로였다. 보로가 꿩 사냥에 성공했다. 날카로운 발톱 아래 꿩 한 마리가 깔려 있었다. 새하얀 시치미가 눈에 들어왔다. 나를 돌아보는 보로. 샛노란 눈자위, 그 가운데에 또렷이 박혀 있는 나와 똑같은 검은 눈동자. 나는 숨을 쉴 수가 없었다.

'피가 땡긴다!'

인응일체. 사람과 매는 하나가 되어야 한다. 평소엔 생각나지도 않던 말들이 또렷이 떠오른다. 보로의 눈동자 속에 내가 있고 나의 눈동자 안에 보로가 있을 것이었다. 내 기억에서 결코 잊지 못할 아름다운 사냥이었다.

어깨를 나란히 하고 아버지와 함께 산길을 걷는다. 지난밤 우리는 처음으로 머리를 맞대고 의논이란 것을 해 봤다. 난생 처음으로 우리는 부자지간 같았다. 언제나 빠른 말투로 명령만 내리고 당신의 고집만 내세우던 아버지가 "네 생각은 어떠냐?" 하고 물었을 때, 나는 분명 내일은 해가 안 뜨거나 내 눈이 안 떠지거나 둘 중 하나일 거라고 확신했다.

아버지와 나는 마루와 보로를 들판이 아닌, 좀 더 높은 곳에서 날려 보내기로 의견 일치를 보았다. 녀석들이 좀 더 높은 창공을 날아 멀리 사라져 가는 것을 지켜보는 기분을 만끽하고 싶었다.

마루를 보내 줘야 할 때가 왔다. 아버지의 응방에 있는 매들은 보통 3~4년이 지나면 원래 자연으로 풀어 줬다. 마루의 경우는 좀 오래 있었다. 7년의 세월을 함께 보냈던 것이다. 이제 더 붙잡아 둘 수는 없는 노릇이었다.

하지만 나의 보로는 달랐다. 녀석은 어린 보라매였고 아직 한참을 아버지의 응방에서 함께 지내도 좋을 터였다. 하지만 나는 그러고 싶지 않았다.

시연회를 마치고 돌아오는 길에 나는 보로에게 물었다.

"혼자서 잘해 낼 수 있겠어?"

"……."

"힘들겠지?"

"……."

"그래. 보로, 나 아니면 엄청 힘들 거야. 너, 피똥 쌀지도 몰라."

보로는 말이 없었다. 눈가리개를 벗겨 놓으니 작은 머리를 갸웃거리며 나만 가만히 바라보았다. 서로의 시선이 얽혔다. 녀석의 거울 같은 눈동자 속에 내가 고스란히 들어 있었다. 나와 닮은 보로.

"맘껏 날아 보니 짜릿하지? 날고 있다는 거, 네 곁을 빠르게 스쳐 지나가는 공기를 고스란히 느낀다는 거, 진짜 끝내주지?"

보로가 부리를 벌려 울었다. '똥준, 네 마음 내가 다 안다.' 녀석은 작은 머리를 내게 기대 왔다. 나는 그 어느 때보다 포근해 보이는, 그러나 한편으로 늠름해 보이는 녀석의 가슴을 슬그러니 쓰다듬어 주었다. 손끝으로 녀석의 호흡이 느껴졌다. 토닥토닥, 나는 녀석의 윤기 흐르는 가슴팍을 두드려 주었다. 녀석이 다시 한 번 힘차게 울었다.

너덜너덜한 합성피혁 의자에 등을 기대고 앉았다. 팔 위에 앉아 있는 보로를 의자 팔걸이에 내려놓았다. 녀석은 늠름한 모습에 어울리지 않게 종종걸음으로 팔걸이로 자리를 옮겼다. 고물이라고 불러야 좋을 티브이를 켰다. 리모컨 숫자 버튼 사이로 먼지와 음식물 흘린 땟자국이 켜켜이 쌓여 있었다. 일일 연속극이 방영되고 있었다. 재벌가의 남편에게 아들을 빼앗기는 한 여자의 이야기였다. 초등학교 저학년인 아들은 영악스러우리만치 눈물 연기를 잘 해냈다. "엄마, 엄마! 나, 엄마랑 살 거야! 놔요, 엄마한테 갈 거예요!" 화면에서 들리는 아이의 '엄마' 소리에 보로도, 나도 동시에 몸을 움찔거릴 만큼 깜짝 놀랐다. 티브이를 틀면 흔하게 나오는 엄마 소리인데 오늘따라 엄마 소리가 세상 전부를 꽉 채운 느낌이 드는 것은 뭐지?

우연히, 진짜 우연히 보로와 눈이 딱 마주쳤다. 나는 소리 내지 않고 천천히 입술을 움직였다.

'보로, 너도 엄마가 보고 싶니? 집으로 돌아가고 싶니? 그런 거야? 그런…… 그런 거지?'

닭대가리 날짐승 보로. 녀석은 작은 머리를 갸웃거리더니 부르지도 않았는데 내 팔 위로 냉큼 올라왔다.

"눈 깔아. 이런다고 내가 널 보내 줄 것 같아?"

봄이 오면 나는 엄마에게 갈 예정이다. 보로를 남겨 둔다면 누군가가 보로를 돌보겠지만, 나는 보로를 누군가의 손에 남겨 두고 싶지 않았다. 보로가 자연 속에서 자신의 삶을 찾기를 바랐다. 하지만 어쩌면 자신의 삶 어쩌구 하는 것은 괜히 똥폼 잡는 말이고 내 진심은…… 보로를, 내 손에서 키우고 익숙해진 보로를 다른 누군가의 손에 넘겨주고 싶지 않은 욕심 때문일지도 몰랐다.

무사히 시연회를 마쳤다는 안도감 때문인지 서 있기조차 힘들 정도로 피로가 몰려왔다. 아버지는 내 컨디션을 고려했는지, 평소와 달리 바닥에 가지런히 이부자리를 깔아 놓았다. 실신하듯 이불 위에 풀썩 몸을 눕히자, 퀴퀴한 냄새가 났다. 홀아비 둘이서 사니 이불이라고 멀쩡할까. 그런데 오늘은 그 퀴퀴한 냄새마저도 아무렇지 않았다. 이불 냄새 따위가 뭐라고.

"이렇게 보낼 줄 알았으면 정 주지 말 걸 그랬어요."

졸음에 취해 내가 속내를 털어놓았다. 아버지는 내 곁으로 파고들어 내 이불을 바싹 당겨 당신 옆구리에 밀어 넣으며 말했다.

"갈 때가 된 게지. 사람이건, 매건 간에……."

잠결에 봄이 오는 게 가장 무섭다는 아버지의 목소리를 얼핏 들은 것 같기도 하다. 하지만 그것이 진짜 아버지의 목소리였는지, 환청이었는지는 확신할 수 없었다.

아버지의 왼팔에는 마루가, 나의 왼팔에는 보로가 의젓하게 앉아 있었다. 우리는 앞서거니, 뒤서거니 하며 고요한 산길을 깨웠다.

3월인데도 날은 여전히 싸늘했다. 솜 점퍼 차림의 나와 달리, 아버지는 참매와 똑같은 잿빛의 생활한복을 입고 말없이 길을 걸었다. 바스락 소리 내며 부러지는 언 가지와 오솔길 한 귀퉁이에 핀 산벚꽃의 조화가 참으로 이상스럽다.

"엄마 따라 서울로 가거든 여기 일은 걱정 말고 공부나 해라."

"예."

아버지는 생각할 것도 없다는 듯 바로 대답을 해 버린 내 입을 물끄러미 바라보았다. 그 눈매에 괜스레 코끝이 시큰거려서 나는 미간을 찌푸리고 말았다. 나와 꼭 닮은, 쭉 찢어진 눈매가 시원했다.

"내가 '예' 하고 대답하니까 섭섭하죠?"

"섭섭은 무슨. 까분다."

아버지는 엄지손가락으로 왼쪽 콧구멍을 꾸욱 누른 채 팽, 하고 코를 풀었다. 콧속에는 마른 코 하나 없는지, 바람 빠지는 소리만 잠깐 날 뿐이었다.

"에이, 아닌 척 마세요. 아버지 섭섭하거나 마음대로 안 되면 괜히 코 푸시잖아요."

"코 나와서 푸는 거야."

"변명인 거 다 알아요. 우리가 한솥밥 먹은 지가 얼마나 오랜데 내가 아버지 버릇 하나 모를까 봐요?"

속내를 고스란히 들켜 버린 아버지가 작은 소리로 웅얼거린다.

"아이쿠야, 어~르신."

경쾌하고 발랄하기 그지없던 아버지의 '어~르신'이 오늘따라 쓸쓸하게 들렸다.

"아버지."

"왜?"

원래 아버지로 돌아왔다. 퉁명스런 대답 소리가 마음에 든다.

"지금은요. 나중은 모르겠고 지금 당장은…… 저 올라가요."

"그래."

아버지가 앞만 보고 걷는다. 앞을 바라보는 눈에 힘이 잔뜩 들어가 있다.

"욕 안 해요?"

"내가 욕쟁이냐? 입만 열면 욕하게?"

내게 대꾸를 하다가 언 돌을 밟고 허우적대는 아버지. 마루가 아버지의 팔 위에서 날갯짓을 했다가 다시 진정한다.

"넌 나보다 나은 놈이다. 똑똑한 놈이야. 가면 돌아오지 않는 게 맞는 거다."

무슨 말이라도 좋으니, 아버지한테 대꾸를 해 줘야 한다고

276

생각했다. 하지만 입이 차마 떨어지지 않았다. 나는 보로를 쳐다봤다. 눈가리개를 한 채, 가끔씩 소리가 나는 방향을 향해 고개를 갸웃거리는 보로. 얘는 지금 자신의 운명이 어찌될 거란 사실을 알기나 할까?

한참 산길을 따라 올라가니, 어느새 시야가 탁 트인 절벽이 나타났다. 아버지가 걸음을 멈추고 물었다.

"여기가 어떠냐?"

나는 고개를 끄덕였다. 앞으로는 절벽, 그 너머로는 푸른 하늘이 융단처럼 펼쳐져 있었다. 내 등 뒤로는 소나무 숲이 울창했다. 아버지는 절벽을 향해 자리를 잡더니, 발 앞 바위 위에 왼쪽 다리를 올려놓는다. 나 역시 아버지를 따라했다. 마치 걸음마를 처음 배우는 짐승처럼, 날갯짓을 처음 배우는 이 아름다운 날짐승처럼.

눈가리개를 떼어 내자, 마루가 아버지의 팔 위에서 날갯짓을 한 번 한다. 나 역시 보로의 눈가리개를 벗겨 주자 보로가 반갑다는 듯 입을 쩍 벌린다.

아버지는 마루의 꽁지에 매달아 놓았던 시치미를 떼어 내기 시작했다. 시치미에 손이 닿자, 딸랑, 하고 청명한 방울 소리가 하늘 위로 날아갔다.

"갈 때가 되었다. 이번 겨울은 그 어느 때보다 고마웠다. 가자!"

가자! 하고 외치는 아버지의 음성. 가자! 하며 창공을 향해 팔을 뻗는 아버지. 마루는 약속이라도 한 듯, 아버지의 팔에서 홀연히 벗어나 절벽 너머의 하늘로 높이 날아갔다.

"가자! 어서 가자!"

멀어져 가는 마루의 뒷모습을 보면서 아버지는 계속 소리를 질렀다. 가자! 당신이 함께 가는 것도 아니면서 아버지는 "가라!"라는 말 대신 "가자!"라고 외쳤다. 나는 그 말이 참으로 슬펐다. 혼자 남기 싫어하는 아버지의 쓸쓸함이 느껴져서 참으로 싫었다.

그러나 나 또한 아버지의 아들. 같은 말을 외친다.

"보로, 가자!"

푸드덕, 날갯짓을 하는 보로. 그러나 녀석은 마루만큼 영특하지 못한 놈이다. 멍청하게도 창공을 택하는 대신, 내 등 뒤로 날아가 버렸다. 그러더니 가지 높은 소나무 위에 앉아 버렸다.

"야이, 닭대가리야! 내려와. 그쪽이 아니라 저쪽으로 날아가라고!"

나는 발밑에 떨어진 돌멩이 하나를 들어 보로가 앉은 소나무 가지를 향해 던졌다. 빗맞았다.

"어리석기가 보로나 너나 한 치도 틀리지 않는구나."

언젠가 아버지에게 들었던 말. '어리석기가 보라매와 같다.' 지금은 갈 때라는 것을 보로는 모르고 있는 것이다. 새 봄에는 늘 이별의 순간이 찾아온다는 것을 보로는 언제쯤 깨닫게 될까?

나는 또 다른 돌멩이를 주워 들어 보로를 향해 던졌다. 그제야 녀석이 날갯짓을 하며 창공 속으로 날아간다. 하늘의 푸른빛이 보로의 두 날개를 감싸고 흰 구름이 보로의 매서운 부리를 매만지고 "가자!" 외치는 나의 목소리가 보로의 등을 떼민다.

바보같이 "가자!"라고 마지막으로 외칠 때, 목소리가 가늘게 떨렸다. 아버지가 눈치챈 모양이다.

"아랫배에 힘주고 외쳐라, 다음에는."

내가 "예"라고 대답하기도 전에 아버지가 붉은 얼굴로 먼 산을 바라보며 독백하듯 말한다.

"다음이 온다면 말이야."

언젠가 다시 돌아오겠다는 약속 따윈 하지 않겠다. 보로가 아무런 기약 없이 창공으로 사라진 것처럼 나는 부질없는 약속 따위로 아버지의 마음을 흐리고 싶지 않았던 탓이다.

"잠시만요, 아버지."

나는 주머니에서 반듯하게 접은 종이를 꺼냈다. 계약서였다. 이 겨울이 시작되던 무렵 썼던 계약서. 아버지와 나의 거래, 아버지와 나의 새로운 인생 시작을 알리는 증거, 우리가 처음으로 서로를 이해할 수 있게 만들어 준 계기.

나는 그것을 아버지가 보는 앞에서 찢었다.

"뭐 하는 거야?"

"계약 파기 되었어요."

"뭐?"

"이제 내 마음대로 할 거예요. 이번 겨울에만 매사냥을 하는 게 아니라, 계약서 찢었으니까 내가 매사냥을 하고 싶으면 내년 겨울에도, 내후년 겨울에도 매번 찾아올 거라구요."

찢어진 종잇조각이 바람에 흩날려 산 아래로 날아간다. 아버지는 뭐에 홀린 사람처럼 종잇조각과 내 얼굴을 번갈아 보더니 호탕하게 웃었다.

아버지가 밤늦도록 정리해 두었던 매사냥에 관한 자료에서 나는 매사냥이 아주 오랜 옛날에는 귀족들의 문화라는 사실을 알아냈다. '흥, 밥도 못 먹게 생겼는데 무슨 얼어 죽을 귀족 문화?'라며 콧방귀를 뀐 적도 있었는데, 할 일 없는 한량들이 시간 보내려고 죽 때리는 심심풀이구나 싶었다. 그러나 아버지가 사랑한 매사냥이 한량들의 심심풀이가 아니라 자연과 함께하는 삶이자 풍류라는 사실을 이제야 깨닫는다.

"어~르신, 하나도 안 멋있습니다. 철딱서니 없는 놈. 고생해서 피똥을 싸야 정신을 차리지. 매잡이 할 생각 말고 편히 살아."

그러나 아버지는 계속 웃고 있다. 웃음을 당신 얼굴에서 지우지 않았다. 나는 그 주름진 눈매가, 씰룩거리는 입매가 참으로 보기 좋았다.

"네 엄마가 묏자리 보겠다."

"아버지랑 따로 묻히려는 그 묏자리요?"

"아니, 나 파묻겠다는 묏자리."

아버지는 자신을 두고 하나밖에 없는 아들을 매잡이로 만들려고 꼬인 죄인이라고 불렀다.

산길을 내려간다. 가볍게 내려간다. 양팔을 허우적허우적 허공에 내맡긴 채, 가볍게 휘두르며 내려간다. 겨울은 끝났다.

새소리가 들린다. 고개를 들어 하늘을 올려다본다. 겨울 내내 보로를 품에 안고 팔에 매달고 있었으면서, 정작 날짐승과 한 몸처럼 붙어 있을 때는 하늘을 제대로 올려 보지 못했다. 하늘이 어떻게 생겼더라?

새소리가 나는 곳을 향해 걸음을 멈추고 올려다본다. 보로! 그 아름다운 날짐승은 내 머리 위를 선회하고 있었다.

날아라, 보로!

또 다른 겨울을 향해 네가 날아감으로써 새 봄은 더욱 견고하고 아름다워질 것이다. 나는 그렇게 믿고 있다. 내 믿음을 들었는지, 내 믿음을 보았는지 보로가 떠나간다.

들판을 걷다 말고 나는 바지를 걷어 종아리를 차가운 바람 아래 드러냈다. 흉터 자국이 빨갛게 일어났다. 서늘한 기운이 다리를 훑고 지나간다. 눈을 감고 천천히 한 발자국씩 걸음을 옮긴다.

매는 결코 길들여지지 않는다. 매를 길들이는 건 사람의 정이 아니라, 배고픔이라고 아버지는 말했다. 하지만 나는 보로와 정으로 하나가 되었다고 믿는다. 그리고 나를 길들인 건 매가 아니라 아버지의 진심이었다.

"동준아, 가자!"

앞서 가던 아버지가 뒤를 돌아보며 내게 외친다. 자상하게 기다려 주면 좋으련만, 가자, 외치더니 바로 몸을 돌려 먼저 걸음을 뗀다. 하긴, 그래야 아버지답지.

봄이 오려나, 서늘한 바람 속에 따스한 기운이 얼핏 스며 있는 듯하다. 발목에, 종아리에 사르륵 무언가가 감싼다. 나는 봄이 오고 있다고 생각한다. 지금 내 발목을 스치는 것은 봄의 야생화다, 봄의 푸른 풀들이다, 봄의 기운이다.

발목이, 종아리가 간지럽다.

존재하는 모든 것에는 날개가 있다!

"매가 하늘을 빙빙 돌거나 땅으로 내리박힐 때, 그 곱고 시원스런 동작을 보신 일이 있겠지요. 그건 아름답습니다. 하지만 그 아름다움이 무엇인지 나는 알고 있습니다."

이청준 선생의 소설 『매잡이』에서 내 가슴을 팬스레 찡, 하게 만든 문장이다. 실제로 나는 매가 하늘을 빙빙 돌거나 곤두박질치듯 땅으로 내리박히는 장면을 본 적이 단 한 번도 없다. 매와 관련해 본 장면이라고는 오래전, 외국 다큐멘터리 프로그램에서 주인의 머리 위에서 유유히 날갯짓을 하는 매의 모습이 전부였다. 한마디로 '멋졌다!'

그러나 나는 새를 사랑하지 않는다. 정확히 말하면 그 어떤 조류에도 관심이 없다. 그나마 호의적인 조류는 '닭'이다. 그것도 식용 닭.

매가 내 가슴으로 날아들어온 것은 우연이면서 동시에 운명이었다. 또 더없는 행운이었다. 이 작품을 구상하기 직전부터 글을 마치고 여행을 떠나서 다시 집으로 돌아오는 순간까지 내 주위에는 온갖 잡새(?)들이 맴돌았다. 한마디로 새로 얼룩진 일상이었다.

시트콤 구성작가 일을 끝내고 무작정 일본행 밤 비행기에 올라 요코하마로 향했다. 입춘도 지났건만, 타이밍 절묘하게도 나는 동상에 걸리지 않기를 기도하면서 비바람이 세차게 몰아치는 일본 거리를 배회했다. 아침마다 친구 요시코의 집을 나올 때면 집 앞에 진을 치고 있는 까마귀 떼―그토록 까맣고 덩치가 큰 줄 꿈에도 몰랐다―의 눈치를 보며 골목을 빠져나와야 했다. 상전이 따로 없었다.

"학교 다닐 때, 아침에 등교 하려고 집에서 나오다가 까마귀한테 공격당해서 머리가 깨진 사람이 있어."

알프레드 히치콕이, 대프니 듀 모리에의 『새』가 스쳐 지나갔다. 아마도 나는 죽을 때까지 새한테 애정을 품는 일 따윈 없을 거야, 라고 되뇌었다.

하지만 애꿎게도 한 줄의 인터넷 기사로 인해 이야기는 시작되었다. 아부다비에 매 병원이 있다는 사실을 알게 되었다. 아랍에미리트에서는 6, 7천 명 정도가 매사냥을 즐기고 있다

284

는 것. 매는 단순한 유희거리가 아니며 그들에게 가족과 같은 존재라는 것. 비행기를 탈 때도 한 좌석을 예매해야 된다는 사실도 알게 되었다.

매사냥……. 김홍도의 〈호귀응렵도〉가 생각났다. 아랍에미리트에 뒤질 수야 없지!

우리나라에도 분명 매사냥이 존재했다. 이 작품은 그렇게 시작되었다. 정확한 인과관계도 없고 목적성도, 정당성도 없이 그저 그런 말도 안 되는 우연으로……. 하지만 첫 문장을 시작하면서 공교롭게도 나는 근원 불명의 애국심에 사로잡혔고, 안중근 의사의 "형제들이여, 지금은 앉아 있을 때가 아니다"는 나를 채근하는 말이 되었다. 글을 쓰는 동안 나는 어설프게나마 매잡이가 되었고 주인공 동준이처럼 매에게, 우리의 전통 매사냥에 빠져 들었다. 한 문장 한 문장 써 내려갈 때면 내 가슴은 뜨거워졌고 전통문화의 수호자라도 된 듯, 이름 모를 사명감에 휩싸여 흥분하곤 했다. 어느 순간부터 컴퓨터 바탕화면에는 먼 하늘을 바라보는 까만 눈동자의 매가 자리 잡고 있었다. 신의 제단 앞에서 기도를 올리는 사제처럼 새로운 이야기를 쓰기 전에는 항상 모니터 안의 참매를 한참이고 바라보았다. 눈이 아파서인지, 무엇 때문인지 가슴이 울렁거리고 눈시울이 붉어지는 이상 증세를 보이기도 했다. 등이 결리고 목의 통증이 점점 심해지면 심해질수록 나는 아주 멀리 날 수 있을 것만 같은 기분이 들었다. 등 뒤에서 날개라도 솟구칠 것만 같았다. 하지만 날개가 자라 솟구친다 한들, 어디로 간단 말인가!

하루의 글쓰기가 끝날 무렵이면 늘 동이 텄다. 18층 창밖을 내다보며 크게 심호흡하는 것이 전부인 생활이 몇 개월…….. 나는 동준이와, 그리고 이 땅의 전통문화 수호자이자 제법 괜찮은 동준이 아버지와 함께 시연회를 마쳤다. 그리고 보로를 날려 보냈다, 18층 내 방 창밖으로.

또다시 길을 떠났다. 봄날의 요코하마가 혹한과 까마귀로 기억된다면 한겨울의 시드니는 42도 열기와 온갖 잡새로 뒤엉켜 있었다. 베란다에 나가 책을 읽을 때면 나무 위에서 백과사전에서나 봤음직한 커다란 앵무새가 나를 보고 있었고, 산책을 할 때면 바다 갈매기가 같이 발을 맞추었다. 공원의 아름드리나무에는 검은 열매가 주렁주렁……. 박쥐였다.

그토록 많은 새들과 뒤엉켜 지내면서 정작 매는 한 마리도 보지 못했다. 보로가, 나의 참매가 보고 싶었다. 괜히 떠나보냈나 하고 서운해할 때, 수상 소식을 들었다.

가라고 보내 줬는데, 녀석은 더 큰 기쁨으로 찾아오고 말았다. 역시 '멋졌다!'

이 작품에 '사계절문학상'이라는 황금 날개를 달아 주신 오정희, 박상률, 이옥수 선생님께 큰절을 올린다. 글을 쓴다는 것이 얼마나 자랑스럽고 멋진 일인지를 늘 상기시켜 주시는 아버지, 어머니께, 글쓰기의 즐거움을 알려 주신 은사님들께, 사계절출판사의 강맑실 사장님, 편집부 식구들, 별것 아닌 이야기에도 늘 박장대소해 준 담당 편집자 김태형 씨에게 감사 인사를 전한다.

수상 소식을 듣고 보름 뒤에 우리나라의 전통 매사냥이 유네스코 세계인류무형유산에 등재되었다는 기사를 접했다. 참으로 고맙고 반갑고 기쁘다. 열악한 환경 속에서도 전통문화 수호를 위해 애쓰시는 모든 분들께 머리 숙여 존경의 마음을 표한다.

존재하는 모든 것에는 날개가 있다. 그것이 황금 날개이든, 합성 비닐 재질이든, 강판이든 개의치 말기로 하자. 내 몸에 맞게 튼튼하고 아름답게 키우면 그뿐. 지구상에 단 하나밖에 없을 나의 날개는 또 어떤 내일로 나를 데려갈 것인가? 기대감이란 늘 나를 유쾌하게 만든다.

우리들의 앞날을 향해 오늘의 날갯짓을 멈추지 않는 것! 그것이 나와 이 이야기를 함께하는 여러분의 몫이다. 으랏차차, 틀림없이 끝내주게 멋질 내일을 향해 날갯짓 백만 번!

2011년 여름의 한가운데에서
으랏차차, 이송현

내 청춘, 시속 370km

2011년 8월 30일 1판 1쇄
2018년 11월 30일 1판 10쇄

지은이 이송현

편집 김태희, 김태형, 이혜재 | **디자인** 권지연
제작 박흥기 | **마케팅** 이병규, 양현범, 이장열

출력 블루엔 | **인쇄** 코리아피앤피 | **제책** 정문바인텍

펴낸이 강맑실
펴낸곳 (주)사계절출판사 | **등록** 제406-2003-034호
주소 (우)10881 경기도 파주시 회동길 252
전화 031)955-8588, 8558 | **전송** 마케팅부 031)955-8595 편집부 031)955-8596
홈페이지 www.sakyejul.co.kr | **전자우편** skj@sakyejul.co.kr
블로그 skjmail.blog.me | **페이스북** facebook.com/sakyejul | **트위터** twitter.com/sakyejul

ⓒ 이송현 2011

ISBN 978-89-5828-567-0 44810
ISBN 978-89-5828-473-4 (세트)

이 도서의 국립중앙도서관 출판시도서목록(CIP)은 e-CIP 홈페이지(http://www.nl.go.kr/cip.php)에서
이용하실 수 있습니다.(CIP제어번호: CIP2011003378)